MODERN FANTASTIC STORY
강준현 현대 판타지 소설
2
죽으면 다 고침!
도서출판 청어람
KB101970

주무르면
다고침!

목차

9. 마무리를 짓다

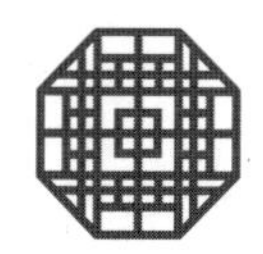

“이렇게 많이 오시면 하루 종일 해도 다 못 합니다.”

“헐~ 기껏 생각해서 데리고 왔는데 못 한다고?”

“30분 코스로 한다면 다른 예약 다 취소하고 가능할지 모르겠지만…….”

“그럼 30분씩이라도 해줘. 설마 못 하겠다는 소리를 하는 건 아니겠지? 이 친구들 평소에는 착한데 무시당한다고 생각하면 어떻게 될지 나도 몰라.”

말하는 깡패를 제외하고 10명이 동시에 인상을 쓰는 모습이 꽤나 인상적이다.

‘과거에 어떻게 살아왔는지 모르지만 앞으로 어떻게 살아갈지는 빤히 보이네. 너희가 자초한 일이니 날 탓하지는 마.’

남들에게 피해를 주는 삶은 살고 싶지 않았다. 그래서 비겁하다 싫을 만큼 수동적으로 살았다. 하지만 그렇다고 피해를 받는 것까지 용납한다는 것은 아니다.

"해드려야죠. 들어오세요. 예약을 취소해야 하니 30분쯤 후에 시작하기로 하겠습니다."

깡패들을 안으로 들여보낸 후 배영옥과 희진이에게 갔다.

분위기 때문인지 나문덕과 정 간호사도 함께 모여 있었다.

"여사님과 희진인 오늘 외출하셔야 할 것 같아요."

열한 명이나 와서 마사지만 받고 가진 않을 터. 분명 마사지를 하는 동안 여기저기 돌며 험악한 분위기를 만들려 들 것이다.

"…괜찮겠어?"

"괜찮지 않을 것 같으면 내가 먼저 도와달라고 했을 거다."

나문덕은 두삼을 지키는 일 또한 하란이 지시한 일이라며 남으려 했지만, 배영옥 곁에 있는 게 더 안심이 될 듯하여 고개를 저었다.

"희진이도 엄마랑 재미있게 놀다가 오렴."

"네! 삼촌! 저 바다에 가보고 싶어요."

사정을 모르는 건지 어른들의 심각한 모습에 모른 척하는 건지 희진은 해맑게 대답했다.

빙긋 웃으며 그녀의 머리를 쓰다듬어 주곤 막혔던 혈을 풀어줬다. 그리고 잠시 기다렸다가 다시 막았다.

'오늘 밤엔 다른 방법으로 재워야겠네.'

사람들이 외출 준비를 하는 걸 보고 마사지실로 들어갔다.

열한 명의 덩치들이 어슬렁거리는 모습은 강심장인 두삼에게도 꽤나 위협적으로 느껴졌다.

"시작하죠. 먼저 받으실 두 분은 족욕부터 하시죠."

"기다리기 지루한데 나가 있어도 되나?"

"물론이죠. 단, 아래 사랑채 쪽은 출입을 삼가주세요. 거긴 이곳과 상관없는 가정집입니다."

"그냥 심심해서 둘러보는 거야. 왜? 우리가 사고라도 칠까 봐 걱정돼?"

"조금요."

"훗! 쫄기는."

쫄리는 게 아니라 지킬 것이 있어 조심스러운 것뿐이다. 물론 저들이 볼 땐 겁먹은 것처럼 보이겠지만 말이다.

마사지를 시작했다.

"우리 바쁜 사람들이야. 얼른 해줘."

"점심이 중요해? 우리들도 굶었거든."

깡패들은 중간 쉬는 시간과 점심시간도 못 주겠다는 듯 바쁘다는 말로 두삼을 밀어붙였다. 어디서 김밥을 먹고 왔는지 이에 김을 붙인 채 말이다.

두삼은 땀을 뻘뻘 흘리면서도 묵묵히 열한 명의 마사지를 했다.

"으음~ 어제보다 더 좋은데."

"…두 번째라 그런 걸 겁니다. 사실 한 시간 받아서는 오랫동안 뭉쳐 있던 근육을 다 풀긴 힘들거든요."

"그런가?"

거짓말이다.

지금 그가 기분이 좋은 건 그의 기운과 신체의 능력을 강제적으로 극대화시키고 있기 때문이다. 그런 상태에서 신체의 주요 혈을 막아버리면 어떻게 될까?

겉은 멀쩡하지만 속이 망가져 버린다. 일상생활은 문제없지만 힘자랑하면서 사는 건 불가능하게 될 것이다.

이미 독하게 마음을 먹었음에도 '이렇게까지 해야 하나?' 싶긴 했다. 한데 약간의 미안함마저 사라지게 하는 말을 했다.

"근데 조심해야겠어."

"…뭘요?"

"아까 심심해서 주변을 돌아봤는데 집 근처에 마른풀들과 나무들이 많더군. 건조할 때 불이 나면 이 집도 위험하겠어."

멈칫!

두삼의 손이 멈췄다. 당장에라도 목을 비틀어 버리고 싶은지 손이 부르르 떨렸다.

깡패는 두삼의 반응이 재미있다는 듯 비틀린 웃음을 지으며 말을 이었다.

"꽤나 소중한 곳인 모양이네. 아무튼 주변 청소라도 잘해두라고. 요즘 산불이 유행처럼 번지잖아."

엎드려 있는 깡패를 말없이 내려다보던 두삼은 다시 마사지를 하며 말했다.

"도대체 원하는 게 뭡니까?"

"응? 원하는 거라니? 마사지 받으러 온 사람이 원하는 게 뭐가 있겠어?"

"문을 닫으면 되는 겁니까?"

모르쇠로 나왔지만 두삼은 무시하고 다시 말했다. 그러자 그는 은근히 속내를 내비쳤다.

"문을 닫으려고? 쩝! 괜찮은 마사지 업소를 찾았다 했는데… 오가는 사람이 없으면 불날 일은 없겠네."

"월요일에 폐업 신고 하죠."

불을 지르고도 남을 놈들이다.

하란에게 받은 돈으로 다른 곳에 가게를 낼 수 있는데 더러운 협잡에 굴하지 않겠다고 할아버지와의 추억이 가득한 곳을 잃을 순 없었다.

"겁이 많은 친구군. 아무튼 아쉽게 됐네. 참! 마음이 바뀌면 연락해. 다시 올 테니까. 하하하!"

"그럴 일은 없을 겁니다. 다 됐습니다."

"수고했어. 오늘 비용은 깎지 않고 줄게. 하하하!"

거슬리는 웃음소리를 들으며 밖으로 나왔다.

언제까지 저렇게 웃을 수 있을지 모르지만 그리 오래 걸리진 않을 것이다.

*　　　*　　　*

오동춘은 진주의 문산사거리파 행동 대장이다.

전국구 깡패는 아니지만 그래도 진주에서는 힘깨나 썼다. 특히 군수의 껄끄러운 뒷일을 도맡아 처리하면서 웬만한 일로는 경찰을 두려워할 필요도 없었다.

"나오셨습니까!"

"형님이 안에서 기다리고 계십니다."

동생들의 인사에 대답할 겨를 없이 기다리고 있다는 두영의 방 안으로 빠르게 다가섰다.

"형님, 저 왔습니다."

"그래. 악양 일은 어떻게 됐어?"

"영업 그만한다는 확답을 듣고 왔습니다."

"말귀가 어두운 놈은 아니었나 보군. 확실한 거야?"

"오전에 전화를 해봤더니 오늘 세무서에 가서 폐업 신고를 한다더군요."

"폐업 신고까지 확인한 후에 말해줘."

"알겠습니다."

말하는 내내 이두영의 표정이 풀리지 않았기에 오동춘은 자세를 풀지 않았다. 이두영은 담배를 물고 난 후에야 다시 입을 열었다.

"후우~ 점심 먹기 전에 애들 데리고 가서 해줘야 할 일이 있다."

"말만 하십시오."

"어제 막내가 돈 받으러 갔다가 당했다. 병신 같은 게 노인네 한 명도 처리 못 해서, 쯧!"

"혹시 고현철?"

"맞아. 확실히 처리하고 와."

고현철은 업계 선배(?)로 요새 부딪힐 일이 많은 사람 중 하나였다. 그를 처리하기 위해 조직원 여덟 명을 모두 모았다. 그리고 차를 타고 고현철이 운영하고 있는 고물상으로 향했다.

"문 막아."

도착하자마자 우르르 차에서 내려 고물상 문부터 닫았다.

안으로 들어가자 허름한 컨테이너 박스에서 절뚝거리며 고현철이 나왔다.

그는 예상을 하고 있었는지 오동춘 패거리를 담담한 표정으로 보며 입을 열었다.

"점심 먹고 올 줄 알았는데, 부지런들 하군."

"이 바닥에 대해 잘 알 테니 저희가 찾아온 이유도 잘 알죠?"

"알지. 다만 지금까지 살아오면서 두 손 놓고 맞아본 적이 없어서 반항을 할 걸세."

눈짓을 보내자 기합과 함께 동생이 먼저 움직였다.

퍼억!

빠르게 달려들어 주먹을 날렸고 정확히 턱에 꽂혔다.

주먹이 맵기로 유명한 녀석이라 싱겁게 끝날 줄 알았다. 한데 고현철의 고개가 약간 돌아가는 정도에 불과했다.

때린 동생 녀석도 뭔가 이상한지 자신의 주먹을 보며 어리둥절해했다.

"병신 새끼!"

적을 앞에 두고 넋을 잃고 자신의 손을 바라보고 있는 동생을 보며 중얼거렸다.

아니나 다를까 오동춘이 중얼거리는 순간 고현철의 두툼한 주먹이 동생의 명치를 후려쳤다.

스르르 무너지는 동생. 그 모습을 보고 소리쳤다.

"조져!"

쇠 파이프와 야구방망이를 들고 우르르 달려들었다.

동생들이 싸우는 사이 오동춘 역시 고물상에서 적당한 몽둥이를 구한 후 달려들었다. 그리고 틈을 봐서 그의 등을 향해 몽둥이를 휘둘렀다.

'어? …뭐지? 파, 팔에 힘이 들어가지 않아!'

몇 번을 더 휘둘렀지만 마찬가지였다.

오동춘이 뭔가 잘못되었음을 깨달은 사이 동생들은 하나둘씩 바닥에 쓰러졌다. 그리고 얼마 지나지 않아 고현철과 그 자신만 남았다.

그러자 그가 어이가 없다는 듯 중얼거렸다.

"…뭐, 뭔가 잘못됐어. 파, 팔다리에 힘이 들어가지 않아……."

"그것참 안 됐군. 아니 나에겐 잘된 일인가? 아무튼 싸움을 마무리 짓도록 하지."

"자, 잠깐…!"

오동춘은 상황을 파악할 시간이라도 가지고 싶었지만 고현철이 든 쇠파이프는 용서 없이 날아왔다.

* * *

우득!

뼈 부러지는 소리에 고개를 돌렸다. 웬 아저씨가 샐러리가 담긴 봉지를 밟은 모양이었다.

샐러리 주인인 아주머니와 아저씨가 티격태격거리는 모습을 지켜보는데 세무서 직원이 말했다.

"폐업 처리 됐습니다."

사업자 등록 신고도 쉬웠지만 폐업은 그야말로 순식간이었다.

벗어뒀던 겉옷을 다시 입은 후 세무서에서 나왔다. 그리고 오토바이의 시동을 걸었다.

"으~ 문덕이가 차 태워준다고 했을 때 타고 올걸."

버스를 기다리고 갈아타기가 귀찮아서 오토바이를 타고 왔는데 너무 추웠다.

뼈까지 시리게 만드는 찬바람을 맞으며 악양면에 도착했다.

그대로 매계리로 가려던 두삼은 스스로가 왠지 꼬리를 만 강아지처럼 느껴지는 것에 화가 났다. 그래서 오토바이를 세웠다.

똥이 무서워서 피하는 게 아니라 더러워서 피한다고 생각해서 폐업을 했지만 사실상 무서움이 없었다면 거짓일 것이다.

물론 그에 대한 복수를 소심하게나마 했다. 다만 그것이 몸통이 아닌 꼬리에게 한 것인지라 마음에 들지 않았다.

'더 건들면 가만히 있지 않겠다는 경고 정도는 해둬야겠지?'

오토바이를 좌측으로 돌렸다.

그리고 도착한 곳은 혁한의원.

"어서 오세요."

안으로 들어가자 데스크에 앉아 있던 간호사가 반겼다. 전에 왔을 때는 발 디딜 수 없을 정도였는데 지금은 휑한 느낌이다.

"진료 받으러 오셨으면 접수 도와드릴게요."

"아, 네."

"이름과 주민번호 부탁드릴게요."

이름과 주민번호를 말해 접수를 했다.

"어디가 안 좋으세요?"
"이쪽 목과 어깨가 결려서요."
"치료실로 가셔서 들어가세요. 선생님 금방 나오실 거예요."
간호사의 말에 치료실로 들어가자 다른 간호사가 옷을 벗고 기다리라고 했다.
T셔츠 하나만 남기고 벗고 기다리자 김장혁이 왔다.
"어디가 아파서……! …왔습니까?"
대수롭지 않게 다가오다가 두삼의 얼굴을 보더니 순간 놀란 표정을 지었다.
어디선가 본 얼굴인데, 라는 표정이 아닌 '네가 여긴 어떻게?' 라는 표정이다.
'이 녀석도 알고 있었군.'
경찰에 신고를 하고 깡패를 보낸 것이 김광도의 짓이라고만 생각했는데 놀라는 표정을 보니 김장혁과도 무관하진 않은 모양이다.
예상 내였기에 침착하게 말했다.
"어깨랑 목이 결려서 왔어요. 근데, 혹시 내 얼굴 몰라요? 한두삼이라고 하는데. 초등학교도 같이 다녔고 할아버지 댁에서 가끔 봤었잖아요?"
"…한두삼? 그, 글쎄…요."
"오래 되어서 기억이 안 나나 보네. 만나서 반가워요. 아프면 종종 올게."
"…네."
"말 편하게 하자. 초등학교 동창끼리 존대하는 것도 이상하잖아."

"…그래. 치료할 테니 옷 벗어. 이쪽이 결린다고?"

길게 얘기하기 싫었는지 그는 적당히 대꾸를 하곤 등으로 갔다.

제 발이 저렸을까 뒤로 돌아가서 얼굴은 볼 수 없었지만 어깨를 누르는 손이 가느다랗게 떨리고 있음이 느껴졌다.

어떻게 얘기를 꺼낼까 생각하다가 일단 김장혁의 실력부터 보기로 했다.

흔히 한의원에서 쓰는 침은 1회용으로 재사용하면 법에 저촉된다.

장점은 위생적이라는 것이고 단점은 혈의 위치에 따라 굵기와 길이가 다른 침을 써야 하는데 비용 때문에 그러지 않는 한의원이 더 많다는 것이다.

김장혁 역시 한 가지 침만 이용해서 치료를 했는데 그가 침을 꽂는 곳을 살펴보니 실력이 제법이었다. 물론 그 나이에 비해서이지 나이를 생각하지 않으면 그저 평범한 수준에 불과했다.

'쓰레기 같은 짓을 할 시간에 실력이나 키울 것이지.'

속 좁은 놈에게 생각을 그대로 말했다간 무슨 짓을 할지 몰랐기에 속으로 삭였다. 다만 더 이상 건들면 가만히 있지 않겠다는 경고는 은근히 할 생각이다.

"오! 실력 좋네. 벌써부터 괜찮아지는 느낌인데?"

"…그리 말해주니 다행이네."

"참! 난 할아버지 댁에서 마사지 숍을 하고 있어. 아니 했었어가 정확한 표현이겠구나. 오늘 폐업 신고를 했거든 그래도 혹시 몸이 찌뿌듯해지면 와. 영업은 못 해도 친구한테 공짜로 마사지 하는 것은 괜찮겠지."

"……."

"어떤 놈인지 모르지만 불법 의료 행위를 했다고 신고하질 않나, 깡패들이 찾아와서 분위기 살벌하게 하질 않나. 도저히 계속할 수가 없더라고."

김장혁은 아무 말도 하지 않았다. 하지만 규칙적으로 침을 꽂다가 잠깐씩 머뭇거리는 것이 대답을 들은 것 같았다.

"내가 할아버지만큼만 실력이 있었으면 다 발기 불능으로 만들어 버렸을 텐데. 예전에 할아버지께 들은 얘긴데 몇 군데 혈만 누르면 가능하대. 웃기지 않냐? 툭하고 스치기만 해도 발기 불능으로 만들어 버린다니 말이야. 하하하!"

"…그런 게 가능할 리가 없지."

"그렇겠지? 하지만 혈이라는 게 신기하잖아. 아직까지 모르는 게 더 많고. 그 빌어먹을 자식들이 혹시나 더 귀찮게 하면 할아버지의 진료 기록을 샅샅이 살펴봐서라도 꼭 그렇게 만들어줄 거야."

"……."

"뭐, 이제는 그만뒀으니 다시 건들 일은 없겠지만."

이 정도면 충분했다.

죽자 사자 덤벼들면 상대해 주겠지만 이제야 정상적으로 돌아온 인생을 허비하긴 싫었다.

"…다 됐어. 15분 있다가 뽑을게. 그동안 침상에 엎드려 있어."

"응, 수고했다."

김장혁은 원적외선 램프를 등 쪽에 비추어주곤 도망치듯이 치료실을 나갔다. 믿지 않는다고 하면서도 겁은 나는 모양이다.

"이 정도면 알아듣겠지."

그가 사라진 방향을 보곤 중얼거린 두삼은 침상에 기댄 채 15분이 빨리 지나길 바랐다.

* * *

산골에서의 삶은 적적함의 연속이다.

적적함을 즐기며 살아가는 이들도 있겠지만 도시의 삶에 익숙해진 두삼에게는 꽤나 인내심이 필요했다.

물론 배영옥과 백희진의 치료에 집중을 하고, 또래인 나문덕과 정 간호사와 술을 마시고, 취미 생활인 직캠을 보며 적적함을 어느 정도 떨쳐낼 수 있었다. 그러나 그래도 시간이 남았다.

그러다 보니 자연스럽게 새로운 취미가 생겼다.

쇼핑.

마사지 용품과 의료 기기를 사면서 시작된 쇼핑은 여러 쇼핑몰을 전전했고 '중고세계'라는 유명 카페로 이어졌다.

마음에 든다고 닥치는 대로 사진 않았다.

유명 쇼핑몰을 검색하면서 가격 비교까지 한 후 재차, 삼 차까지 고민을 하다가 샀다.

덕분에 부모님, 아니, 정확하게는 어머니께 선물을 여러 차례 보내기도 하고 지루하지 않게 겨울밤을 보낼 수 있었다.

물론 쇼핑에 장점만 있는 것은 아니었다. 재차, 삼 차까지 고민한다고 해도 당장 필요하지 않는 물건들이 하나둘씩 쌓여갔다.

"택배요!"

"또 시켰어요? 이번엔 뭐예요?"

택배 아저씨의 외침에 희진이마저 못 말리겠다는 표정으로 물어왔다.

다른 사람들은 말할 것도 없다. 그저 고개만 절레절레 저을 뿐이다.

"…꼭 필요한 것들이거든요."

한마디 했지만 딱히 믿는 눈치는 아니었다.

밖으로 나가자 택배 기사는 마루에 상자들을 놓고 서둘러 가고 있었다.

"수고하셨습니다!"

크게 외친 후 상자들을 챙겨 안으로 들어갔다.

"뭐가 그리 많아?"

가을에 말려둔 감을 우물거리며 나문덕이 물었다. 두삼은 상자 중 하나를 던지며 말했다.

"자, 받아라."

"어? 뭔데?"

"선물. 스마트폰인데 유심칩만 바꿔 끼우면 될 거야."

"이걸 왜……?"

"만날 시키기만 했잖아."

"그야 당연히 내가 할 일인데……."

물론 그렇지만 개인적으로 부탁한 일도 싫은 내색하지 않고 해줬다. 그에 대한 작은 보답이었다.

"입으로만 고맙다고 하는 게 염치가 없어서 준비한 거니까 그냥 잘 써라. 이건 정 간호사 선물."

"…전 딱히 도와드린 게 없는 것 같은데요?"

"생각해 보니까 전에 아무리 급하다고 해도 무리한 부탁을 한 것 같아서. 그리고 열심히 하는 거 알아요."

정 간호사는 꽤 괜찮은 여자였다.

딱히 눈에 띄는 스타일은 아닌데 뒤에서 열심히 일하는 스타일이었다. 윤기를 잃었던 나무 마루가 할아버지가 계셨을 때처럼 바뀐 것도 그녀의 부지런함 덕분이었다.

"보는 눈이 없어서 일단 제일 잘나가는 걸로 샀는데 마음에 안 들면 바꿔."

정 간호사에겐 적당한 가격의 백을 선물했다.

"이건 여사님 거."

"내 것도 있어요?"

말을 편하게 하라고 했는데도 배영옥은 여전히 높임말을 고집했다. 나중에 놓겠다는데 그게 언제일지는 미지수였다.

"상체의 근육량을 늘려주는 데 도움을 주는 운동기구예요."

"하체는요?"

"지금처럼 걸어다니시는 걸로 충분해요."

암이 사라지면서 몸이 점점 나아지고 있었다. 이젠 오랜 병치레로 약해진 몸을 건강하게 만들 차례다.

다음은 희진.

자신의 것도 있을 거라 생각했는지 잔뜩 기대한 채 보고 있었다.

"가장 큰 게 희진이 거야."

"우와! 뭐예요?"

"올해부턴 학교 다녀야지. 그래서 가방이랑 학용품 준비했다."

희진의 아토피는 다 나았는데 CRPS 치료는 여전히 지지부진했다. 그래서 상상만으로 아파하고 있다는 추측을 머릿속에서 지우고 희진의 몸을 샅샅이 훑어보고 있는 중이었다.

골목길이라고 할 수 있는 세맥까지 살펴보고 있는데 인간의 몸을 왜 소우주라고 했는지 알 수 있었다.

몸 전부를 살피려면 웬만큼 시간을 투자해서는 안 될 것 같았기에 올해부터 학교에 보내기로 했다. 나이를 생각한다면 더 늦기 전에 보내는 것이 미래를 위해 좋다는 생각에서였다.

"피이~ 나도 스마트폰이 좋은데."

"스마트폰은 없어도 스마트워치는 있어."

"진짜요?"

스마트워치라는 말에 희진은 언제 실망했냐는 듯 귀여운 손으로 박스를 뜯으려고 했다.

스마트워치를 선물한 이유는 그녀의 심박수 모니터링, 운동량 측정 같은 상태를 파악해서 혹시 모를 일을 대비하기 위함이었다.

"마지막 상자는 네 건가 본데, 뭐냐?"

나문덕이 새로운 스마트폰을 살펴보다가 두삼이 박스를 열자 궁금하다는 듯 고개를 빼며 물었다.

"내가 옛날부터 가지고 싶었던 거."

"에? 그건……!"

"응. 달고나 세트야."

보급형 달고나 세트가 아니라 전문가용이다.

장사를 접는다면서 내놓은 것을 얼른 구매했다.

어린 시절 먹을 것이 많았음에도 유독 달고나를 좋아했었다. 특히 면에 나가면 바람을 타고 오는 설탕 타는 냄새에 절로 발길이 향했었다.

당시 달고나 장사를 꼭 해야겠다는 생각까지도 했는데 짧게나마 해볼 생각이다.

"와! 나도 이거 좋아하는데. 당장 만들어보자."

"옛날 생각나네요. 만들면 하나 부탁해요."

"저도요."

"나도 삼촌!"

다들 좋아하니 장사꾼이 된 듯 마루로 나가 달고나를 만들기 시작했다.

판매자가 어떻게 만들면 잘되는지 꼼꼼하게 설명서를 적어줬기에 두세 번의 실패는 있었지만 꽤 그럴싸한 뽑기용 달고나를 만들 수 있었다.

다들 달콤함에 질려 못 먹겠다고 할 때까지 만들고 있는데 주변의 풍경을 흐릿하게 만드는 미녀, 하란이 본채를 향해 다가왔다.

"일은 잘했어요?"

하란은 일을 한다고 겨우내 서울에 있었다.

"덕분에 마음 편히 일단락 지었어요. 테스트 걸어놓고 바로 달려오는 길이에요."

"여사님은 안에 계세요. 들어가 보세요."
"엄마 뵙고 잠깐 봤으면 하는데요."
"저요?"
"네. 드릴 말이 있어요."
돈 걱정 없이 쇼핑하게 만들어주는 고객이 보자는데 무슨 말을 할까.
"그래요."
"…근데 이거 먹어도 되나요?"
안으로 들어가려던 그녀는 문득 달고나를 물끄러미 보더니 조심스레 말했다.
"하하! 당연하죠. 예전에 좋아했었나 봐요?"
"좋아하고 말고 할 것도 없었어요. 어릴 땐 친구들이 먹는 걸 구경만 했거든요."
눈빛에 아련함보단 씁쓸함이 더 많은 것이 자신처럼 그리 좋은 추억만은 아닌 모양이다.
"다 먹어도 돼요."
"하나면 돼요. 그럼 좀 이따 봐요."
하란은 방에 들어갔다가 15분쯤 뒤에 나왔다. 두삼은 달고나 국자를 손에서 놓고 그녀와 옆방으로 갔다.

* * *

"차 한잔해요."
"향이 좋네요. 무슨 차예요?"

"당귀에 매실을 조금 넣었죠. 괜찮으면 서울 올라갈 때 챙겨 드릴게요."

여성에게 좋은 차라는 말은 뺐다.

"음! 좋네요. 사양하지 않을게요."

"할 말 있음 하세요."

차를 웬만큼 마실 때까지 기다렸다가 보자고 한 이유를 물었다.

"다른 건 아니고 깡패들이 찾아왔다는 얘기 들었어요. 그래서 폐업 신고를 했다는 것도."

"신경 쓰지 마세요. 더 중요한 일에 집중하기 위함이니까요."

솔직히 배영옥이란 미래의 보험(?)이 없었다면 그렇게 순순히 그만뒀을까 싶다.

"여사님 치료는 걱정 마세요. 안정이 될 때까진 최선을 다할 생각입니다."

"그게 얼마나 걸릴까요?"

"글쎄요. 지금 상태라면 여름쯤엔 일상으로 돌아가도 괜찮지 않을까 싶네요."

"완전히요?"

"지속적인 검사와 치료를 하는 편이 좋죠. 아시다시피 암은 재발 위험이 높잖아요."

"제가 걱정하는 것이 바로 그 점이에요. 일단 한 번 걸리면 평생 조심해야 하죠. 그런 점에서 전 선생님이 어머니를 지속적으로 봐주셨으면 해요."

"가능하다면 당연히 그럴 겁니다."

"두삼 씨라면 그래줄 거라 생각해요. 한데 어머니와 너무 오랫

동안 떨어져 있어 이제 함께 지내고 싶어요."

하란은 차를 한 모금 마신 후 말을 이었다.

"그래서 선생님이 너무 멀지 않은 곳에 계셨으면 해요. 솔직히 폐업을 했다는 말을 들었을 때 서울로 옮기려는 건지 싶어 조금은 기뻤답니다. 미안해요… 제 욕심만 차리는 것 같아서요."

"그럴 수 있죠. 저라도 그랬을 겁니다."

자신이라고 해도 같은 상황이면 하란과 비슷한 생각을 가졌을 것이다. 사실 도시로 가서 가게를 낼까 생각하는 중이기도 했다.

"이해해 줘서 고마워요. 그래서……."

"제가 서울로 옮겼으면 하는 건가요?"

"네. 그래주신다면 서울에 가게를 내는 데 도움을 드릴게요. 이거 보세요. 제가 간단히 준비한 건데 세 가지 안이 있어요."

그녀는 가방에서 세 개의 서류철을 꺼냈다.

"첫 번째 것은 제가 가지고 있는 건물의 한 층을 인테리어했을 때의 모습이에요."

"…너무 크군요."

첫 번째 안은 100평이 넘는 곳으로 혼자서 감당할 규모가 아니었다.

"아직까진 누군가를 책임질 자신이 없습니다."

"그럼 두 번째 안을 봐주세요. 사무실 근처에 있는 3층짜리 건물인데 3층과 옥상을 쓸 수 있어요."

"…언젠가는 꼭 이런 가게를 가지고 싶네요. 하지만 지금은 무리인 것 같습니다."

두 번째 안은 첫 번째 것보다 규모면에선 작았지만 화려함은 훨씬 더했다. 그러나 돈이 썩어난다면 모를까 감당할 수준이 아니었다.

"제 요청으로 오는 것이니 해드릴 수 있어요."

"받은 것으로 충분합니다. 염치없는 짓은 하고 싶지 않군요."

"…그럴 줄 알았어요. 그럼 세 번째 안을 보세요. 20분 거리에 있는 곳으로 단독주택이에요. 인테리어와 리모델링을 했을 때 기준인데 1층은 가게로 쓰고 2층은 숙소로 쓸 수 있어요"

마지막 안이 제일 무난하면서 마음에 들었다. 일단 혼자 할 수 있는 규모이기도 했고 무엇보다도 지낼 수 있는 곳까지 해결된다는 점에서 흠잡을 데가 없다.

"좋네요. 보증금과 월세는 어느 정도 수준인가요?"

"리모델링해 놓으면 집주인이 계약 기간 끝나고 팔아버릴걸요. 그나마 양심적이라면 월세를 올려달라고 할 거고요. 그럴 바에 차라리 사는 게 나아요. 투자 가치도 충분하고요."

"현재 가진 돈으로 어림도 없어요."

하란이 준 돈과 환각지를 치료하면 번 돈이 가진 전부였다. 그 걸로는 어림도 없었다.

"저에게 받을 돈이 있잖아요. 미리 드릴게요. 집값과 세금, 리모델링 비용 하면 10억쯤 될 거예요."

"성공이라기엔 아직 이른데……."

"현재 상태로만 지속되어도 어차피 줄 돈이잖아요. 그리고 만에 하나 상상하기도 싫지만 실패하면 집으로 돌려받을게요."

"…생각 좀 해볼게요."

"그러세요. 가급적 긍정적으로 생각했으면 해요. 그리고 가급적 빨리 결정해 주세요. 사실 급전이 필요한 집주인에게 예약을 걸어둔 거거든요."

"그러죠. 참! 서울에 올라가는 건 희진이가 낫고 난 다음에야 가능할 겁니다."

"물론이죠."

하란이 나간 후 고민을 했다.

사실 10억이 생기면 도시로 나가 적당한 가게를 차리고 2, 3억 쯤으로 어머니 집을 사 주려고 했었다.

아버지가 싫다고 시골의 낡은 집을 빌려서 힘겹게 사는 어머니를 보고만 있을 수 없었다.

'일단 전세로 구해 드릴까?'

부동산에 대해 문외한이 자신이 봐도 평생 살아도 될 정도로 괜찮은 위치에 있었다. 남산이 멀지 않았고 유동 인구가 많은 약수역이 도보로 10분 거리였다.

큰길에서 조금 들어가야 한다는 단점도 있었지만 지금과 비할 바가 아니다.

서류를 봤을 때부터 살짝 기울었던 마음은 급격하게 하란의 말을 받아들이는 쪽으로 기울었다.

* * *

기를 이용하고 그 기를 통해 신체 내부를 볼 수 있게 되면서 우쭐하는 마음이 있었다.

남들이 가지지 못한 능력으로 누구보다도 빠르고 정확하게 증상을 파악할 수 있고 치료할 수 있는데 왜 그렇지 않을까.

하지만 희진의 병을 고치기 위해 세맥까지 꼼꼼히 살피다 보니 착각임을 알 수 있었다.

택시 기사로 취업했다고 처음부터 전국의 골목 구석구석을 알 수 없듯이 인간의 몸에 흐르는 세맥 역시 비슷했다. 아마 평생에 걸쳐 노력해도 그 길과 기능을 다 알수 있을까 싶었다.

'다만 숙련된 운전기사가 모든 길을 다 아는 건 아니지. 웬만큼 큰길만 알면 나머진 그때, 그때 이용하면 그뿐이지.'

두삼은 각종 색깔 볼펜으로 낙서처럼 그려진 그림을 와락 구겼다.

그릴 땐 알아볼 수 있을 거라 생각하고 그렸는데 세맥이 더해지자 낙서가 되어버렸다.

"삼촌, 그 그림 중요한 거 아니었어요? …왜요? 잘 안 돼요? 저 학교 못 가요?"

자고 있는 줄 알았던 희진이 걱정스레 물었다.

귀중하게 다루던 것을 찢어버렸으니 그렇게 생각할 만했다.

성급하게 행동한 것에 대해 자책하며 얼른 말했다.

"아냐. 이젠 필요 없어져서 그런 거야. 더 좋은 방법이 생각났거든."

"…진짜요?"

"응. 학교 못 가게 되는 게 그리 걱정돼?"

"네. 친구들이랑 다음 달 학교 행사 때 커버 댄스 추기로 했는데……."

"걱정 마렴. 가게 될 테니까. 삼촌이 엄마랑 얘기하고 올 동안 잠깐 누워 있을래? 새로운 치료 방법에 대해 얘기해야 하거든."

알겠다고 말하는 희진의 머리를 쓰다듬어 주고 밖으로 나가 형수에게 갔다.

"방법을 바꿔야 할 것 같아요."

"…위험한 방법인가요?"

지금까지 특별한 설명이 없다가 말해서일까. 형수는 방법을 바꾸겠다는 말에 위험성이 있다는 걸 단번에 눈치챘다.

"그래서 실행하기 전에 말씀드리려는 거예요."

"실패하면 어떤 증상이 일어날 수 있나요?"

"신체 일부분의 고통을 느낄 수 없을지도 모릅니다."

어릴 땐 거의 실패 없이 치료하던 할아버지께서 치료 전엔 최악의 상황을 상정해서 말하는 것이 이해가 되지 않았다. 그래서 커서 할아버지와 같은 의원이 되면 치료할 수 있으면 치료할 수 있다고 확실하게 말해야겠다고 생각했었다.

그러나 크고 나니 최악의 경우를 항상 생각해야 하고 보호자에게 전달해야 함을 깨달았다. 뼈저린 교훈도 있었고 말이다.

이번에 희진에게 행할 시술은 척수신경 주변의 혈을 자극해서 몸의 한 부분만을 마취시키는 것이다.

전신마취까지 시킬 수 있으면서 한 부분만 마취시키는 것이 무에 어렵겠냐고 물을 수도 있을 것이다. 하지만 척수신경을 이용한 마취의 경우, 목 아래 전부, 혹은 하반신을 마취시키는 시침은 배웠지만 부분, 부분 마취시키는 법은 배우지 못했다.

부분 마취의 경우 척수신경이 아닌 상처 주변 혈의 흐름을 막는 것으로도 가능한데 굳이 위험을 내포한 척수신경을 통한 마취가 필요 없긴 했다.

두삼 역시 희진과 같은 특수한 경우가 아니라면 척수신경을 통한 부분 마취는 절대 생각하지 않았을지도 모른다.

"자세히 들을 수 있을까요?"

"물론이죠. 척수신경은 운동, 감각, 자율신경을 모두 포함하는 신경이에요. 척추 뼈를 기준으로 위에서 7마디, 8개의 신경이 목 신경, 다음 12개 마디, 12개 신경이 가슴 신경이죠 다음은……."

두삼은 자신의 몸을 교보재삼아 척수신경에 대해 설명했다.

"현재는 척수신경에서 뇌로 올라오는 감각 신호를 차단함으로써 고통을 느끼지 않고 있어요. 원인을 찾으려면 부분 마취를 통해 찾아야 합니다."

"그럼 위험할 일이 없지 않나요?"

"그렇게 생각하겠지만 부분 마취의 경우 처음 시도하는 겁니다."

"아! 그, 그럼 너무 위험하지 않나요?"

"마취시키는 방법에 규칙이 있음을 알게 됐습니다. 물론 그렇다고 해서 위험이 없다고 할 수는 없죠."

"다른 방법은 없을까요? 혹시라도 잘못되면… 죄송해요. 두삼 씨 입장에선 하지 않아도 되는 일인데……. 시간 좀 주세요. 희진이 아빠와 상의해 볼게요."

"그러세요."

선택의 여지가 없다고 해도 결정은 백만수 부부의 몫이었다.

저녁에 가게를 끝내고 백만수가 왔다. 그는 오자마자 담배를 입에 물곤 물었다.

"후우~ 그 방법밖에 없는 거겠지?"

"일단은요. 걱정이 되면 안 해도 돼요. CRPS의 경우 꾸준한 치료에 낮은 확률이긴 해도 제대로 돌아오는 경우도 있으니까요. 물론 악화되어 척수신경 수술을 해야 할 수도 있지만요."

"낮은 확률… 그 확률에 기대기엔 지금까지 희진이가 겪는 고통이 너무 크다. 요즘 밝게 뛰노는 모습을 보면 차라리 척수 수술을 해야 싶을 정도다."

아픔을 겪은 당사자도, 그 모습을 지켜봐야 하는 가족도 아닌데 그들이 느낄 고통을 어떻게 알 수 있을까.

두삼은 아무 말도 하지 못하고 묵묵히 듣고 있었다.

"두삼아, 보호자가 아닌 형으로서 물어보자. 너라면 어떻게 할래?"

"대답은 아시잖아요."

"…그래. 너라면 이미 모든 가능성을 검토했겠지. 이해해라. 차라리 내가 겪는 일이었다면 널 믿고 맡겼을 텐데."

"이해해요."

"자식……."

백만수는 어깨에 팔을 두르며 습기가 느껴지는 목소리로 말을 이었다.

"부탁한다. 부디… 최선을 다해줘라."

"알았어요, 형."

하고픈 말이 많을 텐데 그는 최선을 다해달라는 말을 끝으로 더 이상 입을 열지 않았다.

그가 어깨 위에 올린 팔이 유독 무겁게 느껴진다.

*　　　*　　　*

"삼촌, 나 내일 행사에 갈 수 있죠?"

"…으, 응."

"저번처럼 절뚝이게 하면 안 돼요? 춤 못 추면 희진이 슬퍼요."

"…으, 응."

"친구들과……."

"희진아, 삼촌 집중하고 있잖아. 치료 끝나고 물어보려무나."

"…네, 아빠."

아직 더워지려면 멀었음에도 땀을 흘리며 열중하고 있는 두삼 대신에 백만수가 나서서 희진이 입을 다물게 만들었다.

새로운 방법으로 치료를 시작한 지도 벌써 한 달 가까이 흘렀다. 혈의 깊이를 잘못 눌러 다리를 하루쯤 못쓰게 만들었던 것 말고는 별 탈 없이 진행 중이다.

여러 번 반복한 끝에 마침내 일곱 목신경과 가슴 신경의 사이, 팔과 팔목을 담당하는 부분과 허리신경과 엉덩이 신경 사이, 발과 다리를 담당하는 부분에 이상이 있음을 알아냈다.

그때부터 두 부위와 척수 사이의 맥을 자신의 것과 비교하며 샅샅이 살폈다. 그리고 오늘 CRPS의 원인이라고 의심되는 맥을 찾을 수 있었다.

'음. 이것 같긴 한데……'

두 개의 세맥이 새끼줄처럼 꼬여 있는데 그 사이로 신경이 지나고 있었다. 고작 이것 때문에 그렇게 큰 고통을 겪었다는 게 이해가 되지 않았다.

다만 이것 말고는 다른 점이 없으니 일단 이것부터 바로 잡은 후 생각해 볼 일이다.

'그나저나 어떻게 푼다?'

혈관이라면 외과적인 시술을 시키면 되지만 기가 흐르는 맥의 경우 불가능했다.

딱히 '이거다!' 하고 떠오르는 생각이 없었다. 몇 차례 기를 통과시켜 봤지만 꼬인 세맥은 꿈쩍도 안 했다.

결국 오늘은 포기할 수밖에 없었다.

"오늘은 여기까지 하자."

"아싸! 삼촌 밖에 나가서 놀아도 되죠?"

"응. 아직까지 팔과 다리는 감각이 없으니 조심해야 한다."

"항상 조심해요. 헤헤! 수고하셨어요, 삼촌!"

옷도 제대로 입지 않고 후다닥 뛰어나가는 희진.

그동안 안에만 있었던 것에 보상이라도 받고 싶은지 날이 풀리자 밖에서 뛰어다니느라 정신이 없다.

희진이 떠나고 열린 문을 닫는데 백만수가 말했다.

"상태가 많이 안 좋아?"

"갑자기 뭔 소리에요?"

"아니. 치료할 때 표정을 보니 그런 것 같아서."

"아~ 상태가 안 좋은 게 아니라 원인이라고 할 만한 것을 찾았는데 어떻게 해야 할지 고민한 거였어요."

백만수에게 세맥이 꼬여 있다고 그것이 원인일 수 있음을 말해줬다. 그에 백만수는 상기된 얼굴로 어깨를 잡으며 물었다.

"정말 원인을 찾은 거냐!"

"그 때문인지 확신하진 못해요."

"다른 점이 그 부분밖에 없다며. 그럼 그게 원인이겠지."

"글쎄요. 솔직히 대학 다닐 때 인간의 몸에 대해 어느 정도 안다고 생각했는데 지금은 그때보다 더 많은 것을 아는데 오히려 더 모르겠어요."

"환각지와 말기 암까지 고친 녀석이 겸손은. 분명 그게 원인이 맞을 거야."

"형도 참, 운이 좋았다니까요."

"알았다, 알았어. 기대하지 않을게. 하하하! 더 할 일 없음 나가자. 오늘 형이 시원한 생맥주 쏠게."

원인을 찾은 것이 기쁨 모양이다.

"술 먹으면 뻗을 것 같은데요."

기를 이용해 몸을 검색하는 건 꽤 고된 일이다.

피시술자의 몸에 기를 주입하면 맥을 따라 돌면서 조금씩 줄어든다. 거기에 장애물이 있을 때 뚫다 보면 뭉텅뭉텅 빠져나갔다.

세맥까지 샅샅이 살펴야 하는 희진의 경우는 기의 소모가 훨씬 심했다.

임독양맥이 통하면서 푹 자고나면 다시 기가 가득해져서 다행이지, 아니었으면 배영옥을 치료할 때보다 더 말랐을 것이다.

"그래? 그럼 아예 사 와서 여기서 먹을까? 취하면 바로 자면 되잖아."

"그럼 그래요. 전 장작구이 해놓을게요."

"오케이! 다녀올게."

백만수가 나간 후 두삼은 냉장고로 가서 커다란 고깃덩어리를 꺼냈다. 그리고 두툼하게 잘라 쿠킹 호일에 쌌다.

고기 준비를 마치고 밖으로 나갔다. 그리고 튼튼이 만들어놓은 장작을 야외 아궁이에 차곡차곡 쌓았다.

그때 슈퍼에 간 줄 알았던 백만수가 다가왔다.

"도와줄 일 없냐?"

"어? 아직 안 갔어요?"

"나 기사랑 정 간호사가 갔다 온다 해서 그러라고 했다. 데이트하러 갔다 온다는데 방해하는 것도 예의가 아니잖아."

"에? 두 사람 사귀어요?"

"몰랐냐?"

"전혀요. 만날 봐도 그런 기색이 없었는데."

"난 딱 보니까 알겠더구만. 서울 가서 연애는 안 하고 공부만 했냐?"

"그건 아니지만……. 아무튼 놀랄 일이네요."

"이 조용한 동네에서 하루 종일 같이 붙어 있다 보면 없던 감정도 생기게 마련이지. 왜? 네가 꾀려고 했냐? 정 간호사 자세히 보면 꽤 예쁘긴 하지."

"…아니거든요."

"그럼 하란 그 아가씨?"

"여자에 관심 없어요. 설령 있다고 해도 하란 씨는 언감생심이죠."

하란은 연예인 같은 존재다.

보는 것만으로 설레지만 이성으로 마음을 가지기엔 딴 세상에 사는 이였다.

"니가 어때서?"

"굳이 비교하자면 비루하죠. 아니, 비교 자체가 되지 않는다는 게 더 맞겠네요."

"잘사는 줄 알았지만 그 정도냐?"

말을 하다 보니 돈을 기준으로 사람의 위아래를 나누는 모양새다. 스스로 생각해도 속물적인 것 같아 두삼은 씁쓸하게 웃는 것으로 대답을 대신했다.

"앞으로 잘살면 되지. 아, 참! 전에 가게에 왔던 깡패 놈들 얘기 들었냐?"

"형이 그 얘기는 어떻게 알아요?"

"희진이가 무섭게 생긴 아저씨들이 왔다고 얘기해서 알았지. 걔들 때문에 장사를 그만둔 것도 알고."

"모르게 한다고 했는데……."

"깡패 놈들이 우르르 몰려왔는데 모를 리가 있나. 아무튼 그 놈들 어떻게 된지 아냐?"

"이미 지난 일인데 알 리가 없죠."

"걔네들 알아보니까 진주에서 활동하는 애들이더라."

"진주 애들이라는 건 어떻게 알았어요?"

나이 들어 보여도 대부분 20대 초 중반이니 애들이라는 표현이 이상할 것 없었다.

"내가 부산에 있을 때 폭주족으로… 큼! 아무튼 내가 아는 애 중에 지금은 경찰이 된 녀석이 있는데 걔한테 한번 알아봐 달라고 했다."

"그래서요?"

"은퇴한 깡패 한 명한테 박살이 나서 조직이 와해됐다더라. 다들 무릎이 나가서 앞으로 깡패 짓은 못 할 거라던데?"

"에? 진짜요?"

밥숟가락 들 힘만 남겨놓은 것이 이런 결과를 낳았을 줄은 생각도 못 했다. 물론 안쓰럽다는 생각은 없었다. 어차피 자업자득이다.

"진짜! 그러니 걱정 말고 다시 영업해도 돼."

"지금은 여사님이랑 희진이한테 집중할래요."

"왜? …혹시 다른 곳에 가게 내려고? 어디에?"

"그건… 희진이 낫고 나면 말해줄게요."

희진이를 내버려 두고 떠난다고 생각할 수 있기에 백만수에겐 아직 서울에 간다는 말은 하진 않았다.

"…미안하다. 그러지 말아야 한다면서도 자꾸 욕심이 생겨서."

"그런 말 하지 마세요. 이제 슬슬 불붙여야 하니까. 형은 마당에 물 좀 뿌려주세요. 먼지가 너무 날리네요."

"그래야겠다. 호스는 어디에 있냐?"

"저기 낡은 서랍장에 있어요."

장작구이는 장작에 불을 피워놓고 쿠킹 호일로 감싼 고기를 던져놓으면 된다. 그리고 익었다고 생각했을 때 쿠킹 호일에 구멍을 뚫고 기름을 빼면 끝이다.

기름이 쫙 빠지면서 고기 양이 확연히 줄어든다는 단점은 있지만 겉은 바삭하고 가운데는 촉촉한 맛있는 요리가 된다.

고기를 얹어놓는데 백만수의 투덜거리는 소리가 들렸다.

"뭐가 이렇게 꼬여 있냐? 넣어놓을 때 차곡차곡 잘 넣어놔야지."

그는 엉킨 호스를 낑낑대며 풀었다. 그리곤 어느 정도 풀고 나자 수도꼭지에 끼웠다.

"아직 덜 풀린 것 같은데요."

대충 풀었을 뿐 여전히 꼬인 부분은 많았다.

"이런 건 굳이 풀 필요 없어. 그냥 이렇게 하면 돼."

백만수는 수도꼭지를 돌리자 '쉬익!'하는 소리가 들리며 물이 호스를 타고 빠르게 흘렀다. 그리고 꼬인 부분에 이르자 호스는 마치 뱀처럼 꿈틀대며 스스로 꼬인 것을 풀었다.

그 모습을 물끄러미 바라보는데 머릿속에 번쩍 하고 떠오르는 생각이 있었다.

그건 바로…….

푸슉! 퍼덕퍼덕!

꿈틀대던 호스가 두삼의 얼굴로 물을 뿜었다. 그리고 퍼덕거리며 연신 물을 쏘았다.

10. 상경 길에 만난 이들

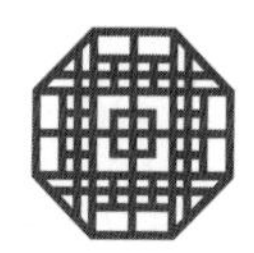

강력한 물줄기가 꼬인 호스를 풀 듯 강한 기의 흐름이 꼬인 세맥을 푼다는 계획이 세워졌다.

계획에 앞서 꼬인 세맥을 강화할 필요가 있었다.

사실 좋은 방법이 생각나지 않았다면 꼬인 맥을 아예 갈기갈기 찢어버리는 방법도 생각하고 있었기에 바로 시도를 해도 됐다.

평범한 사람들도 기의 도로라는 맥이 다치는 경우가 있다. 주요 맥의 경우 문제를 발생시킬 가능성이 높지만 세맥의 경우 나이가 들어감에 저절로 막혀 버리기도 했기에 별문제가 될 것 같지 않았기 때문이다.

하지만 희진의 나이가 어리다는 점과 시도해 볼 만한 방법이 있었기에 시간을 더 투자하기로 했다.

보름 동안 열심히 꼬인 세맥을 자극했고 기운을 스며들게 만들어 보름 만에 제법 튼튼해졌다.

착한(?) 마음을 먹어서인지 배우는 바도 있었다.

지금까지 감각적으로 알고 있던 맥을 외부에서 막는 것과 내부에서 막는 것의 차이를 정확하게 알게 됐다.

맥을 호스라고 생각했을 때 호스 외부를 눌러 기의 흐름을 막으면 반영구적으로 막을 수 있고, 호스의 안쪽을 막으면 시간이 지날수록 막아둔 기가 피시술자에게 스며들면서 뚫리게 된다는 것이다.

거기에 더해 기의 밀도를 조절함으로써 막는 시간까지 조절할 수 있게 되었다.

가령, 10의 기운으로 막으면 하루, 20의 기운으로 막으면 이틀간 지속되는 것이다.

별것 아닌 것 같지만 실험 결과에서도 거의 똑같이 적용된다는 점을 생각해 보면 그야말로 획기적인 것이었다.

아무튼 세맥이 어느 정도 튼튼해진 것을 확인한 두삼은 오늘 꼬인 것을 풀기로 했다.

"…전 밖에서 기다릴게요."

오늘 시도하는 일에 대해서 잘 아는 형수는 보고 있는 게 힘든 모양이다. 어쩌면 밖에서 기도를 하려는지도 모르겠다.

"그러세요."

잘되길 바라는 마음은 마찬가지였기에 그녀의 마음을 이해했다. 형수가 나가고 얌전히 침상에 누워 있는 희진에게 말했다.

"시작할게."

"삼촌, 파이팅!"

"하하! 그래 파이팅이다."

도리어 환자인 희진이 긴장을 풀어줬다.

손을 뻗어 그녀의 아랫배에 손을 올렸다. 그리고 기운을 손에 집중했다. 손이 새하얗게 빛났다.

물론 빛은 두삼의 눈에만 보이는 빛이었다.

두삼의 기운은 희진의 단전에 들어가 소용돌이처럼 빙글빙글 돌았다. 단숨에 몰아치듯이 보내야 했기에 기운이 웬만큼 쌓일 때까지 기다렸다.

'이 정도면 되겠지. 간다!'

두삼은 자신의 기운이 4분의 1쯤이 빠지자 때가 되었음 알고 두 곳의 꼬인 세맥을 향해 기운을 보냈다.

단전에서 빠져나간 기운은 지난 보름 동안 닦아둔 총 네 개의 맥을 통해 빠르게 달렸다.

머릿속에 그려지는 그 모습에 마치 '쏴아아아!' 하는 소리가 들리는 듯했다.

순식간에 목적지 앞까지 도착했고 곧장 꼬인 세맥으로 진입했다.

으득!

꼬인 세맥이 동시에 빵빵하게 부풀었다. 당장에라도 풀릴 듯이 꿈틀거렸다.

'풀어버려!'

간절히 바랐지만 기운이 다 지날 때까지 꼬인 세맥은 형태를 유지했다.

첫 시도는 실패였다.

실패한 기운을 돌려 다시 단전으로 들어오게 했다.

남은 기운은 80퍼센트 정도. 기운을 추가해서 처음의 120퍼센트를 만들었다. 그리고 다시 출발시켰다.

다시 꼬인 세맥을 통과할 때였다.

"아악!"

희진이 뾰족한 비명을 지르며 몸을 꿈틀댔다.

갑자기 무슨 일인가 싶어서 집중해서 내부를 봤다. 빵빵하게 부풀어 오른 맥이 신경을 압박하고 있었다.

마취를 해뒀는데 왜 고통스러워하는지 정확한 이유는 알 수 없었다. 첫 시도 때 과한 기운이 돌면서 막아뒀던 기운이 흔들렸을 가능성도 있었다.

'희진아, 조금만 참으렴.'

기를 멈추지 않았다.

우드득!

꼬인 세맥이 터질 듯이 부풀어 올랐다.

'터지지 마!'

"아아! 삼촌 아파요!"

"조금만 참으렴! 이번만 성공하면 더 이상 아프지 않을 거야!"

꼬인 세맥이 풀리려고 할수록 신경은 더욱 압박됐고 희진의 비명 소리는 커졌다.

이곳이 CRPS의 원인임을 확신했다.

'제발!'

풀리라고, 터지지 말라고 바랐다. 그리고 넣은 기운이 3분의

2쯤 지나갔을 때였다. 버티던 꼬인 세맥 두 곳이 들썩이기 시작했다.

"꺄! 사, 삼… 아악!!"

멈춰야 하나 싶을 만큼 희진의 비명이 커졌다.

그때 어떻게 지금까지 버텼나 싶을 만큼 꼬인 세맥이 휘릭! 풀렸다.

"하아……!"

"으으……."

아랫배에서 손을 떼고 의자에 주저앉은 두삼은 안도의 한숨을 내쉬었고 희진은 고통에서 벗어난 얼굴로 숨을 헐떡였다.

"…괜찮니?"

"…네. 이젠 안 아파요. …간만에 너무 아팠어요."

"미안하다. 삼촌이 예상을 못 했구나."

"…괜찮아요. 근데 치료는 끝난 거예요……?"

"생각대로 됐는데 어디 한번 확인해 볼까?"

"…아픈 거라면 내일 했으면 좋겠는데요."

"간단한 거야. 옆으로 돌아보렴."

수건으로 그녀의 이마에 송골송골 맺힌 땀을 닦아준 후 등에 손을 올렸다.

'역시 막아뒀던 기운이 약해졌어.'

다음에 이런 일이 있다면 좀 더 강하게 막아둬야겠다는 생각을 하며 척수신경을 막아뒀던 기운을 풀었다. 그리고 천천히 그녀의 팔과 다리를 손가락으로 만졌다.

"어때?"

"어? …문지르는 느낌은 드는데 아프지 않아요."

"이건?"

이번엔 손톱으로 등을 살살 긁었다. 보통 사람이라면 시원하게 느낄 강도였다.

"시원해요, 삼촌! 어렸을 때 간지러울 때 엄마가 긁어주는 느낌이에요! 저… 혹시 나은 건가요?"

희진도 몸의 변화를 느끼는 모양이다.

"아마도. 몇 가지 더 실험해 볼게."

살짝 꼬집어보기도 하고, 뾰족한 물건으로 몸 이곳저곳을 찔러보기도 했다.

또한 풀린 세맥이 다시 꼬일까도 살펴봤지만 굵고 튼튼해진 세맥 덕분에 가능성은 희박해 보였다.

20여 분 여러 가지 테스트를 통해 내린 결론은.

"이젠 집에 가도 되겠다."

"진짜요! 나은 거예요? 진짜로 나았어요, 삼촌? 정말이요?"

희진은 같은 물음을 반복했다.

"응. 앞으로 두고 봐야겠지만 지금으로써는 완전히 나았다고 보인다."

"이제 안 아픈 거죠? 그렇죠? 학교도… 계속 다닐 수도 있고, 병원도 안 가도 되고……."

방금 전까지 기쁜 표정으로 묻던 희진은 어느새 눈물을 뚝뚝 흘리며 말했다. 그리곤 상체를 일으키며 두삼의 목을 끌어안았다.

"고마워요! 고마워요, 삼촌! 흑!"

"…그동안 고생했다."

두삼 역시 그녀를 안고 가볍게 등을 두드렸다.

*　　　　*　　　　*

"…이 사람은 뭘 하기에 전화도 없어."

오늘 중요한 치료가 있는 날이라 결과를 기다리고 있는데 이렇다 할 소식이 없으니 답답했다.

일만 없었다면 당장 달려갔을 것이다.

한데 '운수 좋은 날'의 상황처럼 새벽부터 지금까지 일이 계속되니 왠지 모르게 불안하다.

전화를 해보자는 생각에 단축 번호를 누르려 할 때 와이프에게 전화가 왔다.

"응! 어떻게 됐어?"

통화를 누르자마자 결론부터 물었다.

―나았어요! 이젠 괜찮대요!!

"진짜? 내가 당장 갈게."

―집으로 와요. 두삼 씨가 이젠 괜찮다고 집까지 데려다줬어요.

"더 지켜봐야 하는 거 아닌가? 아무튼 바로 갈게."

재발하면 어쩌나 걱정됐지만 어련히 알아서 보냈겠지 싶었다.

단숨에 집으로 달려갔다.

"나 왔어! 희진인 어때?"

"나도 믿기지 않아 여러 번 테스트해 봤는데 이젠 멀쩡해요."

"어디 있어?"

"안에서 친구들이랑 전화하고 있을 거예요."

직접 확인하고 싶어서 희진의 방으로 갔다.

옷도 입지 못하고, 침대에 눕지도 못하던 희진이 옷을 입은 채 침대에서 뒹굴거리는 모습만으로도 나았다는 말이 거짓이 아님을 짐작할 수 있었다.

하지만 확인은 필요했다.

"희진아 아빠가 좀 만져볼게."

"히잉~ 꼬집진 마세요. 삼촌도, 엄마도 엄청 꼬집어서 그거 때문에 아파요."

"…으응, 당연하지. 그냥 만져만 볼게."

꼬집어보려던 생각은 접어야 했다.

아팠던 곳을 구석구석 만지며 느낌을 물어본 후 나았음을 확신했다.

희진의 방에서 나온 백만수는 현관으로 향했다.

"어디 가요?"

"두삼이 술 한잔 사주고 오려고."

"그렇게 해요. 참! 간 김에 치료비는 얼마나 줘야 하는지 얘기해 봐요."

"아……!"

나가려던 백만수는 신발을 벗고 다시 들어왔다. 그리고 자리에 앉으며 물었다.

"통장에 얼마나 있어?"

"돈이 어디 있어요. 지금까지 희진이 병원비가 좀 들어갔어요?"

"하긴… 집을 담보로 빌려야 하나."

"은행 대출 된다고 해도 2천 이상은 힘들 거예요……."

대지가 넓지만 대한민국에서 싸기론 첫 손가락에 드는 곳이다 보니 많은 돈을 기대하긴 힘들었다.

"2천이라. …혹시 돈 빌릴 곳 있어?"

"오빠한테 말하면 오백 정도는 빌릴 수 있을 거예요. 당신은 모아둔 돈 없어요?"

"농한기나 돼야 들어와. 하지만 그것으론 택도 없지. 쩝! 아버지한테 손을 벌려야 하나."

그의 아버지는 예전에 사업을 해서 제법 돈이 많았다. 하지만 결혼을 할 때, 희진이 일로 병원에 다닐 때 번번이 손을 벌렸기에 염치가 없었다.

"그러지 말고 술을 먹으면서 가볍게 얼마쯤이면 되는지 말해 보면 어때요? 솔직히 희진이를 낫게 해줬으니 너무 터무니없지만 않다면 얼마를 원하든 맞춰주는 게 맞지 않겠어요?"

터무니없이 달라고 할 녀석도 아니었다.

고민을 하던 백만수는 결국 두삼에게 전화를 걸었다.

—예, 형.

"결국엔 고쳤구나. 고맙다."

—하하! 고칠 수 있게 돼서 다행이에요. 후우~

"뭐 하기에 그렇게 힘을 쓰냐?"

—별거 아니에요.

“힘쓸 일 있으면 불러라. 그나저나 오늘 같이 기쁜 날 술 한잔 해야 하지 않겠냐?”

—제 몸 상태가 별로라 술은 좀 그렇고 내일 점심이나 같이해요. 아! 형 이만 끊어야겠어요.

“왜? 무슨 일 생겼냐?”

—아뇨. 아무튼 내일 봐요!

서둘러 전화를 끊는 두삼. 서둘러 끊는 것 같아서 조금 이상했지만 바쁜 일이 생겼나 보다 하고 넘겼다.

“우리 오늘 애들 데리고 외식할까?”

“두삼 씨랑 술 먹는다면서요.”

“몸이 안 좋대. 내일 점심 같이 먹기로 했어.”

희진이 아프고 난 다음부터 외식 한번 편하게 해본 적이 없었다. 그동안 고생한 와이프를 위해서라도 오늘은 외식을 하고 싶었다.

“같이 술도 한잔하고.”

“훗! 그래요.”

백만수 부부의 얼굴에 오랜만에 웃음이 떠올랐다.

* * *

푸다다다다다!

백만수는 두삼과의 점심 약속을 위해 오토바이를 타고 매계리로 향했다.

대문 앞에 도착한 그는 헬멧을 보며 중얼거렸다.

"나 기사, 어디 갔나?"

공터에 트레이드마크처럼 서 있던 고급 외제차가 보이지 않았다.

대문을 열고 들어가 본채로 올라갔다.

"오늘은 유독 조용하네. 두삼아! 두삼아!"

문은 다 닫혀 있었고 마루에 상자 두 개만 덩그러니 놓여 있었다. 막 두삼의 방문을 열려고 할 때였다. 뒤에서 이봉래가 다가오며 말했다.

"두삼이 아침에 서울 갔다."

"어? 아저씨 안녕하세요. 근데 서울이요? 언제 내려오는데요?"

"내년 할아버지 제사 때나 내려오겠지."

말인즉, 완전히 올라갔다는 소리다.

"갑자기 왜? …아!"

이유를 묻다가 문득 떠오르는 생각이 있었다. 치료비 때문에 고민할 거라 생각하고 올라간 게 분명했다.

"치료비는 오토바이로 충분하다고 전해주라더라. 혹시 더 주고 싶으면 조카들 용돈으로 주래."

"…무슨 애들 용돈을 그렇게 줘요."

"나야 모르지. 다만 짐작컨대 서울에서 쫓기듯이 내려왔을 때 돈도 받지 않고 오토바이를 준 것이 고마워서가 아닐까 생각한다."

"……."

"점심은 다음에 내려올 때 먹자더라. 그리고 저기 박스 가져가라. 하나는 네 처 기가 약하다고 먹이라는 것이고 나머지 하나는 희진이 아토피 치료 입욕제란다. 전할 말 전했으니 난 일하러 간다."

아무 말 없는 백만수의 마음을 이해한다는 듯 어깨를 툭 치곤 이봉래는 돌아섰다.

"…나쁜 자식!"

미안하고, 고마웠다.

울컥하는 마음을 다잡으려는 듯 거칠게 중얼거린 그는 스마트폰을 꺼냈다.

전화라도 걸어 인사도 없이 가느냐고 한마디라도 해야 기분이 풀릴 것 같았다. 그러나 그마저도 할 수 없었다.

이봉래가 전하지 않은 말이 있는지 뒤돌아보며 입을 열었다.

"참! 욕할 사람이 있어서 전화는 일주일 동안 꺼놓는다고 하더라."

"……."

백만수는 통화 버튼을 눌러봤지만 전화기가 꺼져 있다는 목소리만 들을 수 있었다.

*　　　*　　　*

"오토바이 타기 좋은 날이네."

희진의 치료가 잘되어서인지, 아니면 시원한 바람 덕분인지 몰라도 기분이 좋다.

건물은 공사 중이라 당장 서울에 올라가도 여관을 전전해야 했기에 느긋하게 여행을 할 생각이었다.

첫 목적지는 삼척이었다. 장미 축제 때 좋아하는 가수가 온다고 하니 겸사겸사 가는 중이다.

"일단 합천에 가서 점심을 먹을까. 먹고 해인사 구경해도 되잖아."

목적지를 삼척으로 잡았지만 급하게 갈 이유는 없었다. 제 시간에 도착하면 직캠을 찍는 거고, 아님 장미만 구경해도 충분했다.

악양의 경험으로 자존감이 회복되며 병적으로 매달리던 일도 취미로 바뀐 모양이다.

합천을 거쳐 대구로 가 야시장을 구경하고 안동으로 가 하회마을을 구경하며 북상했다. 가끔 비가 와서 원두막이나 시골 동네의 나무 밑에서 시간을 보낼 때도 있었지만 그마저도 즐거웠다.

태백산 국립공원 근처의 모텔에서 하룻밤을 보낸 두삼은 느긋하게 일어나 주차장으로 갔다.

"서두르면 제 시간에 도착하겠네."

말과 달리 오토바이를 탄 두삼은 도로 규정 속도에 맞게 느긋하게 움직였다.

하지만 얼마 지나지 않아 좋던 기분은 짜증으로 바뀌었다. 고속도로가 잘 뚫려서인지 국도엔 오가는 차는 많지 않았는데 그래서인지 가끔 위험하다 싶을 만큼 쌩쌩 지나갔다.

특히 관광버스가 지나갈 땐 생명의 위협을 느낄 정도였다.

속도를 80㎞까지 높였지만 그보다 빨리 지나갔다.

더 높였다간 국도가 워낙 꾸불꾸불해 절벽에 처박히거나 옆의 개울에 처박힐 것 같은 두려움에 결국 백미러를 흘낏거리며 뒤에서 차가 오면 한쪽 구석으로 피해주었다.

빠아아아아아앙!

다시 관광버스가 지나갔다. 나무 옆에 바싹 붙어 있음에도 경적을 울리는 건 무슨 심보인지 모르겠다.

"으~ 먼지! 작작 밟아라. 그러다 사고 난다."

이미 사라진 버스를 보며 투덜거린 후 다시 손잡이를 돌렸다.

샛길이 나오면 그쪽으로 빠져서 가야겠다. 그러나 외길이라 그런지 샛길은 나오지 않았다.

대여섯 대의 차를 더 보내고 좌측으로 돌자 능선 너머로 연기가 보였다.

"…설마 말이 씨가 됐나? 그걸 바라고 한 소린 아니었는데……."

대수롭진 않지만 뱉은 말이 있어서인지 제발 별일이 아니길 바랐다.

다시 구불거리는 도로를 따라 코너를 돌았다. 그러자 여러 대의 차들이 좌우로 주차되어 있고 사람들이 나와 5미터쯤 높이의 계곡을 바라보고 있었다.

그들이 바라보는 곳을 보자 계곡 아래 아까 지나갔던 관광버스가 흉하게 부서진 채 뒤집혀 있었다.

"……!"

몇몇 남자가 아래로 내려가 불이 붙은 부분을 계곡물로 끄고 있었고 몇몇은 깨진 창문 사이로 다친 사람을 꺼내려 하고 있었다.

문득 자신도 모르게 오토바이를 옆에 대고 내려가려던 두삼은 걸음을 멈췄다.

[늙은 노인네들 침만 놔주는 한의사가 의사야? 니가 뭔데 우리 아버질……!]

과거의 기억이 발을 잡았다.

'…내가 내려가 봐야 할 것도 없잖아.'

해주고도 한의사라는 걸 알면 좋은 소리는 듣지 못할 게 빤했다.

불은 잡혔다. 이젠 버스 안에 있는 사람들만 끄집어내면 되는데 지금 있는 사람들만으로도 충분해 보였다.

그냥 떠나기로 마음을 먹고 오토바이에 열쇠를 끼워 시동을 걸었다. 한데 안절부절 바라보고 있던 남녀의 대화가 다시 발걸음을 멈추게 만들었다.

"꺅! 저 사람 피 봐. 어떻게 해?"

"저 정도면 구급차 오기 전에 죽겠는데……."

몇 사람이 막 버스에서 한 명을 끄집어내고 있었는데 멀리서도 피가 바닥을 적시는 게 보일 정도였다.

'…나완 상관없는 일이야. 그냥 한 말인데 그 때문에 책임을 질 이유는 없잖아.'

하지만 생각과 달리 두삼은 헬멧을 벗어 오토바이에 걸어두고 가드레일을 넘었다.

할아버지가 하셨던 말이 떠오른 것이다.

'눈앞의 환자를 외면하면 의사라고 불릴 수 없다.'

"…이제 마사지사에 불과하다고요!"

머릿속에서 빙긋이 미소를 지은 채 쳐다보는 할아버지를 향해 말하곤 서둘러 다친 이에게로 뛰어갔다.

*　　　*　　　*

"…이 사람 이대로 둬야 하나요?"

청년은 간절하지만 생기를 잃어가는 눈빛으로 힘없이 자신의 팔을 잡고 있는 환자를 보곤 중얼거렸다.

이대로 손을 뿌리치면 마치 그의 죽음에 자신의 책임일 것 같은 느낌이다. 그래서인지 다른 사람들을 구하러 가야 하는데 발이 떨어지지 않았다.

청년의 생각을 눈치챘는지 버스 쪽으로 발걸음을 옮기던 양복 차림의 중년 남자가 다가와 그의 어깨에 손을 올리며 말했다.

"자네가 의사는 아니잖아. 119에 신고를 했으니 구급차가 빨리 오길 기도하세나."

"하지만……."

"아직 버스에 도움이 필요로 하는 이들이 많지 않은가. 우리는 우리가 할 수 있는 일에 최선을 다하고 있으니 된 거야."

"……."

구구절절 옳은 얘기였다.

돕겠다는 생각에 무작정 내려온 자신을 탓하며 청년은 고개를 숙였다.

"…죄송합니다. …죄송합니다."

죄송하다며 걸음을 뒤로 뺐다. 그를 잡고 있던 환자의 손은 힘없이 빠져 아래로 떨어졌다.

자갈밭에 떨어지겠다 싶어 '아차!' 하는데 환자의 손을 잡는 사람이 있었다.

헐레벌떡 달려온 두삼이었다.

"헉헉! 이분은 제가 볼게요."

"의, 의사세요?"

청년은 마치 구세주라도 나타난 듯 표정을 풀며 물었다.

"…뭐, 비슷합니다."

"그럼, 부탁드립니다!"

"아, 네……."

청년이 마치 자신의 일처럼 기뻐하는 모습을 보니 조금 전에 자신이 했던 생각이 부끄러웠다.

'자책은 일단 여기부터 해결하고.'

"손 좀 올리겠습니다."

환자는 천천히 눈을 감았다 떴다.

상처가 난 배에 손을 올렸다.

두삼의 손이 은은하게 빛나며 환자의 몸으로 파고들었다. 그리고 기가 환자의 몸에 퍼지며 몸의 내부가 사진처럼 보이기 시작했다.

'쯧! 비장에 유리가 박혔어.'

음료수병이 사고가 나면서 배 안으로 파고 들어간 모양이다.

비장은 면역을 담당하는 기관으로 적출을 해도 생명엔 지장이 없는 부분이었다. 물론 살아가는 동안 평생 동안 세균 감염에 주의를 해야 하지만.

제거하지 않고 저절로 치료되도록 돕는 방법이 최선이지만 유리가 박힌 정도를 봤을 땐 적출이 답이었다.

'내가 결정할 일이 아닌데…….'

비장으로 향하는 혈관을 완전히 막지 않고 숨통은 틔워놓을 수 있었는데 그럼 나중에 의사가 보고 확인하고 살릴지 아님 적출할지 결정할 수 있었다.

하지만 출혈량을 보면 그러다 죽을 수도 있었다.

'완전히 막자!'

구급차가 지금 도착해도 위험했다. 생명을 걸고 모험을 할 순 없었다.

생각을 정리한 두삼은 기를 이용해 혈관을 막았다. 희진이를 치료하면서 수없이 했던 일인지라 순식간에 끝났다.

뚫린 배에서 솟아나던 피가 멈췄다. 다만 환자는 피를 많이 흘려서인지 정신이 없었다.

"혹시 메모지랑 펜 있는 사람 있습니까?"

도우려는 건지 계곡 아래로 내려온 사람들이 제법 있었다.

"여기 있습니다."

"여기요!"

청바지 차림의 여자가 메모지를, 와이셔츠 차림의 남자가 펜을 줬다.

환자의 상태를 간단히 적은 후 가슴에 붙였다.

"잘 썼습니다."

"…아, 아닙니다. 가지세요."

돌려주려는데 어색한 표정으로 손을 흔들었다. 생각해 보니 피가 잔뜩 묻어 있었다.

"감사합니다."

꾸벅 인사를 하고 버스에서 구조된 이들을 훑어봤다. 대부분 넋을 놓고 앉아 있거나 비교적 멀쩡한 사람은 피를 흘리면서도 다른 승객들을 구하고 있었다.

앉아 있는 사람 중 유독 멍하게 있는 중년 여성에게로 갔다.

표정을 보면 황망한 일을 당해 멍하니 있는 것처럼 보였지만 시선을 아래로 돌리자 끔찍한 상처가 보였다.

왼쪽 종아리뼈가 부러져서 근육과 피부를 뚫고 나와 있었다.

"괜찮으세요?"

아프지 않느냐는 질문이었다.

"…그, 글쎄요. …아픈 것 같기도 하고 아닌 것 같기도 하고… 현실감이 없어요."

그녀는 마치 마약성 약물을 복용한 사람처럼 어눌하게 말했다.

일견 괜찮아 보이지만 사실 꽤 위험한 상태였다.

현재 고통과 현실을 잊기 위해 마약성 호르몬이 그녀를 지탱해 주고 있었다. 만일 저 상태에서 호르몬의 분비가 멈추면 상처 때문이 아니라 쇼크로 죽을 가능성이 높았다.

서둘러야 했다.

"허리에 손 좀 올려도 될까요?"

"…상관없는데 …왜요?"

"왼쪽 다리를 일시적으로 마비시키려고요."

"…그럼 다리를 만져야 하는 거 아닌가요? …아! 척추에 신경이 있었나? 음……. 잘 모르겠네요. 알아서 하세요. …근데 총각, 참 잘생겼네."

"…감사합니다."

횡설수설하는 그녀의 말을 받아주면서 허리에 손을 올렸다. 그리고 서둘러 왼쪽 다리를 담당하는 감각을 마비시켰다.

"…신기해요. …찌릿한 느낌이 사라졌어요."

"다행이네요. 근데 다리 지금처럼 놔두면 안 좋은데 맞춰 드릴까요?"

시각을 통한 쇼크까지 감안해야 했다.

"…아프지 않은 건가요? 아… 마비됐다고 했죠? 그래주세요."

"그럼 불편하겠지만 좀 누우세요. 자면 더 좋고요."

"…심장박동이 점점 빨라지는 것 같아 잠이 올 것 같진 않은데."

"손하고 머리 좀 만질게요."

"…잠들게 하는 방법도 있나 봐요. 젊은 의사 선생님이 능력이 대단하시네."

"비슷한 겁니다."

수면혈(睡眠穴)은 존재한다. 합곡혈과 삼간혈의 연결선에서 중간에 있다. 다만 무협지처럼 누른다고 단숨에 잠들지 않는다.

그 외에 비슷한 효과를 보이는 혈들이 있는데 백회혈의 경우도 따뜻하게 하면 잠이 온다.

왼손으론 수면혈을 자극하고 오른손은 머리에 올려 백회혈 따뜻하게 만들었다.

기란 신기해서 불을 연상하면 뜨겁고 얼음을 생각하면 차가

웠다. 그런 성질을 이용한 것이다.

정신적으로 많이 힘들었는지 중년 여성은 1분도 되지 않아 코를 골며 잠들었다.

"이제 뼈를 맞춰볼까. 오랜만이네."

방학 때마다 중국에 갔는데 그때 접골에 대해 제법 실습을 할 수 있었다.

그때 잘한다고 칭찬을 받았었는데 이젠 내부까지 살필 수 있음에야 어려울 것 없었다.

"음, 물이 있어야 하는데……."

상처가 지저분했다.

그때 얼굴이 닮은 것이 부녀 지간으로 생각되는 나이든 남자와 여자가 다가왔는데 남자의 손에 2리터짜리 물 6개가 들려 있었다.

"실례합니다. 상처를 씻고 접골을 하려는데 물 좀 쓸 수 있을까요?"

"환자들을 위해 가져온 거니 그러시오. 위생 장갑도 쓰시오. 근데 마취 없이 제대로 씻기 힘들 텐데."

환자가 깰 거라 걱정하는 것이었다.

"감사합니다. 깨지 않을 겁니다, 그럼."

수술 장갑을 끼고 물을 부으며 더럽혀진 상처를 닦았다. 사실 위생적으로 보면 구급차를 기다리게 옳았다. 하지만 혹시 모를 위험은 차단하는 게 좋았다.

"구급차를 기다리는 게 낫지 않나요?"

딸이 아버지에게 물었다. 목소리를 죽였지만 워낙 가까이에 있어서 다 들렸다.

"치료할 사람이 없다면 그게 최선이지. 하지만 저 환자의 얼굴색과 호흡을 보면 쇼크의 위험이 높아."

"저대로 두면 자신의 상처를 보고 쇼크로 인한 심정지가 올 수 있으니 치료를 한다는 얘기네요?"

"그렇지."

"한데 그런 판단을 정확히 할 수 있는 건가요?"

"경험, 혹은 본능? 정확한 건 없다. 다만 나라고 해도 저 젊은 의사처럼 했을 거다. 깨끗이 씻은 것 같으니 소독용 에탄올을 뿌려주려무나."

"…제가요?"

"그럼 내가 하리?"

"네~ 네~ 손 조심하세요. 뿌릴게요."

여자는 가방에서 소독용 에탄올을 꺼내 상처 부위에 골고루 뿌렸다.

천만다행이었다. 작은 모래 따위의 이물질이야 기를 이용해 찾아 제거할 수 있지만 감염이 되는 건 어쩔 수 없었다.

"감사합니다."

"아니에요. 다 됐어요. 한데 깔끔하게 부러지긴 했지만 단면이 날카로운데 어떻게 접골을 할 생각이죠? 상처를 벌리는 건……!"

여자가 말하는 사이에 잡고 있는 다리를 쭉 뺐다. 그리고 바로 뼈를 맞췄다.

내부가 훤히 보이는데 망설일 필요 없었다.

"도와주신 김에 저기 나무랑 붕대 있음 주시겠어요?"

"…아, 네."

1미터가 넘는 나뭇가지를 반으로 부러뜨린 후 양쪽으로 대고 붕대를 감았다. 마지막으로 제대로 고정되었는지 확인하고 종이와 펜으로 여자의 상태를 적어 어깨에 붙였다.

"비장파열된 사람을 고친 것도 당신이군요?"

여자의 아버지가 물었다. 메모지를 붙이는 걸 봤는데 변명하는 것도 우스웠다.

"그렇습니다."

"보아하니 지나는 길에 우연히 사고 현장에 도착해서 빈손인 것 같은데, 혹시 출혈을 어떻게 잡았는지 알 수 있을까요? 손을 넣어 실 같은 걸로 묶은 것 같진 않던데. 허허허! 나이가 드니 궁금한 게 많아져서."

"……."

훅 치고 들어오니 뭐라고 말해야 할지 모르겠다.

'사실대로 말하는 것도 이상하고. 그렇다고 얼버무리면 단번에 눈치챌 것 같은데.'

마음씨 좋은 사람 같은 표정을 짓고 있지만 눈빛만은 꼭 알아내고야 말겠다는 의지로 이글거리고 있었다.

한의사라고 말한 후 능력에 대해선 적당히 얼버무리기로 했다. 진실에 거짓을 섞는 방법인데 통할지는 미지수였다.

"전……."

"여기요! 우리 와이프 좀 봐주십시오. 상태가 심각합니다."

착한 일을 한 것에 대한 보답인지 갑작스럽게 등산복을 입은 아저씨가 뛰어왔다. 그가 가리킨 곳을 보니 피투성이의 여성이 누워 있었다.

먼저 반응한 것은 질문을 했던 중년 신사였다.

"이런! 돕고자 내려와서 내 욕심을 차리고 있었군. 일단 갑시다."

"의, 의사십니까?"

"그렇습니다. 청하야, 챙겨서 따라오너라."

"예! 아빠!"

두 부녀는 아주 익숙한 듯 여자 환자에게 가서 치료를 시작했다.

물끄러미 두 사람의 하는 양을 지켜보니 왜 사람들이 양의사는 의사, 한의사는 의원이라고 구분하는지 알 수 있었다.

영역이 다른 것도 있지만 의사 생활을 하며 수많은 임상 경험을 통해 얻어진 실력은 두삼이 봐도 감탄이 날 정도였다.

사실 한의학을 공부할 때 양의학에 대한 갈증이 있었다. 그에 책을 보기도 했지만 경험이라는 장벽에서 결국 손을 놓아야 했다.

아마 한의학을 공부하지 않았다면 양의학을 공부하지 않았을까 싶다.

'…마사지나 열심히 하자.'

남이 가진 걸 욕심내는 것보다 자신이 잘하는 걸 더욱 발전시키는 것이 나았다.

피투성이의 여자 환자는 불행 중 다행으로 심각해 보이진 않았다. 그저 베이고 머리가 깨져 외관상으로 심각해 보일 뿐이었다.

두 의사가 구급 상자를 들고 움직이자 버스에서 나온 이들의 치료는 빠르게 정리되어 갔다.

'이만 갈까?'

더 이상 급한 환자는 없어 보였다. 때마침 119 구조대와 구급차도 속속 도착했다.

냇가로 가서 손과 피를 적당히 닦아냈다.

"저기요. 이거 좀 도와주시겠어요? 무리해서 그런지 팔에 힘이 안 들어가네요."

구급차와 119가 도착했지만 계곡 위로 옮기는 건 아무래도 한계가 있는 모양이었다. 일반 시민들이 돕고 있었는데 그중 40대 초반쯤 된 사내가 도움을 청했다.

"아! 네."

얼른 환자 이송용 침대의 한쪽을 잡았다. 그리고 언덕을 올라갔다.

"으이쿠!"

"조심하세요."

도움을 청했던 아저씨가 자꾸 발을 헛디뎠다.

"아저씨, 그러다 다치시겠어요. 놓아도 될 것 같으니 쉬고 계세요."

"아무래도 그래야겠군요. 아무렇지도 않은 줄 알았는데 몸이 겁을 먹었나 봐."

말에서 이상함을 느껴 물었다.

"혹시 사고 버스에 타고 계셨어요?"

"그렇긴 한데 평소 운동을 해서 그런지 멀쩡해요. 하하하! 사람들을 구하느라 너무 힘을 썼나 봐요. 아무래도 청년 말대로 좀 쉬어야겠네요."

아저씨는 머리를 만지며 침대를 놓고 뒤로 물러났다.

왠지 모를 위화감이 들었다.

"…아저씨. 이거 옮기고 난 다음에 저 좀 볼 수 있을까요?"

"할 말이라도 있나 보군요. 그럽시다. 그럼 나 먼저 올라가 있을게요."

비적거리며 언덕을 올라가는 사내의 뒷모습을 보고 있는데 '힘쓰자!' 소리에 일단 침대를 올리는 것에 집중했다.

위에서 몇 명의 청년들이 도우니 침대는 도로 위로 금세 올라갔다.

"수고했습니다. 김 소방사, 이 구급차 떠나고 나면 15분 후쯤에 다른 구급차가 도착할 거야. 급한 환자 있으면 연락하고 경상자는 모두 위에 올려놔."

"알겠습니다!"

빠릿하게 움직이는 소방 공무원들을 뒤로하고 조금 전의 사내에게 갔다. 그는 가드레일을 기댄 채 앉아 담배를 피우고 있었다.

"왔군요. 환자는 무사히 올렸어요?"

"네. 혹시 사고 당시에 부딪힌 곳 없으세요? 가령 머리라든가."

"어? 어떻게 알았어요? 오른쪽 머리가 부딪혔는데. 하지만 혹만 났을 뿐이에요."

사고가 났을 때 멀쩡해 보이는 사람들까지 병원에 가서 철저하게 검사를 해야 하는 이유가 있었다.

두삼은 두 손의 검지와 중지를 내밀며 말했다.

“잡아보세요.”

“응? …문제가 있는 겁니까?”

“테스트를 하는 겁니다. 얼른 잡아보세요”

사내는 어리둥절해하면서 손가락을 잡았다.

“힘줘보세요. 더, 더, 더, 더!”

운동을 하는 사람답게 악력이 강했다. 다만 오른 손가락만 아팠다.

그의 뇌를 보고 싶다는 생각이 들자 손가락에서 기가 빠져나가 빠르게 그의 뇌 쪽으로 향했다.

‘젠장! 뇌출혈이 시작됐어.’

머리가 부딪히면서 약해졌던 혈관이 터진 것이다. 그로 인해 뇌의 압력이 점점 강해지고 있었다.

다행이라면 이제 막 터졌다는 정도.

“잠깐 기다리세요. 거기 구급차 세워요! 거기 구급차 세우라고요!”

두삼은 떠나려는 구급차를 향해 뛰었다.

* * *

탕탕탕!

“멈춰요!”

막 움직이려는 119 구급차를 쳤다. 다행히 차가 멈추며 119 구급대원이 내렸다.

"무슨 일이십니까? 급한 환자가 타고 있는 차량입니다. 급한 일이 아닌 경우 법적으로……."

"급한 환자가 있습니다!"

"어디요?"

"저기 앉아 있는 분이요. 뇌출혈로 인해 최대한 빨리 수술을 받아야 합니다."

"…저분은 아까부터 저흴 도와주신 분인데, 뇌출혈이라고요?"

살짝 미간을 찌푸리며 말하는 것이 믿는 눈치가 아니었다.

막 다시 설명을 하려는데 좀 전에 봤던 중년의 의사가 나타났다.

"무슨 일이오?"

"아! 의사 선생님. 저기 저분 뇌출혈입니다. 벌써 증상이 나타나고 있어 서두르지 않으면 큰일입니다."

구급대원이 들을 수 있도록 의사라는 말을 강조했다.

"저런! 구급대 양반. 난 서울에 있는 병원에서 원장을 하고 있는 민규식이요. 뇌출혈이라면 가장 급할 수 있으니 잠시만 기다려 주시오."

"…네네."

구급대원을 설득한 민규식은 뇌출혈 환자에게 뛰어갔다. 하지만 민규식과 두삼이 도착하기 전에 환자는 스르륵 옆으로 쓰러졌다.

"이런……!"

민규식은 눈을 까서 눈동자를 확인하고 숨을 체크했다. 그때 그의 딸이 슬며시 물었다.

"뇌출혈인 거 어떻게 알았어요?"
"몇 가지 확인했어요."
"테스트한다고 쉽게 알 수 있는 게 아닌데 대단하네요. 근데 어느 병원에서 근무해요?"
잠깐 고민하다가 입을 열었다.
"한의학을 배웠습니다."
"…아! 한의사였어요? 그, 그렇구나."
당황한 표정이다. 그 덕에 대화가 끊어졌다는 점에선 나쁘지 않았다.
"내 소견으로도 뇌출혈이 의심되는군요. 구급대원 양반. 이 사람부터 데리고 갑시다."
어느새 구급대원도 와 있었다.
"선생님, 근데 그게… 저희가 가려는 병원에 신경외과가 없습니다."
"이 사람 급해요! …어쩔 수 없군. 그럼 대원 중 한 명만 붙여 주시오. 내 차로 데리고 가겠소."
"그건 가능합니다. 김 소방사! 이분들 따라가."
"참! 한데 신경외과가 있는 병원은 어디에 있소?"
"원주까지 가셔야……."
"허어~ 적어도 1시간 30분은 걸릴 텐데."
뇌출혈이 무서운 건 시간이 지날수록 심각한 후유증이 남게 된다는 것이다.
이러지도 저러지도 못하는 상황. 분위기가 무거워졌다.
두삼은 잠시 고민하다 결국 나섰다.

"출혈 부위는 제가 일단 막겠습니다."

본래 구급차에 타면 몰래 막으려고 했는데 분위기상 어쩔 수 없었다.

자신도 사고를 당했음에도 다른 사람들을 구하기 위해 애쓰던 사내 모습이 능력을 말하게 만들었다는 게 정확할 것이다.

"비장의 혈관을 막았던 방법인가? 부탁하네."

민규식은 별다른 의문을 표하지 않고 자리를 비켜줬다. 다만 어떻게 하는지 보려는지 옆에 딱 붙었다.

'음, 부담스럽네.'

민규식뿐만 아니라 그의 딸, 구급대원, 웬일인가 싶어 모여든 사람들까지 쳐다보고 있었다.

'눈에 보이는 것도 아니니 알아서들 상상하라지. 집중하자.'

사내의 얼굴에 올린 손이 은은히 빛났다. 그와 동시에 천천히 사내의 머릿속이 그려졌다.

이미 한번 봤던 곳이라 출혈 부위는 금세 찾을 수 있었다.

혈관을 호스로 생각하면 호스에 구멍이 뚫려 있는 모양새였다.

'이제 양쪽을 막으면… 가만!'

기로 혈관을 눌러 막으려는데 문득 피가 공급이 되지 않으면 산소 역시 공급되지 않음이 떠올랐다.

뇌는 4분만 산소가 공급되지 않으면 문제가 생긴다. 그 말인즉 막으면 피가 통하지 않는 쪽은 문제가 생긴다는 것이다.

'구멍만 막을 수 있을까? 떠내려가진 않겠지?'

한 번도 해보지 않은 일이었다. 하지만 달리 생각하면 혈관 안에 둥근 기를 만들어 막을 수 있다면 구멍도 막을 수 있지 않을까 싶었다.

혈관 지름의 절반 정도 되는 기를 만들어 뚫린 구멍 쪽으로 유도해 막았다. 그리고 제대로 머물러 있는지를 확인했다.

통로가 절반으로 줄어들면서 빨라진 혈류에 의해 버티지 못하고 떠내려가 버렸다. 좀 더 크기를 키웠다. 그렇게 서너 번 테스트를 한 결과 약간의 피는 흐르되 떠내려가지 않게 만들 수 있었다.

"휴우~"

"…끝난 거요?"

민규식은 의문과 놀람이 섞인 묘한 표정으로 물었다.

"네. 서너 시간 후엔 다시 출혈이 시작될 겁니다. 그리고 혹시 휴대용 산소호흡기 있으십니까?"

"그건 제가 가지고 있습니다."

김 소방사라 불린 구급대원이 말했다.

"틈틈이 100퍼센트 산소호흡을 할 수 있도록 해주십시오."

혈류량이 적은 대신 산소 순환량을 증가시키면 문제가 없을 것이다.

"알겠습니다. 하면 옮겨도 되겠습니까?"

"같이하시죠. 민 선생님, 차가 어디에 있습니까?"

"…어, 이쪽으로……."

민규식의 차는 운전사까지 딸린 고급차였다.

먼저 뇌출혈 환자를 넣고 민규식과 구급대원이 탔고 청하가 보조석에 앉았다. 내가 올라탈 생각을 하지 않자 민규식이 물었다.

“한의사 양반은 안 갑니까?”
“오토바이가 여기 있어서.”
“환자의 증상이 심해질 경우는 어떻게 하라고?”
“너무 늦게만 도착하지 않으면 될 겁니다. 그럼.”
“자, 잠깐! 이름이 뭡니까?”
“한두삼입니다, 민 선생님.”
오늘 민규식의 행동을 보면 꽤 괜찮은 의사라 생각됐다. 그래서 알려주었다.
“기회가 되면 다음에 보세.”
그의 말에 빙긋이 웃어주곤 꾸벅 인사를 하고 오토바이가 있는 곳으로 돌아섰다.

*　　　*　　　*

“아빠, 환자분 출혈이 멈췄다는 말 믿어져요? 한두삼이라는 사람은 손만 잠깐 올리고 말았잖아요.”
사이드미러로 멀어지는 사고 현장을 보고 있던 민규식은 딸 민청하의 말에 시선을 돌렸다.
“믿어지지 않는다. 하지만 믿는다.”
“…무슨 말이 그래요?”
“나도 스승님께 들었지 실제로 본 건 처음이다.”
“고 여선호 선생님께요?”
여선호는 젊은 시절 독일에서 의사 생활을 하다가 한국으로 돌아와 의료계, 특히 외과에 한 획을 그었다고 평가받는 인물이었다.

"응. 스승님이 마흔 살 때, 지금으로 따지면 40년이 훨씬 더 지난 얘기구나. 아무튼 스승님은 당시에 살 확률이 1퍼센트도 되지 않는 말기 암 수술을 앞두고 있었다단다."

"그 정도라면 지금도 수술을 하지 않는 게 더 낫지 않아요?"

"그렇지. 하지만 환자가 워낙 정재계에서 유명한 사람이고 본인이 강력히 원해서 어쩔 수 없었다더구나."

자신의 물음과는 상관없는 듯한 옛 얘기였지만 그녀도 의사였기에 귀를 기울였다.

"스승님은 환자의 의료 기록을 샅샅이 살펴보며 어떻게 수술을 해야 할지 일주일이 넘게 고민했단다. 하지만 위에서 시작해 간, 소장, 대장 등 온몸으로 번진 암을 제거할 방법을 생각하지 못했지. 다만……."

"다만?"

"몇 가지 조건만 충족된다면 확률을 높일 수 있겠다 싶었지."

"조건이 뭔데요?"

"장시간을 버틸 환자의 체력, 최소한의 출혈, 그리고 수술 후의 행운."

"피이~ 다 불가능한 거잖아요."

말기 암 환자가 체력이 넘칠 리 만무했고, 긴 시간 다양한 곳을 수술하다 보면 몸 전체의 피가 바뀐다고 할 만큼 많은 출혈이 일어날 수밖에 없다.

마지막 행운은 말해봐야 입만 아프다. 괜히 성공 확률이 1퍼센트가 아니다.

"그렇지. 그래서 스승님은 환자한테 그 얘기를 했어. 그랬더니 그건 알아서 하겠다고 했대."

"다른 의사가 있었나 보네요. 하지만 당시라면 어선호 선생님이 최고셨잖아요."

"외과에선 그러셨지. 어쨌든 그래서 수술 날이 왔고 수술실에 웬 남자가 들어왔대. 그리고 그때부터 아주 신기한 경험을 하셨대."

"무슨 경험이요?"

"침으로 전신마취를 하고, 환자의 정신이 멀쩡한 채로 수술하고, 수술 중 수혈이 필요 없을 만큼 피가 적게 나오고. 웃긴 건 수술 중 그가 한 일이라곤 발목을 잡고 있었던 것뿐이라는 거야."

"그게 가능… 잠깐! 아까 그 사람도 그랬다는 거예요? 도무지 믿기지 않는데요."

"나도 눈으로 보지 않았다면 믿지 못했을 거다. 너도 봤잖니. 비장 파열 환자. 그리고 이… 환자."

"그야 그렇지만……."

민청하가 듣기엔 너무 황당한 일이었다. 하지만 반론을 제기하자니 같이 확인한 일 아닌가.

'아빤 그 사람을 스카우트할 생각인가?'

과거에 비해 현대 의학에선 그런 요상한(?) 실력의 필요도가 떨어졌다. 기계로 몸속을 볼 수 있고 치료 방법은 한의학과 비교도 되지 않았다.

하지만 긴급을 요하는 환자가 들어왔을 때 느긋하게 검사만

하고 있을 순 없듯이 이용하기에 따라 환자의 사망률을 획기적으로 줄일 수도 있었다.

'하긴 한방의학과 신설하려는 움직임도 있으니. 얼굴도 그만하면 잘생겼고.'

곰곰이 생각해 보니 병원의 미래를 위해서라도 꼭 필요한 인물이었다.

"녀석, 무슨 생각을 그렇게 해?"

"헤헤. 아무것도 아니에요. 그래서 그 환자는 살아났어요?"

민규식은 의료를 돈으로 보는 걸 싫어했다. 아이러니하게 그 때문에 출세 지향적인 이들을 모두 제치고 병원장이 되었지만 말이다.

"응. 살아났으니 우리 병원이 있는 거 아니겠냐. 그분이 초대 이사장님이셨다."

"에? 진짜요?"

"그런 일로 왜 거짓말을 하겠냐. 아무튼 그 친구에 대해 조사를 해봐야겠어."

"병원에 데리고 오려고요?"

"그랬음 하는데 이미 다른 곳에서 일하고 있는지 모르지."

"그럼 어떻게 해요?"

"상황을 봐야겠지. 도저히 못 데리고 올 것 같으면 필요할 때 도움을 청하는 것도 나쁘지 않고. 허허허!"

언제나 그렇듯 이래도 좋고 저래도 좋다는 식이다.

'아빤 언제나 저렇다니까. 병원에 필요한 사람이라면 꼭 잡아야죠.'

미래에 자신이 병원을 물려받을 때를 생각해서라도 인재 영입은 미리 해두는 게 좋았다.

민청하의 머릿속은 두삼을 어떻게 영입할 것인지에 대해 복잡하게 돌아갔다.

*　　　　*　　　　*

공연은 결국 보지 못했다. 그래서 느긋하게 장미축제나 즐겨야겠다고 생각했는데 그마저도 쉽지 않았다.

전국에 있는 커플들이 다 왔는지는 온통 커플, 커플!

결국 장미를 배경으로 셀카를 몇 장 찍고 도망치듯이 바다로 향했다.

바다에 발을 담그고, 회를 먹고, 해안 도로를 타고 올라가다가 관광지를 구경하며 이틀을 보낸 후 다시 서울 쪽으로 오토바이를 돌렸다.

"무사했구나. 다행이네."

아이스크림을 먹으며 스마트폰으로 버스 사고 뉴스를 살폈다. 뇌출혈로 환자가 수술 후 의식이 없다가 뇌손상 없이 깨어났다는 기사였다.

"그나저나 민규식 선생님이 이런 대형 병원의 원장일지는 몰랐네."

사고 관련 기사엔 꼭 등장했다.

그는 의사로서 당연한 일을 했고 자신보다 오히려 일반 시민들이 더 의인이라고 하곤 인터뷰를 거절했다. 하지만 병원 관계자들은 공짜 광고라고 생각했는지 연신 언론 플레이를 했다.

물론 나쁘게 생각하지 않았다. 위험할 수 있는 상황에서 자발적으로 나선 그들은 누가 뭐라고 해도 대단한 의인이었다.

아이스크림을 다 먹고 스마트폰을 껐다.

슬슬 다시 출발해야 하는데 앉아 있는 평상이 너무 편했다.

드르륵! 가게 문이 열리며 가게 주인인 할머니가 도라지를 들고 나왔다. 할머닌 평상을 차지하고 있던 두삼을 흘낏 볼 뿐 별말이 없이 구석으로 가서 앉았다.

"할머니, 여기 앉으세요. 전 갈 거예요."

"천천히 가도 돼."

"아이스크림 하나 먹고 너무 오래 있으면 실례죠. 근데 혹시 이 근처에 볼만한 곳 있나요?"

"이 시골에 뭐가 볼 게 있겠어. 평창에 가면 올림픽인지 뭔지 한다고 건물들 지어놨던데 거길 가보든가."

"아! 그럼 되겠네요. 감사합니다."

스마트폰 내비게이션에 평창올림픽경기장을 찍고 출발했다.

"저녁엔 평창 소고기를 먹어야겠네. 근데 구경할 거리가 있을까 모르겠다."

아직 포장이 되지 않은 도로도 있었고 여기저기 공사 중이라는 걸 나타내듯 자재가 쌓여 있는 모습만 보였다. 조금 더 들어가자 다행히 도로가 나 있고 완성된 건물도 보였다.

하지만 그게 끝이었다.

"…그냥 공사장이네."

올림픽을 느끼기엔 너무 일찍 왔다. 간간이 공사 관계자로 보이는 이들이 보였지만 썰렁함을 없애기엔 부족했다.

"응? 이런 데서 운동하는 사람도 있네."

리조트 투숙객인지 멀리서 운동복을 입고 두삼이 있는 방향으로 뛰어오는 사람이 있었다.

구경할 것도 없고, 조금 신기해서 조깅하는 이를 쳐다봤다.

"응? 여자였네. 오른쪽 다리가 아픈 것 같은데……."

어느 정도 가까워지자 직업병처럼 상대의 몸 상태에 대해 알 수 있었다.

그녀는 미세하게 다리를 절뚝거렸다. 다 낫지 않은 건지, 나았지만 다친 기억 때문인지 무게 중심이 왼쪽으로 쏠려 있었다.

"선천적인 건 아닌 것 같고. 음… 지금 상태로 조깅을 해봐야 균형만 망가질 텐데."

막 옆으로 지나쳐 가는 여자를 보며 안타까움에 자신도 모르게 중얼거렸다.

들었을까? 모자를 푹 눌러쓴 여자가 흘낏 돌아본다. 꽤 매서운 눈빛이다.

"아! 죄송……."

서둘러 사과를 했지만 그녀는 쌩 하니 지나갔다. 나름 사정이 있을 텐데 쓸데없는 소릴 한 것이다.

미안함에 머리를 긁적거린 후 떠나려 할 때였다.

잘 뛰던 여자가 마치 오른발이 없는 사람처럼 오른쪽으로 픽 꼬꾸라졌다.

"이봐요! 괜찮아요?"

얼른 다가가며 물었다. 여자가 손을 들어 가까이 오지 말라고 표했기에 적당한 거리를 유지했다.

여자는 두삼의 말을 못 들은 척하는 건지 무시하고 자신의 오른발을 때리며 중얼거렸다.

"…움직여! 움직여!"

뭔가 짠해지는 행동이었기에 아무 말도 못 하고 가만히 지켜봤다.

계속 때려도 발이 원래 상태로 돌아오지 않는지 그녀는 낑낑거리며 왼발로 일어나려 했다. 그러다 다시 넘어졌지만 말이다.

"어! 혹시……?"

넘어질 때 지금까지 보지 못했던 얼굴을 볼 수 있었다. 한데 무척 익숙한 얼굴이다. 아니, 대한민국 사람이라면 모르는 사람이 없는 얼굴이랄까.

"이효원 선수 맞죠?"

피겨스케이트에서 두 개의 올림픽 금메달을 딴 피겨 여왕 이효원이었다.

예쁘장한 얼굴과 세계가 인정하는 실력으로 호불호가 없이 국민에게 사랑받는 슈퍼스타.

무엇보다도 광고로 번 수익을 불우이웃과 후배들의 운동 환경 개선을 위해 척척 기부하면서 마음씨마저 슈퍼스타라 칭송받았다.

그런 그녀를 여기서 보게 될 줄은 정말 꿈에도 생각하지 못했다.

본능적으로 사인을 해달라는 말이 나오려 했지만 이번엔 좀 전과 같은 실수를 하지 않았다.

작년에 한동안 우리나라 사람들을 마음 아프게 만들었던 사고 소식이 떠오른 것이다.

올림픽이 끝나고 세 번째 금메달을 따기 위해 연습을 하던 이효원이 착지 실수로 발목뼈가 부서졌다는 기사였다.

비참한 꼴을 보였다고 생각해서일까. 그녀의 얼굴엔 못마땅하다는 표정이 역력했다. 하지만 TV에 나오는 모습처럼 원래 마음씨가 착한지 입을 삐죽이다가 담담하게 말했다.

"…꼴이 이래서 사인은 못 해드려요."

"이, 이런 상황에서 사인을 해달라면 팬이 아니죠."

"……."

못 믿겠다는 표정에 마음이 찔려 움찔했다.

'그나저나 무지 어색하네. 이럴 땐 어떻게 해야 하는 거야?'

결국 생각해 낸 것이 모른 척 물러나 주는 것이었다.

"그럼, 전 이만…"

"그냥 가려고요?"

"네? 사인해 주려고요?"

"……."

"…미안합니다."

"그냥 팬이 아닌 걸로 하죠. 일어나려는 데 좀 도와주시겠어요?"

"팬인데……. 그러죠."

일어나려는 이효원의 왼팔을 잡고 힘을 줬다.

"아악!"

조금 전에 넘어지면서 어깨가 다친 모양이다. 그녀는 다시 주저앉았다.

"이러다가 더 다치겠어요. 실례할게요."

검지로 코끝을 긁적거리던 두삼은 먼저 사과를 한 후 그녀를 번쩍 안았다. 그리고 건물이 있는 쪽으로 성큼성큼 걸어갔다.

움찔하는 느낌이 들었지만 다행히 소리를 지르진 않았다. 건물 외부에 앉을 자리는 없었다. 다행히 자재를 쌓아놓은 곳에 앉기 적당한 자리가 있음을 발견했다.

"저기 괜찮을 것 같은데 어때요?"

"…그래요."

자리에 앉힌 후에 얼른 뒤로 물러났다. 어색한지 그녀는 예의 바르게 감사를 표했다.

"…감사합니다."

"아닙니다. 실례를 한 건 아닌지 모르겠네요."

"도와주시려고 한 건데요……."

"그건 그렇죠. 근데 훈련 중인 것 같은데 다른 사람들이 안 보이네요?"

코치도 없이 혼자 있다는 게 이상했다.

"훈련은 끝났어요. 그냥 기분이 우울해서 뛰려고 나왔어요. 금방 올 거예요."

"전화기 없으면 제 거 쓰세요."

이효원은 금방 온다고 말했지만 그녀가 없어졌음을 확인하고 찾으러 오려면 시간이 걸릴 것 같았다.

"…감사해요."

그녀는 사양하지 않고 전화기를 받아 전화를 걸었다. 얼핏 듣기론 코치진은 이효원이 없어졌다는 걸 모르고 있었다.

통화를 마친 그녀는 스마트폰을 내밀었다.

"불편하지 않다면 데리러 올 사람 올 때까지만 같이 있을게요."

"고마워요."

거리를 벌리고 그녀의 코치진이 오길 기다렸다. 하릴없이 서성거리는데 이효원이 물었다.

"어떻게 알았어요? 저라는 걸 알았던 거예요?"

"뭐요? 아! 아까 지나갈 때 한 말이요?"

"네. 균형이 망가졌다는 얘기요."

"…모르고 한 말입니다."

"근데 달리는 거만 보고 어떻게 알았어요?"

"그건 직업이 직업이다 보니."

"직업이 뭔데요?"

"마사지사요. 얼굴마사지, 경락, 스포츠, 타이 다 할 줄 알아요. 참! 물리치료사 면허증도 있어요."

"대단하시네요. 근데, …당신이 보기엔 다시 전 재기 가능성이 없나요?"

"……."

순간 말을 못 했다.

사실 아까 안고 옮길 때 그녀의 어깨와 다리 부근을 살펴봤었다.

어깨야 근육 타박상에 불과하니 약 먹고 얼음찜질 하면 끝이지만 그녀의 오른 발목은 상태가 아주 심했다.

외과적으로 보자면 뼈에 철심을 박아 잘 마무리한 수술이지만 한의학적으로 보자면 수술은 실패였다.

주요 맥이 상하고 끊어졌다. 게다가 잘게 부서진 뼈 중 일부가 제대로 제거되지 않아 그나마 흐르고 있는 기의 흐름을 방해하고 있었다.

갑작스럽게 발에 힘이 사라지는 것 또한 이러한 이유 때문일 가능성이 높았다.

뭐라고 말해야 할지 고민하다가 피하는 쪽을 선택했다. 악역이 되기 싫었다. 그녀 또한 스쳐 지나가는 이에게 가슴 아픈 얘길 듣기 싫을 것이다.

"글쎄요. 발의 상태를 본 게 아니라서 말할 거리가 없네요."

"보여 드릴까요?"

"아니, 그럴 필요……."

그녀는 손을 뻗어 운동화를 벗고 양말을 벗었다. 그리고 나타난 그녀의 발.

"……!"

정말이지 오늘 여러 번 말을 잊게 된다.

기를 이용해 볼 땐 발의 건강 상태가 보였지만 실제로 보게 되니 그녀가 그동안 해온 노력이 보였다.

여기저기 든 피멍들, 굳은 살, 상처들, 그리고 지렁이가 붙어 있는 듯한 수술 자국.

언젠가 봤던 세계적으로 유명한 발레리나의 발만큼은 아니었지만 예쁘장한 얼굴에 비해 너무 엉망이었다.

"못생겼죠? 다들 제 발을 보면 당신… 참, 그러고 보니 이름도 나이도 모르고 있었네요."

"올해 서른셋인 한두삼입니다."

"상당히 동안이네요. 아무튼 제 발을 보면 두삼 씨와 비슷한 표정을 지어요."

"못생겼다고 생각한 건 아닌데. 그냥… 세상에 쉽게 되는 일이 없구나 싶어서."

"대답도 비슷하네요. 호호! 두삼 씨가 보기엔 이 발로 재기할 수 있을까요? 보고만 알 수 없으면 만져봐도 좋아요. 아! 운동해서 발이 좀 그러려나……."

머뭇거리는데 차가 이쪽 방향으로 다가왔다. 코치진인 모양이다.

이효원 역시 봤는지 양말을 신으며 씁쓸하고 자조적인 말투로 말을 이었다.

"하긴 물리치료사라고 해도 단숨에 알 순 없겠죠. 절 담당하는 물리치료사분은 지금도 고민하는데요. 하지만 설령 불가능하다고 말해도 포기하지 않을 거예요. 최소 3년은 더 노력해 봐야 하지 않겠어요?"

답은 이미 정해져 있는 물음이었던 것이다. 그저 낯선 두삼에게 흉한 꼴을 보인 것이 마음에 걸려 그녀 자신의 의지를 말한 건지도 모르겠다.

"효원, 여기서 뭐 하는 거야! 무리하면 안 된다고 했잖아. 이럼 오히려 역효과야. 얼른 타. 병원에 가보자."

차에서 내린 코치는 걱정과 화가 반씩 섞인 목소리로 말했다.

"미안해요. 좀 뛰고 싶었어요. 두삼 오빠, 오늘 고마웠어요. 다시 스케이트장에 서게 되면 그땐 사인해 드릴게요."

코치의 부축을 받으며 차에 타던 이효원은 TV에서 보여주던 웃음을 지으며 작별 인사를 했다.

절대 포기하지 않을 거라는 걸 알게 되자 좀 전에 한 고민이 쓸데없는 것임을 깨달았다.

서서히 움직이는 차창으로 손을 흔드는 그녀를 향해 입을 열었다.

"재기하고 싶으면 일단 뼛조각을 완전히 제거해야 해요. 뼛조각이 지금과 같은 증상을 일으키게 할 가능성이 높아요."

"병원에선 다 제거했다고……."

"있어요! 분명히 있어요! 그러니 꼭!"

어느새 들리지 않을 만큼 멀어진 차를 향해 낮게 중얼거렸다.

"…제거해요."

11. 개업 준비

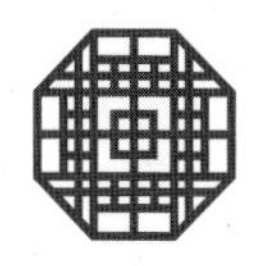

"여행은 즐거웠어요?"

사무실로 들어가자 하란은 의자에서 일어나며 물었다.

"덕분에요. 여사님은 방금 보고 왔어요."

서울에 도착해 찜질방에서 하룻밤을 보내고 배영옥의 집으로 가 치료를 했다. 그리고 하란을 보러 온 것이다.

"앉으세요. 엄만 어떤가요?"

"제가 파악하기론 위에 조금 남아 있는 걸 제외하곤 사라진 것 같아요."

"병원에선 완전히 사라졌다고 하던데?"

"그런가요? 저한텐 느껴지는 게 있어서."

두삼이라고 완벽한 건 아니었다. 하지만 위에 이질감이 느껴지는 것이 확실히 있었다.

"기계보다 두삼 씨 말을 믿어요. 계속 치료해 주세요. 아무튼 건물을 보러 가기 전에 일단 계산부터 할까요?"

하란은 제법 두툼한 보고서를 보여줬다. 한데 숫자와 생소한 단어들이 많았다.

"뭔가 복잡해 보이네요."

"천천히 읽어보면 될 거예요. 간단히 설명을 해드리자면, 여기 10억이 제가 두삼 씨에게 주기로 한 돈이에요. 이게 집을 구매하는 데 사용한 금액. 이게 인테리어에 들어간 돈. 이건……."

조곤조곤한 목소리로 쉽게 설명해 주는데 신기하게 그녀의 길고 하얀 손과 목소리에만 집중하게 된다.

"…인테리어 비용까지 다 제하고 나니 2,500만 원 남았어요. 알겠어요?"

"…아, 네."

"그리고 다음 장은 2,500만 원을 투자한 것에 대한 손익계산서예요."

하란이 서울에 새롭게 만든 회사는 투자 회사로 인공지능형 투자 프로그램을 이용한다고 했다.

사실 투자 프로그램에 대해 자세히 듣긴 했지만 현재 머릿속에 남아 있는 건 이 정도였다.

"지금 남아 있는 금액은 이 정도예요."

손가락이 가리키는 곳엔 7,000만 원이 넘는 돈이 찍혀 있었다.

"네? 2,500만이 이렇게 됐다고요?"

불과 몇 달 만에 웬만한 사람 연봉만큼 돈이 늘었다.

"정확하게는 인테리어 비용을 결제하기 전까진 투자금으로 썼어요. 회사 수수료는 역시 뺐고요."

"아무리 그렇다고 해도 이 정도면 일하지 않아도 될 정도 아닌가요?"

"호호! 마이너스가 될 가능성도 있어요. 물론 희박하지만요. 원한다면 두삼 씨에 한해서는 수수료 없이 지금처럼 투자해 드릴게요."

"그럴 수야 없죠. 수수료가 얼마나 되는데요?"

"첫 수수료 투자금의 30퍼센트, 매달 수익에 대해서도 마찬가지예요. 그렇게 계산하면 대충 이 정도 나오겠네요."

그녀는 현재 얻은 수익을 역산출했다.

단지 수수료를 넣었을 뿐인데 7,000만 원이 반 토막이 나는 기적을 봐야 했다. 물론 그마저도 적은 이익은 아니었지만 눈에 들어오진 않았다.

"…지금처럼 부탁드립니다."

해준다는데 거절하는 건 예의가 아니었다.

"당연히 그럴 거예요. 그래야 제 마음이 편하거든요. 다음 장엔 저희 회사 홈페이지 아이디와 비밀번호가 있으니 접속해서 입금이든 출금이든 가능해요. 이제 집을 보러 갈까요?"

"네."

그녀의 회사에서 나와 한남대교를 건너 장충체육관 방향으로 갔다. 그리고 약수역에 도착하기 전에 골목으로 들어갔다.

골목에서 천천히 달리던 차는 큰 철문이 막고 있는 단독주택 앞에 섰다.

"여기예요. 내리세요."

차에서 내린 하란은 철문 앞으로 갔다.

"평소에는 여기 작은 문으로 다니면 돼요. 그리고 영업을 할 땐 이렇게."

그녀는 커튼을 여는 것처럼 철문을 양옆으로 밀었다.

드르륵! 차가 오갈 수 있을 정도로 철문이 열리자 서너 대의 차가 주차할 수 있는 마당과 리모델링한 2층집이 보였다.

"와……!"

하란이 서류로 보여줬던 집과 똑같았다. 다만 사진에서 느낄 수 없던 감동이 있었다.

물론 자신의 집이라는 것도 한몫했다.

"1층은 원하는 대로 네 개의 마사지실, 두 개의 탈의실과 샤워실, 두 개의 대기실로 되어 있어요. 좌측은 여자 전용, 우측은 남자 전용이죠. 저기 끝에 있는 방이 사무실인데 그곳에서 어느 마사지실로 갈 수 있게 되어 있어요."

구색을 갖추려다 보니 각 방의 크기는 작아질 수밖에 없었다. 그러나 공간을 제대로 활용해서인지 좁다는 느낌은 들지 않았다.

하란은 과거 집을 소개하는 프로그램의 MC처럼 구석구석 설명해 주었다.

"샤워실과 화장실, 마사지실을 제외한 모든 방에 CCTV를 설치해 뒀어요. 이제 2층으로 갈까요?"

1층보다 앞으로 지낼 2층에 대한 기대감이 더 컸다.

두근거리는 마음을 감추며 2층으로 향했다.

집이 바뀌어서인지 한참 뒤척이다 잠이 들었는데 창으로 들어오는 아침 햇살에 눈이 저절로 떠졌다.

침대 앉은 채로 몸의 기운을 단전으로 모아 소주천을 몇 바퀴 돌렸다. 몽롱하던 정신이 깨고 오랜만에 침대에 자서 찌뿌듯한 몸도 가뿐해졌다.

침대에서 내려가 남산이 보이는 창을 바라보고 스트레칭을 했다.

"일찍 일어나면 등산이나 해야겠네."

스트레칭을 마치고 거실로 나왔다.

1층의 인테리어가 고급스러운 현대 인테리어라면 2층의 인테리어는 고풍스러운 한옥 인테리어였다.

물론 곳곳에 자리한 가전제품과도 묘하게 잘 어울렸다.

가전제품의 경우 하란이 집들이 선물이라고 몽땅 준비해 준 것이다. 하나같이 고급으로 가격이 엄청났다.

"…아무래도 부담스럽단 말이야."

배영옥의 병을 고쳐준 것에 대한 고마움 때문이라는 걸 알지만 그에 대한 대가는 이미 충분히 받았다고 생각한다.

"음… 다음부터는 안 그러겠다고 했으니 이번까지만 눈감고 받자."

편하게 생각하기로 하고 부엌으로 갔다. 어제 해둔 국을 데우고 사둔 반찬을 꺼내서 간단히 아침을 해결했다.

노혜자가 해주던 정성 어린 아침이 그리웠지만 독서실에 살 때를 생각하며 맛있게 먹었다. 그리고 차를 들고 2층 발코니로 나갔다.

엄밀하게 말하자면 베란다와 발코니의 중간 형태지만 명칭이야 중요하지 않았다.

집에서 가장 마음에 드는 곳이 어디냐고 묻는다면 잠시도 머뭇거리지 않고 발코니라고 말할 것이다.

"정말 좋다!"

두삼은 발코니에 마련된 의자에 앉아 주위를 둘러보며 중얼거렸다.

서울 시내에서 바라보는 풍경이 좋아봐야 얼마나 좋을까. 특히 옆집은 뭔 공사를 하는지 높게 안전 펜스를 세우고 있어 철판밖에 보이지 않았다.

그저 힘든 생활을 할 때 이렇게 살고 싶다는 꿈을 이룬 것이라 좋았다.

발코니에서 한껏 게으름을 피운 두삼은 슬슬 가게 개점을 위한 준비를 위해 일어났다. 그리고 컴퓨터가 있는 방으로 갔다.

가장 먼저 할 일은 여자 마사지사를 구하는 일이었다.

원래 혼자 하다가 어느 정도 궤도에 이르면 구할 생각이었는데 어젯밤 곰곰이 생각하니 아무래도 여자 마사지가 있어야 할 것 같았다.

손님들이 여자 마사지사를 선호하는 것도 있지만 마사지 숍의 밀폐된 분위기를 풀어주기 위해서였다.

"일단 마사지사협회에 들어가 볼까?"

올해의 구인 공고가 10개밖에 되지 않는 것을 보며 두삼은 인상을 찌푸렸다. 협회에서 올려놓은 공지사항은 넘기고 개인이 올려놓은 글을 보았다.
역시 예년에 비하면 줄었지만 그래도 제법 있었다. 다만 구인하는 업체의 경우 거의 경력자를 찾고 있었고 구직자들의 경우는 신입이 많았다.
"경력자는 구하기 힘들겠는데."
보통 적혀 있는 연봉이 2,500만 원에서 3,000만 원. 현재로써는 맞춰줄 수 없는 금액이다.
악양에서는 할아버지의 과거 명성 때문에 손님이 왔고 거기에 운이 좋아 영업이 잘되었다. 하지만 서울에선 기대할 수 없다.
결국 선택할 수 있는 건 적은 돈을 주고 쓸 수 있는 초보밖에 없었다.
"아무래도 점심 먹고 학원에 가야겠어."
어느 학원에서, 어느 선생님 밑에서 몇 개월간 배웠다는 이력서보단 직접 확인하는 게 나았다.
"이건 뭐야?"
한참 페이지를 넘기며 보고 있는데 자신의 이름이 적힌 글이 보였다.
"이 새끼, 진짜로 올려놨네."
[한두삼을 고용하려는 분들에게]라는 글 제목이었는데 작성자 아이디가 Won_moon인 걸 보니 작년 요양병원에서 함께 일한 문희원이 쓴 글이었다.
문득 당시가 떠올라 화가 났다. 외제 차를 사서라도 잘난 척하고 올까 싶다.
그러나 곧 고개를 저었다.

"그깟 놈에게 감정을 허비한다는 것 자체가 낭비야. 악연이 있다면 만나겠지. 지금은 같이 일할 직원을 구하는 게 우선이야."

물론 만나게 된다면 받은 걸 고스란히 돌려줄 생각이긴 하다.

점심을 먹고 12시 30분쯤 집을 나섰다.

대문을 열고 나오면서 가게 겸 집을 보니 왠지 뿌듯해지는 느낌이다.

오토바이를 타고 마사지를 배웠던 종로에 있는 학원으로 갔다.

오랜만에 보는 학원은 예전과 포스터만 바뀌고 변한 것이 거의 없었다. 두삼을 가르쳤던 강사 역시 있었다.

"안녕하세요! 이 선생님."

"어? 넌……."

점심을 먹고 에어컨 앞에서 커피를 마시고 있던 이진철은 두삼의 얼굴이 기억나는지 반가운 기색이다. 다만 이름까진 기억을 못 하는지 말끝을 흐린다.

"한두삼입니다."

"아! 한두삼. 원투쓰리라고 불렀었지? 한의대생이라는 것과 이름이 독특해서 기억한다."

"잘 지내셨어요? 이건 빈손으로 오기 뭐해서."

근처 마트에서 사온 음료수를 건넸다.

"자식, 기본이 됐네. 나야 만날 애들 가르치느라 여념이 없지. 앉아라. 커피 줄까?"

"감사합니다."

그는 1회용 컵에 믹스 커피를 넣고 정수기에서 뜨거운 물을 따라줬다.

“넌 뭐 하고 지내냐? 한의원 냈냐?”

“…아뇨. 마사지사와 물리치료사로 여기저기서 일했습니다.”

“내가 기억하기론 졸업하고 공중보건의로 간다고 학원 그만뒀던 것 같은데… 아닌가?”

그 양반 기억도 좋다.

“지나가다가 들른 것 같진 않고. 다시 학원에서 마사지 배우려고? 아님, 학원 강사라도 해보려고?”

“그게 아니라 같이 일할 사람이 있을까 하고 찾아왔어요. 장충동에 작은 가게를 열었는데 아무래도 여자 마사지사가 필요해서요.”

“오! 가르친 게 헛되지 않았나 보네. 근데 이왕이면 경력자가 더 낫지 않냐?”

“경력자 월급 줄 정도는 아니고요.”

“초짜로 영업하면 오히려 손님이 떨어질 텐데?”

“아직 개점도 안 해서 떨어질 손님도 없어요.”

“가르치면서 할 생각이구나? 음, 여자 마사지사 중에 괜찮은 사람이 있나? 요즘은 취미로 마사지를 배우는 이들이 많아서 있을까 모르겠다.”

그는 책상에 꽂혀 있던 학원생 명부를 살폈다.

“나이는?”

“가급적 30, 40대가 좋을 것 같아요.”

“퇴폐 영업을 하는 건 아닌 모양이네.”

“선생님도 참.”

"간혹 그런 놈들이 찾아와서 하는 말이야. 혹시라도 그럴 생각이면 그냥 가는 게 좋을 거다."

"아니에요. 선생님이 오셔서 확인해 보셔도 됩니다."

"그럴 생각이다. 가만있자. 이 아주머니가 괜찮을 것 같긴 한데… 급여는 어떻게 생각 하냐?"

"요즘은 얼마나 해요?"

"신입 같은 경우 인턴으로 1년 정도는 기본 100만 원에 건수 당 약간의 퍼센트를 받아. 한데 넌 대형 마사지 숍은 아니니 120만 원은 줘야 할 거다."

"저 때랑 비슷하네요. 사실 기본은 120 정도 생각하고 있어요. 대신 건수당 순이익의 50퍼센트를 주려고요."

"괜찮네. 그럼, 이번 달에 졸업하는 이들 중에 마흔 둘인 아주머니가 있는데 만나볼래? 소개는 시켜주지만 설득은 네가 해야 한다."

"그렇게만 해주시는 걸로 충분해요."

"오늘 1시 30분 반에 와서 타이 마사지 실습하니까 그때 실력을 봐보던가."

"…실습용으로요?"

"너도 아주머니 손을 봐야 되지 않겠어?"

학원생들이 마사지 실습할 땐 서로 돌아가면서 한다. 한데 실력이 없을 땐 마사지를 받고 나면 오히려 몸이 아픈 경우가 많았다.

그 때문에 꺼려지긴 했지만 같이 일할 사람이라면 실력을 확인해야 했다.

이진철이 소개해 준 아주머니는 제법 덩치가 있는 이로 굉장히 활달한 성격의 소유자였다.

“학원을 다녀볼까 한다고요? 그럼 잘 온 거예요. 여기 강사님 실력이 끝내줘요. 무엇보다도 발이 넓어서 그런지 취업률도 꽤 높고요.”

“…아, 네.”

“학원생이라고 해서 걱정되나 보네요? 걱정 말아요. 스포츠마사지, 지압, 오일 마사지, 타이마사지 다 배웠어요. 어디 불편한 데 있음 말해요. 아주 시원~ 하게 풀어줄게요.”

얼른 시작했으면 좋겠다.

옆자리에 누워 있는 학원생이 안쓰럽다는 표정으로 바라보는 것이 평소에도 꽤 말이 많은가 보다.

“요즘 머리 때문에 다들 걱정이 많잖아요. 젊었을 때부터 두피 마사지를 해주면 탈모에 많은 도움이 돼요. 일단 두피마사지부터 시작할게요.”

그녀의 손이 머리에 닿았고 두피를 마사지하기 시작했다.

‘타고난 건가, 노력한 건가. 잘하네.’

두삼은 그녀의 지압 방법과 손가락의 위치를 느끼며 그녀의 실력을 파악했다.

사실 마사지를 처음 받는 사람도 마사지를 받고 나면 마사지사가 초짜인지 경력자인지 알 수 있다. 마사지를 자주 받는 사람들의 경우는 실력이 있는지 없는지 파악 가능하다.

몸이 느끼는 것이다.

하물며 전문가라 할 수 있는 두삼은 어떻겠는가. 잠시만 봐도 실력 파악이 가능했다.

'음, 혈에 대한 지식도 있는 것 같은데…….'

두피마사지는 단순하게 보면 그저 두피 전체를 자극하는 것이지만 깊이 들어가면 머리에 있는 혈을 자극해 두피는 물론 눈, 코, 귀, 입 등 머리 전체와 크게는 몸 전체를 건강하게 하는 효과가 있다.

한데 아주머니, 신혜경의 손가락은 묘하게 혈들을 자극하고 있었다.

물론, 정확하지 않았고 어설프긴 했다. 그러나 그저 선배가 가르쳐 준 대로 마사지를 따라하는 경력자들보다 훨씬 나았다.

"이제 목을 할게요. 이 오일 비싼 건데 후배님이 될지 모르니 특별히 해줄게요."

'영업도 잘하겠다.'

장사를 하는 사람이 선심을 쓸 때 말하지 않으면 손님들은 모른다. 그래서 작은 선심을 쓰더라도 대단한 것인 양 말하는 것 역시 장사를 할 땐 필요하다.

두삼이 부족한 것인데 신혜경은 자연스럽게 했다. 말이 많다는 단점을 덮고도 남을 정도다.

마사지는 목, 어깨, 등으로 이어졌다. 부족한 부분이 많이 보이긴 했지만 꽤 만족스러웠다.

"어때요?"

끝나고 나자 물어왔다.

"잘하시네요. 근데 혈 자리 누르는 건 다른 사람에게 배운 거예요?"

"배운 것도 있고 책 보고 독학한 것도 있어요. 근데 혈 자리에 대해 알아요?"

자신에 대해 말해야 하나 고민하고 있는데 이진철이 다가오며 말했다.

"혜경 씨, 이 친구 수강하려는 사람이 아니라 직원 구하러 온 거야. 혹시 긴장할까 봐 그렇게 말했어."

"…그래요? 굳이 그렇게 안 해도 됐는데."

"120에 건당 50퍼센트. 영업은 아직 시작 전이고. 괜찮은 조건인데 어때?"

"글쎄요. 아직 부족하다고 생각해서 다른 걸 좀 더 배워볼까 생각 중이었거든요."

"학원에서 배우는 것보다 실전을 하며 이 친구한테 배우는 것도 나쁘지 않을 텐데? 이 친구 한의대 다녔어. 왜 한의원이 아닌 마사지 숍을 내려는 건지는 모르지만."

"그래요?"

신혜경은 의외라는 표정으로 봤다. 그러다가 잠시 고민을 하더니 두삼을 보며 말했다.

"마사지를 받아볼 수 있을까요? 솔직히 사정이 있어 일을 하게 되면 돈이 안 된다고 해도 실력으로 유명한 선생님 밑에서 일을 하려고 했거든요."

"이해합니다. 저도 테스트를 했으니 혜경 씨도 테스트를 해봐야겠죠. 엎드리세요."

사정은 누구에게나 있는 법이다.

마음에 드는 직원을 구하는 데 마사지 한 번이 뭐가 어려울까. 옷을 입고 손을 가볍게 풀며 신혜경이 엎드리길 기다렸다.
"혜경 씨가 했던 대로 해볼게요."
두삼은 그녀의 머리를 향해 손을 뻗었다.

*　　　*　　　*

"보통 반사요법이라 하면 인체의 특정 부위를 자극하면 다른 부위에 반사 반응을 일으키는 걸 말합니다. 흔히 손, 발, 귀 반사요법이 많이 알려져 있죠. 머리도 마찬가지입니다. 가령……."
설명과 함께 지압을 하면 백회혈에서 조금 뒤쪽에 떨어져 있는 낙각혈을 지그시 눌렀다. 그러자 신혜경은 인상을 찌푸리며 아파했다.
"아아~"
"어디를 눌렀는지 아시겠어요?"
"…위치로 보면 정신을 안정시키고 눈과 머리 쪽의 열기를 내려주는 효능을 가졌다는 곳인데……."
효능은 알지만 이름은 잘 모르는 모양이다. 하지만 효능을 알고 있는 것만으로도 대단하다.
솔직히 혈 자리의 이름은 너무 어렵다.
"낙각혈이에요."
"아, 맞다! 낙각혈. 근데 아픈 거 보니 어디가 안 좋은가요?"
"신장이요. 심한 정도는 아니지만 안 좋은 편이에요."
"어? 낙각혈에 대해 알아볼 때 그런 말은 없었던 것 같은데."
"낙각혈이 족태양방광경에 속한 혈이라 그곳을 누름으로써 짐작할 수 있는 거죠. 왜 짐작할 수 있는 거냐고 말했냐 하면 신장이 안 좋다는 건 얼굴색을 보고 파악한 거거든요. 사실 정확하게 알아보려면 등에 있는 지실혈을 자극해 보는 게 더 정확해요."

"휴우~ …어렵네요. 마사지를 할 때 혈 자리는 신경 쓰지 말라는 건가요?"

"아뇨. 아까 두피마사지를 할 때 너무 많은 것을 신경 쓰는 것 같아서 하는 말이에요. 사람들이 두피마사지를 받는 이유는 머리가 시원하고 개운한 느낌에, 두피가 건강해지기 위해 하는 거잖아요. 그러니 처음부터 너무 많은 걸 하려고 하지 말라는 거죠."

"아!"

"그러니 독맥과 족태양방광경과, 족소양담경의 머리에 있는 혈 중 몇 개만을 중점적으로 자극하는 방법을 사용하면 돼요. 이렇게요."

강간혈, 풍지혈, 낙각혈 등 머리를 맑게 하고 두피에 좋은 혈들을 자극하며 두피마사지를 했다.

"어때요?"

끝나고 물었다.

"끝내줘요! 머리가 마치 설악산의 눈꽃을 구경할 때처럼 맑고 깨끗해요. 늘 있던 편두통도 없어졌고요."

"……."

쌀밥 한 숟가락 먹고 감동의 도가니에 빠진 만화 속 주인공과 비슷한 표현이다.

이번 두피마사지엔 기를 사용하지 않고 혈 자리를 자극한 것밖에 없었다.

"이제 목과 어깨를 할게요. 목과 어깨의 경우는 스트레스나, 컴퓨터 혹은 스마트폰 사용, 장시간 노동으로 인해 가장 빠르게 신호가 오는 곳으로 긴장된 근육을 풀어주는 것이 가장 시원함을 느끼죠. 시간이 될 때 근육에 대해 공부해 두는 게 좋아요."

입으론 설명을 하며 손으로 마사지를 했다.

"으음~ 전문가의 손길은 이렇구나. 동기들에게 받는 것과 차이가 없는 것 같은데… 몸이 절로 녹는 것 같아요. …이대로 한숨 자고 싶어져요."

말 그대로 됐다. 목과 어깨가 끝났을 때 신혜경은 코를 골면서 잠이 들어 있었다.

"이 정도면 될 것 같은데."

이진철이 등은 할 필요가 없다고 말했다.

"깨울까요?"

"내버려 둬라. 더 이상 안 해도 너 따라간다고 하실 것 같다. 그리고 저렇게 잠드는 것도 교육이지. 넌 사무실에 가 있어라. 깨면 보낼게."

고개를 끄덕인 후 손을 씻고 사무실로 갔다. 그리고 30분 뒤에 신혜경이 왔다.

"어떻게 결정하셨습니까?"

"이진철 강사님 말씀처럼 취직하면 가르쳐 주실 건가요? 물론 월급은 백만 원이면 돼요."

"물론 그럴 거예요. 근데 돈까지 적게 받으면서 배우려는 거

보면 혹시 가게를 낼 생각입니까?"

"솔직히 말씀드리면 맞아요. 이진철 강사님은 그만둘 걸 티내지 말라고 했지만 그건 예의가 아니잖아요."

"얼마나 할 생각인데요?"

자신의 가게를 내겠다는 것까지 막을 생각은 없다. 다만 기껏 가르쳐 쓸 만하게 만들었는데 나가 버린다고 하면 곤란했다. 최소 1년은 해야 했다.

"일단은 1년 6개월 정도 생각하고 있어요."

"그 정도라면 괜찮네요. 그만두기 3개월 전에만 말해주세요."

"그야 당연하죠."

"언제부터 가능하세요?"

"내일부터라도 가능해요."

"개업을 위해 준비해야 할 것들이 있으니 다음 주 월요일부터 출근하는 건 어떠세요?"

"그럴게요."

가게의 위치를 알려주고 전화번호를 교환했다. 그리고 일어났다.

"그럼 다음 주 월요일 날 뵐게요."

"네. 아! 근데 선생님."

"그냥 두삼 씨라고 부르셔도 됩니다."

"가르쳐 줄 분이고 사장님께 그럴 순 없죠. 혹시 얼굴마사지에 대해서도 잘 아세요?"

"네. 그것도 배웠어요. 물론 제 방식대로 가르쳐 드릴 생각이고요."

"그럼 혹시 교육생을 받을 생각 없으세요? 가게 청소나 일을 돕는 조건으로요. 물론 돈은 필요 없어요. 그냥 식사만 제공해 주시면 되는데?"

"교육생이요?"

아직 스스로 부족하다고 생각하고 있다. 그래서 누군가를 가르칠 생각은 해본 적이 없다.

두삼의 표정에서 거절하려는 걸 읽었을까 신혜경은 얼른 설명을 더했다.

"싹싹하고 얼굴도 괜찮아서 안내 데스크를 맡겨도 괜찮아요. 그리고 배웠다고 금방 다른 곳에 가진 않을 거예요. 그건 제가 보증해요."

"…글쎄요."

"한번 만나기라도 해보세요. 미용 학원에서 근로장학생으로 있는데 제대로 배우지도 못하면서 고생만 하는 것 같아 안쓰러워서요. 열심히 살려는 앤데……."

열심히 살려고 한다는 말이 두삼의 마음을 움직였다.

한때 자신 역시 기회를 잡고자 열심히 노력하지 않았던가.

"알겠어요. 그럼 월요일 날 데리고 오세요."

얼굴을 보게 되면 거절하지 못할 것임을 알면서도 허락할 수밖에 없었다.

* * *

악양에서 간판 하나만 걸고 시작하던 것과는 달리 준비할 것이 많았다.

그땐 오면 좋고 안 오면 말고 식이었다면 이젠 마사지사로 제대로 자리를 잡자는 생각이랄까. 그래서 정신없이 움직였다.

간판과 명함을 만들고 틈틈이 뿌릴 광고 전단지도 만들었다. 또한 마사지를 할 때 필요한 물건들도 사야 했다. 그렇게 바쁘게 지내다 보니 월요일이 됐다.

신혜경이 오늘부터 출근을 하지만 당장 개업할 생각은 없었다. 먼저 그녀의 실력을 어느 정도까진 키울 생각이다.

딩동!

점심을 먹고 발코니에 앉아 차를 마시고 있는데 초인종 소리가 들렸다.

"누구세요?"

—저희예요, 선생님.

아무래도 호칭에 대해선 다시 얘기해 봐야겠다. 선생님이라니, 낯 뜨겁다.

문을 열어주고 얼른 현관으로 내려갔다. 신혜경과 20대 초반쯤 되어 보이는 여자가 함께 들어왔다.

"와아~ 여기가 가게예요? 너무 예뻐요. 제가 꿈꾸던 가게예요. 내부는 어때요? 인테리어하는 데 얼마나 들었어요? 보증금은 얼마예요?"

"먼저 소개부터 시켜주시는 게……."

"아! 내 정신 좀 봐. 전에 말했던 친구예요."

"…한미령이에요."

"반가워요. 차라도 마시며 얘기하죠."

두 사람을 발코니로 데리고 갔다.
"마실 건 뭐로 드릴까요? 커피? 시원한 음료수?"
"선생님이 마시는 차 색깔 예쁘네요."
"직접 끓인 오미자찬데 입맛에 맞을까 모르겠네요."
두 사람에게 차를 끓여준 후 자리에 앉았다.
한미령은 머뭇거리다가 봉투 하나를 내밀었다.
"…여기요."
"뭐예요?"
"이력서예요. 필요하실 것 같아서."
"아! 네."
대수롭지 않게 펼친 A4용지 한 장으로 된 이력서는 한미령에 대한 많은 것을 담고 있었다.
'보육원 출신. 신혜경 씨가 이거 때문에 챙겼나 보네…….'
"1년쯤 직장을 다니다가 그만뒀네요? 특별한 이유라도 있었어요?"
"…난생 처음으로 해보고 싶은 게 생겼거든요."
"그게 피부관리사인가요?"
"네. 고등학교 졸업할 때까지 어떻게 살아야 할지 생각도 못 했어요. 그저 보육 시설을 떠나야 했기에 상고를 나와 취직을 했고요. 그러다 TV에서 피부관리사에 대해 방영하는 걸 우연히 봤는데 눈을 떼지 못하겠더라고요. 그래서 그만두고 학원을 다녔던 거예요."
"TV에서 어떻게 나왔는지 모르지만 쉬운 길은 아니에요."
앉아서 화장품을 바르고 얼굴마사지를 하는 게 다라고 생각하면 착각이다. 숙련도도 숙련도지만 결과가 거의 즉각적으로 나타나는 업종이라 감성 노동의 강도가 제법 높다.

"학원을 다니면서 많은 얘기를 들어 알고 있어요. 하지만 다녀 보니 오히려 제 적성인 걸 확신했어요. 전 누군가를 아름답게 만드는 게 좋아요."

정말로 좋아하고 있음을 표정이 말해주고 있었다. 미래엔 어떻게 바뀔지 모르지만 지금의 열정만큼은 거짓이 아닌 것 같았다.

"그래요? 그런 생각이면 함께해 봐요."

애초에 받아들일 생각이었다. 이미 그녀가 할 일까지 염두에 둔 상태다.

"감사합니다, 선생님!"

한미령은 벌떡 일어나서 고개를 숙였다.

"…고마워할 일도 아닌데요. 아! 그리고 신혜경 씨도, 한미령 씨도 선생님이라고 부르지 말아주세요. 듣기가 쑥스럽네요."

"그럼 뭐라고 불러요? 두삼 씨? 사장님? 동생? 아! 그럼 미령인 오빠라 부르면 되겠네요."

"…두삼 씨 정도면 될 것 같은데요."

"그게 편하면 그렇게 해요. 자! 두삼 씨, 이제부터 뭘 하면 될까요?"

"개업은 급한 게 아니니 일단 실력부터 키우죠. 일단 미령 씨가 혜경 씨 얼굴마사지하는 것부터 볼까요?"

"저… 잘 못해요."

"어느 정도인지 보려는 거니 있는 그대로 하면 돼요. 아래층으로 갈까요?"

두 사람과 함께 아래층으로 이동했다. 그리고 두 개의 여성룸 중에 끝 방으로 들어갔다.

"와! 이게 다 뭐예요?"

신혜경이 한쪽 벽에 진열된 화장품들을 보고 놀라 감탄을 터뜨렸다.

"돈도 안 주고 부려먹으려면 이 정도는 해야죠. 사람은 알아서 구해줄 테니까 최대한 연습 많이 해요."

"네! 선생… 아니, 두삼 씨!"

"시작하죠. 혜경 씨는 세수하고 오셔서 누우세요. 전 끝날 때까지 조용히 여기에 있을게요."

한미령에게 맡겨두고 침대 옆에 섰다. 물론 시선은 그녀의 일거수일투족을 살폈다.

피부관리사의 기본은 손님의 피부 타입을 알아내는 것이다. 건성, 약건성, 지성, 약지성, 계절과 날씨에 따라 변하고 피시술자의 신체 상태에 따라 변한다.

그렇게 파악한 피부 타입에 맞게 화장품을 선택하는 게 시작이다.

'시작은 나쁘지 않네.'

한미령은 약건성인 신혜경을 위해 따뜻한 수건으로 얼굴의 모공을 충분히 넓힌 후 약지성의 클렌징을 이용해 노폐물을 닦아냈다.

그리고 또 다시 클렌징을 바른 후 피부를 자극해 노폐물을 빼내는 작업을 했다.

"조심해요. 피부는 약해요. 특히나 관리를 자주 받는 이들의 피부는 약해서 자그마한 실수에도 트러블이 일어나요."

진행될수록 실수가 나왔다. 확실히 어깨너머로 배운 게 티가 난달까.

피부 관리를 하는 데 대단한 기술이 필요한 건 아니지만 어떻게 하느냐에 따라 천양지차다.

"…다했어요. 어떤가요?"

"부족해요."

"…역시 그렇죠?"

"실망하지 말아요. 부족한 건 스스로도 알았잖아요. 이제부터 차근차근 해나가면 돼요. 제가 아는 한 도울게요. 경험과 함께 하다 보면 금방 늘 거예요."

"…그리 말해주시니 고마워요. 근데 어떤 것부터 하면 될까요?"

"마사지사들이 주로 사용하는 눈썹 안쪽 끝에 위치한 찬죽혈, 태양혈 같은 기본 경혈을 가르쳐 줄 거예요. 그리고 피부 타입을 구별하는 법, 얼굴색을 통한 건강 체크까지 기본적인 것을 다 배우고 나면 점차적으로 심화 영역으로 들어갈 거예요. 이곳을 그만두기 전까지 많은 것을 배우길 바라요."

"열심히 할게요!"

"그럼 오늘은 피부 관리에 기본이 되는 10개의 혈을 가르쳐 줄게요."

"전 계속 누워 있어야겠네요?"

신혜경이 물었다.

"왠지 기뻐하는 것 같네요?"

"호호! 솔직히 일하러 와서 이런 호사를 누려도 되나 싶어서요."

"이제부터 좀 아플 텐데요?"

"악! 아픈 건 싫어요!"

"그만큼 건강이 안 좋다는 얘기니까 참으세요. 미령 씨 웃지 마요. 조금 뒤엔 미령 씨가 누워야 해요."

"…저, 저 안 웃었는데요?"

"미령아, 너 언니가 아프다는데 그렇게 기분이 좋으니? 나중에 감당할 수 있겠어?"

"안 웃었어요, 언니. …두삼 씨가 장난친 거예요."

한미령은 흘낏 바라보는 신혜경을 향해 진지한 얼굴을 보여주었다.

"거짓말! 두삼 씨가 왜 거짓말을 하겠어?"

"…지, 진짜예요, 언니."

"너 좀 이따 보자! 꼭 복수한다."

두 여자의 티격태격하는 모습에 괜한 농담을 했다 싶다.

'그저 딱딱한 교육 분위기를 풀고자 한 농담인데…….'

두삼은 속으로 쓴웃음을 지었다. 지금 진실을 말해봐야 괜히 분란만 키울 것 같았기에 입을 다물었다.

*　　　*　　　*

두삼이 개업을 위해 노력하는 동안 하란 역시 회사의 다음 단계를 준비하고 있었다.

"외부 투자자 규모는 어느 정도 생각하고 계십니까?"

최익현 실장, 이제는 이사가 된 최 이사가 하란에게 물었다.

"일단은 3/4분기까지 500억을 목표로 하죠."

"우리 회사가 달성하고 있는 수익률을 보여주면 한 달 안에 1,000억도 가능할 겁니다."

"회사의 투자는 받지 마세요. 개인의 한도는 10억입니다."

"알고 있습니다."

"그리고 채워지는 금액만큼 제 돈은 뺄 겁니다."

"같이 운영하는 거 아닙니까? 수익이 계속 발생하고 있는데 굳이 그럴 필요가?"

"제 돈이 들어가 있으면 제 돈의 수익을 위해 투자자들의 돈을 희생한다는 오해를 하기 쉽죠. 테스트한 걸로 충분하니까 그렇게 알고 계세요."

"누가 오해를 한다고… 알겠습니다. 그렇게 알고 있겠습니다. 다음은 국민연금에서 어떻게 알았는지 회사에 투자를 하고 싶다고 합니다."

"지분 투자요?"

"양쪽 다입니다. 지분의 15퍼센트를 3배의 가격으로 사고 싶어 합니다. 투자는 1차적으로 500억을 생각하고 있답니다."

"국민연금이라……."

단 몇 개월간 1,000억을 투자해 수배의 이익을 얻었다는 건 정보가 빠른 기관과 투자자들에게 이미 퍼져 있었다.

돈 냄새라면 기가 막히게 맡는 인간들이 왜 모를까. 다만 그린 사람들에게 투자를 받으면 골치 아프다. 다른 의도가 있을 가능성 역시 배제할 수 없고.

"지분 투자는 거부해요. 어차피 상장하고픈 생각은 추호도 없으니까요."

"간섭하는 게 싫어서 그런 건 아니시고요?"

"전 상관없어요. 최 이사님이 괴로울 것 같아서 그러는 거예요."

"네?"

"아니에요. 다음 안건으로 넘어가죠. 김 실장님?"

"예. 지난번에 지시하신 회사 모델 후보들을 뽑아봤습니다. 태블릿을 보시죠. 총 여덟 명으로 '국민'이라는 단어가 붙는 이들입니다."

국민 배우, 국민 축구선수, 국민 엄마 등 나라에서 모르는 사람 거의 없는 이들이었다.

한데 살펴보는 하란의 표정은 시큰둥했다. 그러다 마지막 장을 보고 살짝 인상을 찌푸렸다.

"이효원 씨가 거절했다고요?"

"예, 대표님. 현재 재활 훈련 중인데 낫기 전에는 광고를 할 생각이 없다고 합니다."

"안타깝네요. 우리 회사 이미지에 딱 맞는다고 생각했는데……."

"그럼 몇 번 더 접촉해 보겠습니다."

김 실장은 하란의 말투에서 이효원에게 미련이 남아 있음을 캐치했다. 그래서 얼른 대답했다.

직원들에게 친절하고 좋은 상사였지만 일과 관련된 것엔 고집이 강하다는 걸 알고 있었다. 한데 그의 생각보다 하란의 고집이 더 강한 모양이다.

"아니에요. 제가 직접 만나보죠. 그때도 안 된다면 차선을 선택할 수밖에 없죠."

TV 방송이 아닌 그저 팸플릿과 브로슈어 정도에 얼굴이 들어가는 정도라 사실 광고 모델은 누굴 쓰든지 별로 상관이 없었다.

그저 이효원에게 도움이 되었으면 하는 생각이 더 컸다.

'열심히 재활 훈련 중이겠지?'

그녀는 이효원과 꽤 친한 사이었다.

광고를 허락하면 자연스럽게 볼 생각이었는데 여의치 않게 되자 보고 싶어졌다.

"빠른 시간 안에 약속을 잡도록 하겠습니다."

"번거롭게 뭘 그렇게 해요. 내가 할게요."

"예?"

"통화할 수 있는 연락처 부탁해요."

"…알겠습니다."

"다음 안건으로 넘어가죠."

아직까진 크지 않은 회사라 그녀가 결정할 것은 많았다.

*　　　*　　　*

오후 1시에 시작한 회의는 3시가 넘어서 끝났다.

사무실로 돌아온 그녀는 이효원의 매니지먼트를 맡고 있는 회사에 연락을 했다.

"안녕하세요. 지난번에 광고 건으로 연락한 란투자사의 대표인 우하란입니다."

—귀사의 제안한 광고 건이라면… 무척 욕심이 나긴 하지만 지난번에 말씀드렸듯이 현재 광고 제안은 받지 않고 있어요. 죄송합니다.

남자 직원은 아깝지만 어쩔 수 없다는 듯 말했다.

"이효원 양을 보고 말하고 싶은데요. 광고비가 부족해서라면 좀 더 지불할 생각이 있습니다."

—말은 해보겠지만 큰 기대는 하지 않으시는 게 좋을 듯합니다. 사실 효원이가 요즘 재수술 문제로 정신이 없거든요.

"재수술이요?"

하란은 깜짝 놀랐다. 이효원이 재활 훈련을 하고 있다고 알고 있었다. 한데 재수술을 할 만큼 다리 부상이 악화된 모양이었다.

—아! 제가 쓸데없는 말을 했습니다.

"아니에요. 그런 사정을 모르고 제 욕심만 부렸네요. 죄송해요."

—아닙니다. 이해해 주셔서 감사합니다. 재활이 된 후에 관심을 가져주십시오.

"물론이죠. 부디 건강하게 다시 아이스링크에서 보길 바란다고 헬렌이 말했다고 전해주세요."

—네? 방금 헬렌이라고 말하셨습니까? 혹시 지금 전화하는 분

성함이 헬렌 우입니까?

"절 아시나요?"

—물론이죠. 매년 후원금을 보내주셨잖습니까. 그리고 동생이 가끔 헬렌 씨 얘길 했습니다.

하란과 이효원의 인연은 8년 전이었다.

월반을 거듭하며 어린 나이에 대학을 졸업하고 대학원에서 박사 학위를 취득한 하란은 졸업할 때 유명 연구소의 스카우트 제안도 거절하고 집에서 자신의 연구에 몰두했었다.

하지만 세상은 만만치 않았다. 아르바이트를 병행하며 노력했지만 완성품은 쉽게 나오지 않았다.

모든 걸 포기하고 한국으로 돌아갈까 생각할 때 우연찮게 들른 아이스링크.

그곳에서 당시 미국 나이로 15살인 이효원을 봤다.

처음엔 같은 동양인이라는 것에 눈이 간 것에 불과했는데 어느 순간부터 눈을 떼지 못했다.

잘 타서가 아니라 넘어지면 일어나고 다시, 또 다시 도전하는 모습에서였다. 그리고 선수석으로 들어가 스케이트를 벗고 쉬는 모습에 충격을 받았다.

퉁퉁 부은 발은 온통 피멍뿐이고, 넘어지면서 받은 충격 때문인지 의자에 앉는 것조차 힘들어하는 모습은 지금까지 자신이 한 노력이 별거 아닌 것처럼 느끼게 만들었다.

소녀의 모습을 머릿속에 새기고 집으로 돌아온 하란은 다시 일에 몰두할 수 있게 됐다. 그리고 얼마 지나지 않아 첫 번째 연구 결과물을 세상에 내보일 수 있었다.

일하지 않고 연구에만 전념할 수 있는 돈을 벌었다. 그때부터 하란은 이효원을 응원하며 후원했고 그렇게 얼굴을 익히고 친해졌다.

"아! 효원 씨 오빠분이군요? 말씀 많이 들었어요."

—맞습니다. 헬렌 씨라면 효원이가 만나고 싶어 할지도 모르겠네요. 제가 말을 전할게요. 이 전화번호로 연락을 드리면 되겠습니까?

"무리할 필요는 없다고 전해주세요."

사정이 몰랐을 때야 개인적인 친분을 이용해서라도 만나고 싶었지만 사정을 안 이상 부담을 주고 싶지 않았다. 한데 전화를 끊고 1시간도 되지 않아 이효원에게서 연락이 왔다.

12. 지우고픈 과거

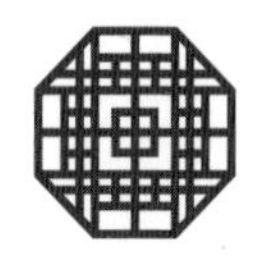

"헬렌 언니!"

볼 때마다 예뻐지더니 이젠 숙녀가 된 이효원이 반가운 얼굴로 달려와 안겼다.

"재활 훈련 한다는 애가 이렇게 뛰어다니면 어떻게 해. 마음고생 심하지?"

"아니에요. 예전보다 오히려 편해요. 보세요. 요즘 살도 많이 쪘어요."

"살이 찌긴. 여전히 말랐는데."

애써 밝은 척하는 모습이 안쓰러웠다. 그러나 내색하지 않고 보조를 맞췄다.

"이게 얼마 만이에요? 그동안 왜 연락도 없었어요?"

"앉자. 천천히 먹으면서 얘기하자."

자리에 앉고 식사를 하기 전까지 예전의 일들을 즐겁게 얘기했다. 불편한 얘기는 두 사람 다 의도적으로 피했다.

"언니, 우리 술 한잔해요."

"요즘은 술도 마시나 보네?"

"성인 되자마자 제일 먼저 술부터 마셨는걸요. 저 주량 엄청 세요."

"훗! 그럼 와인 한 병 할까?"

"그래요!"

가볍게 시작한 술은 서로 간에 조금 더 깊은 얘기를 나누게 만들었다.

"근데 한국은 언제 온 거예요?"

"2년 정도 됐어."

"그럼 그때 연락하지 그랬어요?"

"엄마가 아파서 왔어. 이제 함께 지내려고."

"얼마나요? 많이 안 좋으세요?"

마치 자신의 일처럼 걱정하고 묻는 모습에 하란은 빙긋이 웃으며 말했다.

"이젠 다 나았어. 운이 좋았어."

"휴우~ 다행이네요."

"넌 어때? 오빠에게 들으니 재수술한다면서? 많이 안 좋아?"

"가끔 다리에 힘이 안 들어가요. 헤헤!"

"재수술할 곳은 어디야?

"…사실 아직 결정된 바가 없어요. 다리에 남아 있는 뼈를 제거하려는 건데 뼈를 찾을 수가 없대요."

말이 뭔가 이상했다.

“뼈를 제거하려고 재수술을 하는 건데 뼈를 찾을 수 없다니?”

“그게 좀 복잡해요. 우연찮게 만난 사람이 다리에 뼈가 있어서 이상 증상이 일어난다고 하더라고요. 그래서 병원에서 정밀검사를 했는데 뼈가 없다더라고요. 여러 병원을 다녀봤는데도 마찬가지고요.”

“그 사람에게 다시 물어보지 그랬어?”

“음… 그것도 복잡해요. 전화번호를 알긴 했는데 코치님이 스마트폰을 잃어버리는 바람에 찾을 수가 없게 됐어요.”

말로 들어서 그런지 어떤 상황인지 제대로 정리가 되지 않았다. 잠깐 머리를 굴린 후에야 대충 짐작할 수 있었다.

“미국에 가볼래? 아는 의사분이 계신데 소개해 줄 수 있어.”

“말씀만으로도 고마워요. 한데 그 사람이 관심받으려 거짓말을 한 건지도 몰라서……. 이제 그냥 은퇴할까 싶기도 해요. 솔직히 지치네요.”

지친다는 말이 거짓말은 아닌 것 같은데 그보단 슬픔이 더 진하게 느껴졌다.

아무리 노력해도 극복이 불가능한 병 앞에서 오는 무기력감은 그녀도 잘 알고 있었다.

어머니를 생각하니 문득 떠오르는 사람이 있었다.

‘두삼 씨라면 혹시 가능하지 않을까?’

그녀의 상식으론 이해가 되지 않는 능력을 가진 두삼이었다. 왠지 그라면 가능할 것 같았다.

‘하지만 무슨 사정이 있어 치료는 하지 않으려는 것 같던데 소

개해도 될까?'

특별한 말은 없었지만 한의원이 아닌 마사지 숍을 연 것만 봐도 알 수 있었다. 신세를 졌는데 꺼리는 일을 하는 건 예의가 아닌 것 같았다.

그러나 씁쓸한 표정으로 술잔을 기울이는 이효원을 보자 도저히 그냥 넘어갈 수가 없었다.

"언니, 무거운 얘긴 그만하고 술 마셔요. 오늘은 좀 취하고 싶어요."

"으응 …근데 내가 대단히 실력 있는 한의사를 알고 있는데 소개시켜 줄까?"

"한의사요? 제 주치의 중에도 계세요."

"널 담당하는 분의 실력은 알 수 없지만 그 사람은 완전히 달라. …사실 우리 엄마 말기 암이었어. 근데 그걸 고친 사람이야."

"정말요?"

"응. 전국 유명하다는 병원, 한의원, 심지어 민간요법까지 안 해본 게 거의 없었어. 심지어 미국, 일본에 가서 좋다는 주사도 맞았고 한데 소용이 없더라. 그리고 우연히 만난 게 그 사람이었어."

"우연이 겹쳤을 수도 있잖아요."

"그럴 수도 있지. 근데 너 환각지 알지? 팔다리가 없는데 간지러움을 느끼는 병 말이야."

"들어봤어요. 치료 방법이 없다면서요."

"아니, 치료 가능해. 내가 직접 치료하는 걸 본 것만 세 사람이야."

말을 하다 보니 마치 대변인이 된 것 같다. 마치 내가 아는 누군가가 잘났다고 말하는 느낌이랄까.

그래도 왠지 기분은 나쁘지 않았다.

"가보자. 내가 얘기 잘해줄게. 시간만 조금 투자해 보자."

"혹하긴 하는데… 왠지 망설여져요."

"왜?"

"그런 사람한테 불가능하다는 얘길 들으면 진짜 포기할 것 같거든요."

너무 솔직한 말에 순간 말을 잇지 못했다. 그러나 곧 그녀의 머리를 쓰다듬으며 말했다.

"그 남자는 일단 시작하면 자신의 몸도 아끼지 않고 헌신하는 스타일이야. 절대 포기하지 않을걸."

"…그래요? 근데 언니 혹시 그 사람 좋아요?"

"그건 왜?"

"그 사람 얘기할 때 언니 눈 반짝반짝거리는 거 알아요? 혹시… 사귀어요?"

"누가 무슨 눈이 반짝반짝했다고… 그리고 사귀긴 내가 누굴 사귀어? 나 비혼주의자라고 말했던 것 같은데."

"펄쩍 뛰는 게 더 수상한데요?"

"이게 자꾸 언니를 놀려."

하란은 이효원의 옆구리를 마구 간질였다.

"꺄~ 하하하하! 어, 언니 잘못, 잘! 못! 했어요. 그만해요!"

"놀릴 거야, 말 거야?"

"안 놀려요! 절대 안 놀려요! 꺄하하하!"

"그리고 언니 따라갈 거야, 말 거야?"

"가, 갈게요. 큭큭큭! 가요. 간다고요. 근데 이러니까 더 이상한 거 아세요?"

"이게!"

다시 손을 뻗는 하란. 하지만 이번엔 이효원이 빨랐다. 얼른 피하며 멀리 떨어졌다.

"또 당하지는 않죠. 그나저나 남자에 관심이 없던 언니의 마음을 돌린 사람이 누군지 궁금하네요. 궁금해서라도 가봐야겠어요! 호호호!"

두 사람의 장난은 한동안 계속됐다.

경험이 중요한 직업이라 마냥 교육만 한다고 될 일이 아니었기에 2주간의 압축된 교육을 한 후 바로 영업을 시작했다.

물론 영업을 시작했다고 문 앞에서 손님이 기다렸다가 들어오는 일은 없었다.

"그렇게 서성인다고 손님이 오는 건 아니니 이리로 와 차 마셔요."

대문이 보이는 창에서 초조하게 서성이는 두 사람을 향해 말했다.

"사장님은 걱정도 안 되나?"

2주간 교육을 하고, 밥을 같이 먹고, 웃고 떠들면서 많이 친해졌지만 호칭은 결국 사장님으로 정해졌다.

표현이 조금 이상하지만 하루 종일 서로 몸을 주무르고 얼굴을 만지는데 너무 친해지면 안 되겠다는 의견에서였다.

당분간만이라도 호칭을 정돈하자는 주장에 거절할 도리가 없었다.

"한두 달은 없다고 해도 이상할 거 없어요."

"개업발이라는 게 있잖아요. 업체를 불러 개업 행사라도 했어야 하나?"

"주변에 다 가정집밖에 없는데 시끄럽게 해봐야 주변 인식만 나빠져요. 안 마시려면 말고요."

"가, 가요. 어떻게 직원보다 사장이 더 여유야? 안 그래, 미령아?"

"…그러게요. 전 심장이 터지려는데."

"길게 봐서 그래요. 당장 몇 달 뒤의 매출만 바라보면 결국 문을 닫게 돼요."

말 그대로였다. 두삼은 평생 할 일을 조급함에 망가뜨리고 싶지 않았다. 하란에게 맡겨둔 돈이 있어 적어도 굶지 않을 거라는 생각이 이런 결정을 하는 데 도움이 됐다.

든든한 뒷배를 가진 것 같다고 할까.

"가격이 비싼 건 아닐까나? 보통 행사를 할 때 50퍼센트 DC를 하잖아요."

신혜경은 차를 마시면서도 걱정이 가시지 않는지 물었다.

계속 비슷한 얘기의 반복이지만 가게에 대해 고민을 해주는데 기분이 나쁠 리 없었다.

"다른 마사지 숍과 다르지 않아요. 다른 곳에선 할인 행사를 하니 상대적으로 비싸 보이는 거죠. 그리고 싸게 할 때 온 손님이 가격이 정상이 되면 올 것 같아요? 아마 비싸다고 생각할 겁니다. 처음부터 그렇게 되면 그냥 여느 마사지 숍과 비슷해져요. 대신 우리 가게는 개업 한 달간 피부마사지를 공짜로 해주잖아요."

가격을 깎아주지 않는 대신에 1시간 안마를 받는 사람들을 위해 피부마사지를 제공하기로 했다.

한미령이 많은 경험을 할 수 있으니 일거양득이다.

"그건 그렇지만……."

"미령 씨 실력을 믿어요. 제가 가르쳐 준 대로만 하면 결코 지불한 돈을 아까워하지 않을 거예요."

"그렇게는 생각하는데… 한데 가만히 앉아 있자니 불안해져서요."

"정 불안하면 책이나 보고 있어요."

"책을 본다고 글이 눈에 들어오겠어요? 사장님도 참. 미령이 넌 여기 있을래?"

"전 노트 볼래요. 손님이 오면 머리가 하얘질 것 같아요."

"그래라."

신혜경이 마사지실을 둘러보러 가자 한미령은 작은 노트를 꺼내 읽었다.

직접 손님을 마사지하게 된다고 생각하니 겁이 나는 모양이다. 노트를 넘기는 손이 가볍게 떨리고 있었다.

"차 많이 마셔요. 진정 효과가 있는 차니까."

"…사장님도 떨리는 거예요?"

"약간요. 저라고 왜 안 떨리겠어요."

"조금 전까진……."

"저까지 떨면 어떻게 되겠어요. 그리고 실수하는 거 너무 걱정하지 말고요. 제가 말했잖아요? 전문가인 척하는 것도 중요한 거라고."

어느 장사나 그렇겠지만 엄청난 실력 차가 나지 않는 이상 마사지 숍 역시 실력 이외의 것에서 판가름 난다.

씁쓸하지만 현실이다.

"…그러고 싶은데 양심에 찔리네요."

"현재 미령 씨 실력이면 웬만한 피부관리사 수준은 됩니다. 그런 관리사가 비싼 화장품을 무료로 잔뜩 발라주는데 미안해할 필요는 없어요. 그리고 중간중간 주의할 부분들을 알려줄게요."

"정말요?"

도와준다는 말에 안도감을 느낀 건지 한미령은 더 이상 떨지 않았다.

딩동!

얘기를 하는데 누군가가 문을 통과했다는 알람이 들렸다.

"손님 왔나 봐요. 후우~ 파이팅!"

한미령은 긴 한숨을 내뿜으며 스스로를 북돋은 후 안내 데스크로 갔다.

손님을 맞이하는 건 한미령이 주로 하고, 그녀가 일할 땐 신혜경이, 신혜경도 일할 땐 두삼이 맡기로 했다.

"어서 오세요~"

두 명의 여성이 현관으로 들어오자 한미령은 반갑게 맞이했다. 그러자 한 여성이 다가와 데스크 앞에 세워둔 가격표를 확인하더니 물었다.

"전단지 보고 왔는데 지금 마사지 가능한가요?"
"물론입니다. …한데 마사지사가 한 명은 남자인데 불편하시면 조금 기다리셔야 할 거예요."
"난 남자는 불편한데… 넌 어때?"
"상관없어. 난 오히려 남자 마사지사가 훨씬 낫더라."
"그럼 됐네. 건식마사지 2인으로 해주세요."
"네. 안내해 드릴게요. 족욕 하고 계시면 마사지사가 들어갈 겁니다."
한미령은 처음치곤 자연스럽게 두 사람을 족욕실로 안내했다. 그리고 손님들이 탈의실에 가서 편안한 옷차림으로 갈아입고 나왔을 때 마실 차와 족욕통 준비를 마쳤다.
"차는 여성에게 좋은 당귀차예요. 꿀을 조금 넣어 달게 했어요. 더 마시고 싶으면 말씀해 주세요."
"고마워요. 근데 물 색깔이 조금 다르네요?"
"한약을 달인 물이에요. 여름철 발 냄새는 물론 무좀에도 좋아요. 사실 저희 사장님이 한의사래요. 그래서 가게에서 사용하는 차부터 피부 관리에 필요한 한약을 직접 만들어요."
"한의사가 왜 마사지사를?"
손님이 의문을 가지는 건 당연했다.
"모르겠어요. 물어봤는데 대답을 안 해주더라고요."
"그냥 한의학에 대해 조금 아는 거 아닌가요?"
살짝 통통한 손님도 의문을 표했다.
"아닐 거예요. 진맥을 어찌나 잘하시는지 손이나 발을 잡으면 어디가 아픈지 어디가 불편한지 단번에 알아내더라고요."

"재미있는 얘기네요. 한의사라고 해서 마사지를 못하는 건 아니겠죠?"

"받아보세요. 아마 매일 받고 싶어질 거예요. 아! 쓸데없는 얘길 했네요. 편히 쉬고 계세요. 필요한 거 있으시면 벨 눌러주시고요."

한미령이 나가고 나자 두 손님은 수다를 떨었다.

"한의사가 마사지사를 한다니, 거짓말 같지?"

"그렇겠지. 그냥 뭔가 있어 보이려고 한 말 같아. 진짜라면 너 오늘 그 날인 거 바로 아는 거 아냐?"

"에이~ 설마. 진짜 한의사라고 해도 말하지 않는데 그걸 어떻게 알아. 만일 안다면 인정한다."

"하긴. 그나저나 괜찮아?"

"너무 아파. 해가 지날수록 점점 심해지는 것 같고. 이제 매달 생리일이 다가오는 게 두려울 지경이야… 게다가 데스크에 서서 손님들 상대하다 보면 그냥 앉고 싶은 생각뿐이야."

"나도 아프긴 한데 너처럼 심하게 아파하는 애는 처음 본다."

"아무튼 실력이 좋았으면 좋겠다. 지난번에 간 마사지 숍은 너무 형편없었어."

"맞아. 받고 나니 오히려 아프더라."

두 사람이 15분쯤 떠들고 있을 때 문이 열리며 두삼과 신혜경이 들어왔다.

"안녕하세요. 발마사지 해드릴게요."

두삼은 자신이 담당할 여자 앞에 앉았다. 그리고 족욕통에서 오른쪽 발을 꺼내 천천히 지압을 하며 주무르기 시작했다.

"발이 많이 부었네요."
"…아, 네."
대번에 생리로 인해 발이 부었음을 알게 됐다. 물론 모른 척하곤 설명을 했다.
"붓기를 빼고 혈액 순환을 원활하게 할 건데 많이 아플 거예요. 조금만 참으세요."
"네. …아!"
손님은 발에서부터 시작되는 고통에 절로 신음 소리를 냈다.
"평소 서 있는 직업이시죠?"
여자 발에 있는 굳은살과 근육의 상태만 봐도 평소 뭘 하는지 짐작할 수 있다.
"아, 아아! …네. 어, 어떻게 아셨어요?"
"하이힐을 신고 서 있는 건 무척 중노동이죠. 발목, 무릎, 허리가 나빠져요. 아니, 정확하게는 나빠지고 있어요. 아마 매달 고통이 심해지고 있을 거예요."
"…그걸 어떻게? 호텔 데스크에서 일해요."
여자는 자신이 어떤 일을 하는지 짐작하고 자신이 생리 중임을 알고 있는 듯한 두삼을 보며 놀라워했다.
"느껴지네요. 아직까진 심각하진 않은데 계속 이대로 두면 나중에 더 크게 아플 거예요. 다음은 왼발을 주무르겠습니다."
"아! …자, 자주 마사지를 받아야 하나요?"
"아뇨. 근본적인 해결 방법은 아니에요. 자세를 바꾸는 게 가장 좋은 방법이긴 한데 직업상 어쩔 수 없다면 서 있는 동안 의식해서 운동을 하는 게 좋습니다. 끝나고 방법을 가르쳐 드릴 테니 틈틈이 하세요. 그럼 한결 좋아지실 겁니다. 자, 이제 마사지를 하러 들어갈까요? 참! 피부마사지는 건식마사지부터 끝내고 하세요. 지금은 해도 좋은 효과를 보긴 힘들 겁니다."

"…그러세요."

단숨에 자신의 상태를 파악하고, 간단한 발마사지를 했을 뿐인데 한결 편해진 느낌이 드는 것이 절로 압도당하는 기분이었다.

마사지실로 옮겨 시작된 마사지.

마사지사의 손이 몸을 한 번 주무르면 잔뜩 긴장되어 있던 근육이 스르르 풀린다. 두 번 주무르면 근육에 쌓여 있는 피로 물질이 녹아내렸다. 세 번 주무르면 시원함이 일대로 퍼졌다.

방금 전까지 끌고 다니기도 힘들었던 몸인데 컨디션이 아주 좋았던 날처럼 가뿐해지는 느낌이다.

"하아~ 좋네요."

자신도 모르게 나오는 감탄.

직업 때문에 집 근처에 있는 많은 마사지 숍을 다녀봤지만 이렇게 부드럽고 시원한 손은 처음이었다.

'그 아가씨 말이 거짓말이 아니었어. 집에 구비해 놓고 피곤할 때마다 받고 싶네.'

눈이 절로 감기며 잠이 들려 할 때였다.

"이제부터 붓기를 빼고 혈액 순환을 활발하게 만들 겁니다. 혹시 위험하다 싶으면 손을 드세요."

웬 위험?

뭔 소린가 싶었는데 갑자기 손의 움직임이 달라졌다. 그의 손이 몸통에서 허리 쪽으로, 종아리에서 허벅지 쪽으로 문지를 때마다 몸속에 있던 피가 어느 한쪽으로 움직이는 듯했다.

그와 함께 묘한 기분이 들었다.

한껏 몸이 달아올랐을 때의 느낌이랄까. 그것과는 조금 다른데 다른 말로 설명할 길이 없다.

몸은 점점 뜨거워졌다. 이러다가 신음 소리라도 낼까 싶어 입술을 꼭 다물었다.

'이 사람, 혹시 변태 아냐?'

딱히 다른 사람보다 더 깊은 곳까지 마사지를 하는 건 아니었지만 갑작스러운 몸의 변화에 의심이 들었다. 그러나 곧 그가 뭘 위해 마사지를 하는지 알 수 있는 일이 생겼다.

하체에서 뭔가 빠져나오는 느낌이 든 것이다.

'이, 이러다가 넘치겠어. 아까 말한 위험이 이 위험이었구나.'

부끄러웠지만 손을 살짝 들었다.

"저 잠시 찜질팩 좀 가져올게요."

두삼이 자리를 뜨자마자 여자는 일어나 목욕탕으로 달려갔다.

처리(?)를 하고 자리에 다시 눕자 그제야 다시 들어와 찜질팩을 허리에 올려줬다.

"이제부터 얼굴을 해드릴게요."

"…얼굴마사지도 직접 하세요? 아까 보니 다른 분이 계시던데."

"지금 민감한 상태라 조심할 필요가 있어서요. 아는 제가 하는 게 나을 것 같아서요. 원하신다면 미령 씨를 불러 드릴게요."

"아, 아니에요. 해주세요."

얼굴마사지는 얼마나 잘할까 궁금했다.

따뜻한 수건이 얼굴을 덮는다. 그리고 얼굴이 적당히 따뜻해져서 모공이 열렸을 때 수건이 걷히며 남자의 목소리가 들렸다.

"피부가 원래 참 좋으세요."

"…고마워요."

"근데 민감성에 생활 습관 때문인지 많이 상했어요. 오늘 받고 나면 며칠 동안은 화장을 엷게 하고 너무 심한 클렌징은 하지 마세요."

"그럴게요."

"경락마사지를 병행할 테니 조금 아플지도 모르겠네요. 아프면 말하세요."

그리 아프지 않았다. 오히려 시원한 느낌이었다.

'…졸려.'

건식마사지를 받으며 우여곡절이 있어서인지 금세 잠들었다.

"희아야, 희아야!"

"으… 큼! 응? 왜?"

"끝났어, 가자. 깰 때까지 기다리려고 했는데 출근 시간 때까지 잘 것 같아서 깨웠어."

"아우~ 얼마나 잔 거야?"

"1시간."

"지루했겠다. 깨우지 그랬어?"

"나도 잤어. 아줌마 솜씨 괜찮더라. 찌뿌듯한 게 말끔히 나았어. 넌 어때?"

"나? …완전 좋아."

"그래 보인다. 얼른 씻고 나와. 여기 화장품 마음껏 써도 된다더라."

씻고 나온 희아는 화장을 하면서 몸 상태는 물론이고 얼굴 상태도 꽤 좋아졌음을 알게 됐다.

"편히 쉬셨어요? 서서 운동하는 법 가르쳐 드릴 테니 틈틈이 하세요."

정말 간단한 방법이었다. 언젠가 선배에게 들었던 방법과 유사했다.

"간단한 스트레칭이 몸에 좋다는 건 누구나 알아요. 근데 귀찮아서, 혹은 너무 사소해서 안 하죠. 하지만 그 작은 실천이 쌓이면 건강이 나빠지는 건 막을 수 있어요. 그러니 틈틈이 하세요."

한의사라더니 정말 그런 모양이다.

'한의사가 되었어도 잘했겠다.'

말투와 행동에 신뢰가 가는 사람은 참 오랜만이다.

"결제 도와드릴게요."

데스크 아가씨의 말에 정신을 차린 여자 손님은 카드를 꺼내며 말했다.

"10회 이용권으로 할게요. 그럼 회원으로 10퍼센트 DC되죠?"

아무래도 자주 찾게 될 것 같았다.

*　　　*　　　*

낮에 마사지 숍에 오는 손님은 아주머니들이 많다.

집안 살림을 하느라 힘들어서, 몸매 관리를 위해, 갱년기에 접어들며 절로 아픈 몸 때문에, 이유는 제각각이지만 길지 않은 마사지로 생활의 활력을 얻는다.

반면 저녁에 접어들면 술 마시고 회사 생활의 피곤을 풀기 위해 오는 남자들이 많다. 2차를 가느니 마사지를 받는 게 낫다고 생각하는 이들이 많아진 것이다.

"아~ 시원하다. 술까지 말끔히 깼네. 사장, 아줌마 실력이 좋아. 종종 올게."

"예, 부장님. 들어가세요. 병원에 가보시고요. 역류성 식도염은 계속 놔두면 안 좋아요."

"오케이, 오케이!"

손을 흔들며 터덜터덜 가게를 떠나는 부장을 보며 두삼은 씁쓸하게 웃었다.

병원에 가라고 했지만 심각해지고 나서야 갈 것이 빤했기 때문이다.

대한민국 중년 가장 중 사소하다곤 해도 병 한두 개 가지지 않은 사람이 있을까.

"사는 게 뭔지……."

"응? 뭐라고 하셨어요, 사장님?"

비틀어진 팻말을 바르게 하던 한미령이 혼잣말에 반응을 했다.

"혼잣말이요. 오늘은 이만 문을 닫는 게 좋겠어요."

"한 팀 더 받을 수 있을 것 같은데요."

"어정쩡하게 오면 12시 넘어요. 자자, 얼른 퇴근할 준비하고 나와요."

"정리는 해야죠."

"괜찮아요. 내일 해요."

올지 안 올지도 모르는 손님을 기다리는 건 괜한 욕심이다. 일할 때 가장 짜증 나는 일이기도 했고.

"사장님, 편히 쉬고 내일 봐요~"

"사장님, 수고하셨어요. 내일 뵐게요."

"내일 봐요."

두 사람을 보내고 조명을 끄고 청소를 했다. 내일 하자고 했지만 이 시간 이후로 딱히 할 일 없었기 때문이다.

청소를 마치고 올라와 TV를 켰다. 신나는 음악이 나오는 채널에 놔두고 맥주를 가져왔다.

"으, 좋다."

예전에는 술을 마셔도 피곤이 풀리지 않았는데 요즘은 술을 마시면 하루의 피곤이 날아가는 기분이다.

돈을 벌려고 아옹다옹하는 건 마찬가진데 말이다.

우우웅~ 우우웅~

"이 시간에 웬일이지?"

하란이다.

인연이 아니라고 생각하면서도 살짝 설렌다. 하긴 지금 TV에 나와 춤추는 연예인보다 예쁜 여자의 전화인데 설레지 않을 사람이 얼마나 있을까.

"여보세요."

—하란이에요. 지금 일하세요?

"아뇨. 끝내고 맥주 한 잔 마시고 있어요."

—그럼 저랑 같이 한잔할래요?

"상관없긴 한데……."

—아는 동생도 있는데, 음… 같이 데려가도 되나요?

"물론이죠. 근처에 괜찮은 하우스 맥주집 있던데 예약해 둘까요?"

—그냥 집 발코니에서 마셔요. 맥주는 사 갈게요.

"그래요, 그럼."

전화를 끊자마자 여기저기 널브러진 옷들을 세탁기에 넣고 정리를 했다. 거의 잠만 자고 1층에서 생활했기에 오래지 않아 끝났다.

"안주나 시켜둘까?"

그러나 주문하기도 전에 초인종 소리가 들렸다.

대문을 열어주자 여자 둘이 들어왔다. 하란이 키가 커서 상대적으로 작아 보였지만 늘씬한 건 똑같았다.

"어디서 본 듯한 체형인데."

창으로 보다가 내려갔다. 두 손 가득 들고 오는데 마냥 기다리기 뭐했다.

"뭘 이렇게 사오셨어요. 근처에 맛집이 있어서 그냥 주문해서 먹어도 되는데. 이리 주세요."

"맛집은 배달이 안 되잖아요."

그런가.

"여긴. 제가 친하게 지내는 동생이에요."

그제야 눈이 갔다. 그리고 시선을 돌리는 순간 눈이 커졌다.

"어? 어! 이효원 선수!"

"어! 평창에서 본 팬인 척한 아저씨."

"응?… 뭐야? 두 사람 아는 사이었어?"

"아! 고향에서 서울 올라올 때 평창에 들렀는데 우연히 만났어요."

"언니! 그 사람이에요. 이 아저씨가 그 사람이에요!"

"그 사람?"

"제 발목에 아직 뼛조각이 남아 있다고 한 사람이요!"

세 사람이 이리저리 말을 하니 정신이 없었다. 발코니로 이동 후 정리가 됐다.

"그러니까 평창에서 효원이 네 발에 뼛조각이 있다고 말해준 사람이 두삼 씨라는 거지?"

"네, 언니."

"근데 두삼 씨는 뼛조각이 있다는 거 어떻게 아셨어요? 진료라도 한 거예요?"

"그게 껴안았을 때 저도 모르게… 아! 안았다는 게 아니라 효원 씨가 도로에 넘어져 있어서 안전한 곳으로 이동시키려다 보니 그렇게 됐어요."

근데 지금 왜 변명을 하고 있는 거지……?

"그래서 발에 뼛조각은 확실히 있는 거예요? 효원이가 두삼 씨 말을 믿고 병원마다 돌아다니고 있는데 없대요. 오늘도 병원 다녀오는 길이에요."

"…그래요? 워낙 순식간에 봐서. 효원 씨, 괜찮다면 발목 만져

봐도 될까요?"

"…돌아다니느라 발 냄새가 나서 지금은 곤란해요."

"효원아, 부끄러움은 잠깐일 뿐이야. 그리고 얼마 돌아다니지도 않았잖아."

"그래도……."

"씻으면 되죠. 제가 족욕통 갖다드릴 테니 잠깐 발 담그고 있어요."

맛있게 생긴 족발을 어서 먹고 싶었으나 자신이 한 말 때문에 고생을 했다니 확실하게 하는 게 좋았다.

족욕통을 갖다 준 후에야 맥주와 족발을 먹을 수 있게 됐다.

"하란 씨는 효원 씨랑 어떻게 안 사이에요?"

"미국에 있을 때부터 인연이 있었어요. 사실 제가 미국 생활을 포기할까 할 때 힘을 준 멘토이기도 하고요."

"하란 씨가 포기를 하려 했다니 믿어지지가 않네요."

"…제 이미지가 어떤데요?"

"뭐든 척척 해내는 슈퍼우먼?"

"아니거든요! 저도 평범한 사람이거든요."

"평범한 사람이 몇 달 만에 뚝딱 투자사 같은 걸 만들 수 있을 것 같진 않은데. 아무튼 겉으로 보기에도 범접하기 힘든 아우라가 있어요."

"계획한 건 꽤 됐거든요. 효원아, 내가 진짜 그런 이미지야?"

하란은 믿기지 않는다는 표정으로 이효원에게 물었다.

"제가 볼 때도 그런 면이 있어요. 사실 언니처럼 괜찮은 사람을 보면 오빠에게 소개시켜서 진짜 언니로 만들까 하는 생각이

들어야 하는데 '오빠 따위가 감히'라는 생각이 들어요."

"…생각도 못 했네. 근데 네가 그런 말 하는 게 우습지 않아?"

"저야 국민 여동생이잖아요. 언니랑은 다르죠."

다르긴. 두삼이 볼 땐 두 사람 다 똑같았다.

눈앞의 두 사람과 술을 먹고 있다는 자체가 비현실적이었다.

물론 두 사람의 행동이 특별한 건 아니다. 그럼에도 TV 드라마를 보고 있는 느낌이다.

"자, 이제 볼까요?"

이효원은 살짝 긴장된 모습으로 오른발을 내밀었다.

"왼쪽 다리도 주세요. 좌우가 어떻게 다른지도 비교해 보게요."

'금메달 두 개를 딴 다리인가?'

결코 예쁜 발이라곤 할 수 없었다. 그러나 여느 손님의 발보다 조심스러웠다.

곧 상념을 지우고 집중했다. 손이 빛나며 발로 스며들었다. 그땐 빠르게 훑어보느라 세밀하게 못 봤지만 이번엔 꼼꼼히 살폈다.

'신기하네. 다른 사람보다 다리의 맥이 훨씬 튼튼하고 발달됐어.'

피겨스케이트를 위해 태어났다고 평가받는 이효원의 다리는 선천적이든, 후천적이든 일반 사람들과 달랐다.

'그나저나 심하네.'

왼발과 비교하자 오른발이 얼마나 망가졌는지 확실하게 알 수 있었다.

왼발의 경우 세맥이 마치 거미줄처럼 연결되어 있었는데 오른

발의 경우는 전쟁으로 폭격을 맞은 도로처럼 곳곳이 끊기고 망가져 있었다.

'이 정도면 설령 재수술로 뼈를 제거한다고 해도 예전과 같은 기량을 발휘 못 할 가능성이 높아.'

심각한 상태를 접하자 머릿속은 자연스럽게 해결 방법을 모색하느라 바빴다.

문득 떠오르는 한 가지 방법. 그러나 하란의 물음에 상념에서 깨어나야 했다.

"어때요? 뼛조각이 있어요?"

이효원에게 수건을 건네준 후 자리에 앉았다.

"뼈인지 이물질인지 알 수 없지만 네 개는 확실히 있어요."

"근데 병원에서는 왜 발견을 못 한 거죠?"

"너무 미세해서 그런 것 같아요."

"제거할 수 있어요?"

"외과 수술을 제가 할 순 없죠. 다만 외과 수술을 하는 분과 함께한다면 가능할 것 같아요."

"아! 두삼 씨가 정확한 위치를 가르쳐 주면 되겠네요. 근데 그렇게 해주실 수 있으세요?"

마음에 걸리는 바가 있었다. 그러나 기대 어린 눈빛으로 바라보고 있는 하란과 이효원 앞에서 거절은 생각할 수 없었다.

"당연히 도와야죠."

"잘됐다, 효원아!"

"그러게요. 고마워요, 두삼 오빠. 언니 말대로 여길 오길 잘한 것 같아요."

기뻐하는 두 사람.

그러나 이효원에게 오빠라는 말을 들었음에도 두삼은 함께 기뻐하지 못했다.

맥주를 마시며 이효원의 상태에 대해 어떻게 말해야 할지 고민했다.

수술을 먼저 끝내고 경과를 지켜본 후에 말을 할지, 아님 그냥 말을 하지 말까도 생각했다. 하지만 제대로 말하지 않으면 지난번 평창에서 봤듯이 스스로를 망쳐가면서 연습을 할 게 눈에 보였다.

기대가 크면 실망이 크고, 피나는 노력에도 회복하지 못하면 좌절감 역시 클게 빤하다.

그럴 바에야 차라리 자신의 정확한 상태를 인지하게 해서 포기할 수 있게 하는 것 역시 치료 못지않게 중요하다고 생각했다.

"두삼 오빠, 우리 이거 먹고 나가요. 오늘 제가… 왜, 그런 표정… 혹시 다른 문제가 있는 건가요?"

자신이 맛있는 것을 사겠다고 말하려던 효원은 두삼의 표정을 읽고 걱정스레 물었다.

두삼은 최대한 담담하게 자신이 본 것을 말했다.

"근육과 뼈가 상해서 제 기량을 발휘할 수 없다면 이해가 되겠는데 맥 때문에 그럴 수 있다는 얘긴 처음 들어요. 맥이 정확히 어떤 작용을 하는 건데요?"

스포츠 선수들의 경우 해부학, 생리학, 생화학 등 자신의 분야에 대한 지식을 가지고 있는 경우가 많았는데 이효원도 어느 정도 지식이 있었다.

한데 맥, 혈, 세맥 정도의 말은 듣긴 했지만 잘 몰랐다.
“설명하는 거보다 직접 보여주는 게 나을 것 같네요. 앞에 놓인 맥주 캔 들어볼래요?”
“이렇게요?”
이효원은 의아해하면서도 바로 들어 올렸다.
“놓고 손 좀 줘볼래요?”
“여기요.”
손을 잡고 기를 이용해 그녀의 어깨에 있는 중부혈을 막았다.
중부혈은 감기, 기침 같은 기관지 관련 질환에 좋은 혈이지만 막히는 경우는 팔을 쓰지 못한다.
“다시 잡아보세요.”
“뭘 하는 건지 모르지만 맥주 캔 정도는… 어! 파, 팔이 움직이지 않아요!”
“맥에 존재하는 혈을 막은 거예요. 기의 존재가 아직 과학적으로 증명되지 못했지만 그렇다고 존재하지 않는 건 아니에요.”
말을 하면서 다시 풀어줬다. 그녀는 다시 움직이는 자신의 팔을 보면서 중얼거렸다.
“…발달된 맥이 남들보다 더 높게 점프를 할 수 있게 해줬을 수도 있겠네요.”
“아마도요.”
“첩첩산중이네요…….”
이효원은 착잡한 표정으로 말을 잇지 못했다. 그러자 하란이 나섰다.
“그 맥을 고칠 방법은 없나요?”

"현재는 그래요. 다만……."

그저 머릿속에서 그려본 방법에 불과한 것을 말하려니 조심스럽다.

환각지를 치료할 때 팔, 다리가 없음에도 기가 돈다는 점에서 떠올린 방법이다.

환자가 기의 흐름을 알고 있었던 것도 아닌데 원래 돌던 대로 돌았다는 것은 뇌의 무의식의 영역에서 그 일을 수행한다고 가정할 수 있다.

시간이 지남에 따라 환각지가 점점 사라지는 것은 무의식의 영역 또한 팔, 다리가 없어졌음을 인지한 결과가 아닐까.

즉, 이러한 가정이 맞는다면 맥이 망가졌다고 해도 무의식중에 기가 흐를 수 있다는 것이다. 효율은 형편없겠지만 말이다.

"다만 뭐죠?"

침묵을 지키고 있자 하란이 참지 못하고 물었다.

"시도해 볼 만한 방법이 한 가지 있긴 합니다."

"정말이요? 다행이네요!"

"추측과 가정을 통해 얻은 결론이라 기대감을 갖지 않는 게 좋아요. 가능성을 따진다면 1퍼센트도 되지 않을 거예요."

"1퍼센트의 가능성도 되지 않는다던 말기 암도 고쳤잖아요?"

"솔직히 여사님 치료는 천운이 따랐죠."

"천운도 노력을 했으니 따른 거죠. 아무리 가능성이 낮다고 해도 방법이 있다면 해봐야 하지 않겠어요?"

"설령 시도한다고 해도 시간이 얼마나 걸릴지 모릅니다. 올림픽이 시작하기 전까지 치료가 안 될 수도……."

문득 말을 하다가 자신이 회피를 하려고만 하고 있음을 깨달았다. 그래서 뒷말을 잇지 못했다.

회피하려는 이유를 스스로에게 물어본다.

실패했을 때 원망을 들을까 걱정해서가 아니다. 실패로 인한 심적 고통을 자기 보호 본능의 차원에서 남 탓으로 돌리는 거야 충분히 이해한다.

그저 자책하는 것이 두려웠다. 실패를 내 탓이라며 스스로를 다시 어둠으로 내몰까 두려웠다.

'고향에서 사람들을 고치며 자존감이 다시 살아나나 싶었는데 여전하군. 과거는 잊자. 이제 스스로에게 좀 더 관대해도 괜찮잖아, 한두삼!'

과거를 애써 털어냈다.

그때였다. 자신의 마음의 일부를 보기라도 한 건지 잠자코 듣고 있던 이효원이 말했다.

"치료를 못 한다고 해도 오빠를 원망하지 않아요. 지금 제 상태를 정확히 알려주고, 고민해 주는 것만으로도 고마운 걸요. 이건 진심이에요."

"……."

"물론, 한편으론 두삼 오빠가 치료를 해줬으면 좋겠다는 생각도 해요. 다시 아이스링크에 당당하게 서고 싶거든요. 헤헤!"

애써 웃음 짓는 모습에 가슴이 찌릿하다. 입을 열려는데 다시 그녀가 말을 이었다.

"근데 있잖아요. 오빠 말대로 가능성이 희박하겠지만 한 번만 노력해 주면 안 될까요?"

"그래요, 두삼 씨. 할 수 있는 만큼만 해주세요."

두 사람의 간절한 부탁이 아니더라도 이미 마음속으론 결정을 내리고 있었다.

"…부탁 안 해도 팬으로서 이미 하려고 했거든요. 아무튼 일단은 뼛조각 제거 수술부터 집중해요. 그리고 제 추측이 틀리길 바라자고요."

최상의 경우는 역시 수술 후 치료 과정 없이 예전의 기량을 회복하는 것이리라.

*　　*　　*

중국에서는 양의학과 한의학의 콜라보는 심심치 않게 이루어지고 있다. 반면에 한국에서는 그런 일이 전무하다시피 하다. 오히려 쥐와 고양이처럼 서로 못 잡아먹어서 안달이라고 할까.

물론 한의학이 쥐다. 한의학은 일방적이다 싶을 만큼 코너에 몰려 있는 상태이다.

당연한 결과였다.

의학이란 결국 환자의 병세를 완치시켰는지에 대한 결과 싸움인데 한의학이 보여주는 결과는 양의학과 비교를 하는 것이 우스울 만큼 미약했다.

한의학계의 의원들이 게으름을 피운다는 건 아니다.

현대 의학이 고치지 못하는 병을 한의학을 통해 고치고자 노력하고, 천연물로 만든 신약을 개발하는 노력 역시 하고 있었다.

막상 이효원의 이물질 제거 수술을 함께할 병원을 찾으려 하니 막막해졌다.

일단 함께하려면 스스로의 실력을 증명해야 했다. 한데 그 과정이 얼마나 번거로울지는 생각하는 것조차 싫었다.

피를 멈추게 하고, 맨손으로 온몸을 마취시킨다고 '오! 당신 말을 믿어요! 함께 수술을 합시다!'라고 말할 사람이 얼마나 될까.

실험실의 쥐처럼 되지 않으면 다행이다.

물론 수술 당사자인 이효원이 직접 설득해서 참가하는 방법도 있을 것이다.

하지만 현재 재수술을 한다고 병원을 돌아다닌 것만으로도 각종 매체에서 뉴스로 내보는데 요상한(?) 수술을 하게 된다면 어찌될지 뻔했다.

아마 동물원의 원숭이가 될 것이다. 주목받는 건 절대 사양이다.

이런저런 생각을 하다 보니 찾아갈 곳은 한 곳밖에 없었다.

민규식이 원장으로 있는 한강대학병원.

강원도에서 자신의 실력에 대해 무척 자연스럽게 받아들이는 모습과 인품이 남다른 그에게 부탁하면 조용하게 수술을 할 수 있지 않을까 싶었다.

"될까? 일단 부딪혀 보자."

*　　*　　*

우리나라에서 손꼽히는 병원 원장이 잠시 스친 인연 때문에 순순히 허락할 가능성은 낮았다.

"그나저나 아침인데도 사람들이 엄청 많네."

환자와 그 가족으로 보이는 이들이 큰 로비를 바쁘게 오가고 있었다.

병원에 가보면 자신의 건강에 대해 감사하게 된다더니 새삼 아픈 사람들이 많음을 느낀다. 두리번거리길 잠시, 로비 중앙에 위치한 안내 데스크로 다가갔다.

"무엇을 도와드릴까요?"

훤칠하게 생긴 직원이 물었다.

"민규식 선생님을 뵈었으면 합니다."

"…민규식 선생님이라면 원장님 말씀입니까?"

"네."

"약속을 하셨습니까?"

"아닙니다. 강원도에서 우연히 뵀는데 한번 찾아오라고 해서 들렀습니다."

거짓말이었지만 연락이 닿는 게 우선이었다.

"잠시만요. 일단 비서실에 연락을 해보겠습니다. 성함이……?"

"한두삼입니다."

직원은 약간 의심을 하는 눈치였지만 전화기를 들어 확인을 했다. 대답은 금세 돌아왔다.

"현재 수술 중이시랍니다. 2시간 후쯤 끝나는데 그때 전한답니다."

"기다리겠습니다."

"저쪽으로 가면 푸드코트가 있습니다. 참! 전화번호를 남겨주시면 연락드리겠습니다."

전화번호를 불러주고 그가 알려준 푸드코트로 갔다.

시원한 생과일 주스를 주문해서 비어 있는 의자에 앉았다. 할 일이 없었기에 스마트폰을 꺼내 연예 기사를 읽었다.

유명 연예인 커플이 결혼한다는 기사를 볼 때였다. 의사 가운을 입은 여성이 근처에 앉으려다가 두삼에게 다가오며 말했다.

"어? 한두삼 씨 맞죠?"

고개를 들어 얼굴을 봤다.

부스스한 머리를 질끈 묶고 화장기 없는 얼굴의 여의사가 반갑다는 표정을 짓고 있었다.

퍼뜩 생각이 나지 않아 머뭇거리고 있자 그녀가 다시 말을 했다.

"이거 서운하네요. 아무리 어수선할 때 만났다고 해도 치료도 도와드렸는데……."

어수선할 때 만났다는 말에 누군지 떠올랐다.

"아! 민청하 씨. 그때랑 너무… 음! 반가워요."

"…방금 그때랑 너무 다르다고 하려고 했죠?"

"아, 아니요."

"말을 더듬는 거 보니 확실하네. 요즘 전문의 시험 준비하느라 제대로 관리를 못 했다곤 해도 못 알아볼 정도인가요?"

"…죄송합니다."

"죄송하면 케이크 사요. 이왕 망가진 거 배라도 든든히 채워야겠네요."

그땐 귀하게 자라 도도한 줄 알았는데 지금 보니 아주 털털했다.

케이크를 사서 갖다주자 한 입 크게 먹고 묻는다.

"근데 병원엔 웬일이에요? 어디 아픈 것 같진 않고, 누가 아파요?"

"아뇨. 민 선생님 뵈러 왔습니다."

"아빠를요?"

"네. 부탁드릴 게 있어서요."

"무슨 부탁인데요?"

대답 대신 그냥 빙긋이 웃었다. 여기저기 말하고 다닐 만한 일이 아니었다.

"곤란한 일인가 보네요. 그나저나 이렇게 만날 줄 알았으면 심부름 센터엔… 흠! 근데 서울에 사세요?"

"네. 장충동 근처에 살고 있어요."

"가까운 데 살고 계셨네요. 참! 그때 그 환자 아무 후유증 없이 수술 잘됐어요. 며칠 전에 감사하다고 찾아왔었는데."

"뉴스에서 봤어요."

"그분이 두삼 씨를 찾더라고요. 감사라도 표하고 싶다고요."

"제가 한 게 뭐 있나요. 선생님과 청하 씨 덕분이죠."

"아빠는 두삼 씨 덕분이라던데요. 아무튼 보게 되니 반갑네요."

민청하는 꽤 활달한 여자였다.

얘기를 주도하다가도 들어줄 땐 과하지 않은 리액션으로 기분을 좋게 만들었다. 그래서일까 시답잖은 얘기를 시간이 가는지도 모르게 나눴다.

"경해대를 나왔다면 경해한방병원에 다니고 있는 거예요?"

"아뇨."

"한의원을 내신 거예요?"

"한의원은 아니고 마사지 숍이에요."

"에? 마사지 숍이요? 음, 뭔가 사정이 있나 보네요. 이번에 저희 병원에서 한방의학과를 신설할 생각을 하고 있는데 관심 있으면 지원해 봐요. 두삼 씨 실력이면 두 팔 벌려 환영할걸요."

"생각해 볼게요. 아, 잠시 실례 좀 하겠습니다."

테이블 위에 올려둔 전화기가 떨렸다. 얼른 받아보니 비서실이었다. 벌써 수술이 끝났나 싶어 봤는데 어느새 1시간 30분이 지난 후였다.

—한두삼 씨? 여기 한강대학병원 비서실입니다. 원장님께서 수술 마치고 나오셨는데 한두삼 씨를 보시겠답니다. 어디세요?

"1층 푸드코트입니다."

—그럼 15층으로 올라오세요.

전화를 끊자 민청하가 물었다.

"아빠 수술이 끝났나 보네요?"

"네. 청하 씨 덕분에 지루하지 않았어요. 고마워요."

"저도 즐거웠어요. 공부하다가 집중이 안 됐는데 두삼 씨랑 수다를 떨고 나니 괜찮네요. 그럼 일 보고 가세요. 참! 같이 일했으면 좋겠네요. 꼭 지원하세요."

시크하게 돌아서서 가는 민청하의 뒷모습을 잠시 바라보다가 15층으로 향했다.

"허허! 어서 오게. 오늘 수술이 다른 날보다 잘되더니 자네가 찾아올 걸 안 모양이야."

비서실을 통해 집무실로 들어가자 민규식은 반갑게 맞이해 줬다.

"약속 없이 불쑥 찾아왔는데 이렇게 반겨주셔서 감사합니다."

"전우끼리 별소릴 다하는군. 두 번째 보는 거라 반말하는 건데 불편하면 말하게. 얼른 높이겠네. 허허허!"

사람을 편하게 해주는 건 민청하와 비슷했다.

"아닙니다. 오히려 편합니다. 그리고 그때 기자들에게 제 이름을 말하지 않은 것에 대해 감사드립니다."

"나이가 들면 눈치가 빨라진다네. 자네가 스스로 숨기려 한다는 걸 알겠더군. 지난 얘기는 천천히 하기로 하고 앉지. 뭘 마시겠나?"

"시원한 물로 부탁드립니다."

민규식은 비서실에 연락하지 않고 직접 냉장고로 가서 두 개의 물병을 가지고 왔다.

"지나가다가 들른 것 같진 않고?"

"부탁드릴 일이 있어서 왔습니다."

"말해보게."

두삼은 이효원의 발목 수술에 대한 얘기를 했다. 물론 자신의 정체를 알리고 싶지 않다는 것 또한 말했다.

"흐음~ 그러니까 자네에 대해 밝히지 않고 이효원의 수술을 하고 싶다는 거군."

"그렇습니다."

"어려운 부탁은 아니군. 한데 궁금해서 그러는데 정말 검사를 했는데도 발견되지 않는 이물질이 있다는 건 어떻게 확신하나? 혹시 기를 이용해 내부를 볼 수 있는 건가?"

두삼은 민규식의 물음에 약간 놀랐다. 뭐랄까 마치 자신의 능력을 알고 있는 듯한 태도다.

"…어떻게 아셨습니까? 믿기지 않겠지만 맞습니다."

"믿네. 그날 자네가 처치한 두 사람의 상황을 보면 그것 아니곤 설명이 안 되지. 하지만 그럼에도 신기하다는 생각은 드네."

"테스트를 해보시겠습니까?"

"아니네. 수술할 때 확인하면 되겠지."

"…허락해 주시는 겁니까?"

적어도 1시간은 설명하고 설득해야 할 줄 알았는데 너무 간단히 허락하니 오히려 당황스럽다.

"병원 입장에서도 이효원의 재수술을 하는 건 좋다네. 물론 성공을 한다는 전제하에서 말일세. 성공을 한다면 자네가 받아야 할 스포트라이트를 병원이 다 가지게 되지 않겠나."

마음을 편하게 해주기 위해 하는 말인지 진짜 홍보 목적 때문인지 헷갈렸다.

민규식은 두삼의 표정을 읽고는 설명을 덧붙였다.

"허허. 환자를 홍보 목적으로 쓰는 걸 의사로서는 반대하지만 원장으로서는 필요하다고 본다네. 아! 그렇다고 대대적으로 홍보할 생각은 없네. 그저 재수술을 우리 병원에서 했고 성공적으로 마쳤다는 정도가 다일 테고. 왜, 불편한가?"

"아닙니다. 부탁을 들어주시는데 그보다 더한 홍보를 한다고 해도 이해합니다."

"음! 그런 생각을 하고 있었다면 좀 더 적극적으로 홍보를 한다고 할 걸 그랬군. 허허허!"

이번에 한 말은 농담임을 확실히 알 수 있었다.

"그래. 그럼 수술 날짜는 언제로 하면 되겠나?"

"언제든 가능합니다. 다만 빠를수록 좋겠습니다."

"마취과는 필요 없을 테니 내 스케줄만 잡으면 되겠군. 근데 기계로 찾을 수도 없는 이물질은 어떻게 제거할 생각인가?"

"정확한 위치를 아니 석션을 이용하면 되지 않을까 생각했습니다. 물론 단순한 제 소견에 불과하니 원장님의 말씀에 따르겠습니다."

"나도 처음 해보는 수술인데 특별한 생각이 있겠나. 고민을 해봐야겠지만 석션을 이용하는 방법이 가장 그럴싸하군. 그런데 절개 부위를 최소한으로 하는 게 좋을 것 같은데."

"제 생각 역시 그렇습니다. 이물질의 위치가 여기, 여기, 여기, 여기이니 이렇게 두 곳을 절개하면 되지 않을까 생각합니다."

두삼은 그림을 그려가면서 설명했다.

"그보다는 이렇게 절개하는 것은 어떤가? 석션을 삽입하는 건 어려워도 근육이 다치진 않을 것 같은데."

"음… 괜찮은데요."

역시 경험 많은 의사라 그런지 이물질의 위치를 가르쳐 주자 대번에 최적의 절개 장소를 찾아냈다.

"수술 전날 입원해서 검사를 해보면 확실한 위치를 찾을 수 있을 거야."

"수술은 원장님께 맡기고 전 위치를 알려 드리는 것에만 신경 쓰겠습니다."

"마취와 출혈을 잡아줘야지. 자자! 일 얘기는 그만하고 개인적으로 궁금한 것이 있는데 물어봐도 되겠나?"

"말씀하십시오."

"왜 한의원이 아닌 마사지 숍을 연 건가?"

"……!"

민규식이 오늘 여러 번 놀라게 만든다.

'이름으로 뒷조사를 한 건가? 아님 올라오는 동안 민청하와 통화를 한 건가?'

답은 바로 나왔다.

"그날 워낙 충격을 받아 자네에 대해 알아봤다네. 기분이 나빴다면 미안하네."

"…괜찮습니다."

사실 그가 이름을 물었을 때 이런 일이 있을 걸 감안을 하고 말한 것이다.

"한의원이 아닌 마사지 숍을 연 건 개인적인 사정이 있어서입니다."

"과거의 그 일 말인가?"

"…그것도 아셨습니까?"

"모를 수가 없더군. 경해대의 아는 교수에게 자네에 대해 물어보니 그 일부터 얘기해 주더군."

"왠지 모교에 그 일로 기억되고 있다니 좋은 기분은 아니네요."

무슨 말을 하려고 남의 아픔을 꺼내는지 모르겠다.

당장 자리에서 일어났다.

"죄송합니다. 오늘은 이만……."

"자네 잘못이 아니야."

우뚝!

민규식의 말에 나가려고 몸을 튼 그대로 멈췄다.

"사자(死者)의 의료 기록을 봤네. 자네의 침술이 아니었다면 헬기가 도착하기 전에 심장이 멈췄을 거네."

"…압니다."

고개를 숙인 두삼은 힘겹게 대답했다.

그토록 잊고자, 묻고자 노력했던 일이 어제 일처럼 머릿속을 채운다.

*　　　*　　　*

병역의 의무를 대신해 3년간 공중보건의로 근무하기로 한 것은 의료 취약 지역인 농촌에서 자란 두삼에겐 당연한 결정이었다.

농어촌 보건소나 의사가 부족한 지역 병원이 아닌 서해의 섬마을 보건지소까지 떨어질지는 예상 못 했지만 말이다.

섬마을에서의 공중보건의 생활은 편했다. 외과의이자 사수였던 최재형은 실력자임에도 공중보건의를 지원할 만큼 괜찮은 사람이었고 섬마을 사람들은 친절했다.

바쁘게 일을 할 거라고 생각했었는데 나이 든 어르신들에게 침을 놔주고 가끔 산과 들에서 캔 약초로 한약을 끓여주는 게 다였다.

아주 가끔 섬에서 처리 못 할 긴급한 환자가 생기긴 했지만 그땐 응급조치만 하고 헬기를 이용해 육지에 있는 병원으로 보냈다.

편안한 생활을 보내던 중 급작스럽게 문제가 발생한 것은 최재형이 소집 해제 된 후, 공중보건의 부족으로 부사수를 할 의사가 내려오지 못해 홀로 보건지소를 지키고 있을 때였다.

평소 보건지소 근처에서 생선을 말리던 할머니가 갑자기 쓰러지게 된 것이다.

같이 일하던 할머니가 달려왔고 현장에 갔을 때는 이미 심정지 상태였다.

즉시 심폐소생술에 들어갔고 지소에 보관 중인 제세동기를 이용해 겨우 심장을 다시 뛰게 만들었다. 한데 한숨을 돌리기도 전에 다시 심정지가 왔다.

심정지 원인의 80~90 퍼센트는 동맥경화로 인한 관상동맥질환이다.

찐득해진 혈전이 돌아다니면서 심장에 영양분을 공급하는 혈관을 막으면 심근경색, 뇌의 혈관을 막으면 뇌경색이다.

또 다시 심폐소생술을 해야 했고 하늘이 도왔는지 숨을 쉬었다.

백억 대의 최첨단 의료 장비가 탑재된 닥터헬기가 출동했다지만 시간이 문제였다.

한의학적 지식뿐만 아니라 양의학적 지식, 거기에 최재형을 통해 봤던 지식까지 떠올리며 헬기가 도착하길 초조하게 기다렸다.

한데 닥터 헬기를 기다리는 와중에 세 번째 심정지가 왔다.

당시를 떠올리면 과연 제정신이었나 싶을 만큼 살려야 한다는 생각뿐이었던 것 같다.

평생의 기적을 그날 다 쓴 건지 갈비뼈 두 개가 부러질 만큼 심폐소생술을 한 결과 다시 살려냈다. 하지만 점점 짧아지는 시간을 비추어 봤을 때 네 번째 심정지가 올 가능성이 높았다.

지금 생각하면 거기서 멈춰야 했다.

설령 병원이었다고 해도 손쓰지 못하고 죽었을 정도로 혈전이 막히는데 무슨 수로 살린단 말인가.

그러나 친근하게 이것저것 챙겨주시던 할머니의 모습이 결국 선을 넘게 만들었다.

이론적으로 알고 있던 혈류의 속도를 느리게 만드는 침술을 시행했다. 또한 혈전이 빠져나오길 기대한 건지 동맥에 상처를 내서 피가 새어나오게 만들었다.

미친 짓이었다. 과거의 그 장소로 갈 수 있다면 가서 과거 자신의 팔을 부러뜨려서라도 말릴 일이었다.

물론 미친 짓 덕분에 할머니는 헬기가 도착할 동안 무사할 수 있었다. 그러나 1시간도 되지 않아 헬기에서 긴급 수술을 하는 와중에 심정지가 와서 돌아가셨다는 얘기 들어야 했다.

한데 진짜 문제는 그때부터 시작이었다.

미친 짓에 대한 칭찬을 바란 건 아니었지만 그토록 혹독한 나날이 될 줄은 몰랐다.

육지에서 이번 일로 무슨 말이 오가는지 처음엔 몰랐다. 할머니의 죽음에 넋을 놓고 있을 때였기에 어느 것에도 신경을 쓰지 못했다.

시간이 좀 더 지나고 안 사실이지만 자신이 한 의료 행위가 한의사의 '면허된 의료 행위'를 넘어섰다는 것이 논란의 이유였다.

의료법에서는 의사와 한의사가 동등한 수준의 자격을 갖추고 면허를 받아 '각자 면허된 것 이외의 의료 행위를 할 수 없다'고

이원적 의료 체계를 규정했다.

그런데 외과 의사가 할 법한 행위를 한 것이 누군가를 거슬리게 한 게 분명했다.

거기에 문제가 문제를 낳았다.

행위가 문제가 되자 돌아가신 할머니의 자식들이 찾아온 것이다.

그때부터 매일이 전쟁이었다. 자식들이 섬에 머물며 섬사람들에게 무슨 말을 했는지 친근했던 주민들의 눈빛이 적의 그것으로 바뀌었다.

섬사람들뿐만이 아니었다. 오랜만에 찾은 학교에서도 친구, 동료였던 이들의 눈빛 역시 변해 있었다.

최선을 다했고 잘못한 행동은 없다고 말했지만 소용이 없었다. 모든 의료 행위가 부정당했고 의원이 아니라고 강요받았다.

세상이 미친 건지, 내가 미친 건지 알 수 없는 지경까지 이르렀다. 애꾸나라에 간 두 눈을 가진 사람의 마음을 이해가 됐다.

다행히 두 눈을 가진 사람이 한 명은 있었다.

자신의 과도한 열정을 꾸짖으며 의원 역시 사람이니 이상이 아닌 현실에서 살라고 말해주던 은사님.

아무튼 학계와 사회적으로 명성을 가진 은사님 덕분에 1년이 넘게 설왕설래했던 문제는 '생명이 위급한 상황에서 한 의료 행위로 문제가 없다'라는 결론을 얻게 되었다.

그 기간 동안 얻은 것은 배울 땐 반감을 가졌던 은사님의 가르침이 일을 겪고 나니 삶의 경험이 녹아 있는 가르침임을 알게 됐다는 정도.

잃은 것은 많았다.

자존감, 자신감, 이상, 돈 등등.

그리고 침술.

돌아가신 할머니의 자식들은 어머니가 주신 돈에 만족 못 했는지 자신이 의원으로 살아가는 것을 용납할 수 없다고 악다구니를 부렸다.

모든 것이 무의미하게 느껴지던 그때 결국 침술을 손에 놓기로 하고 그들을 돌려보냈다.

한의사가 아닌 마사지사로서 살고자 했던 것도 그때의 기억 때문이다.

지금 생각해 보면 이상한 점이 있었다.

그렇게 문제가 될 일인지, 자신이 한의사로서 살아가는 것마저 막아야 했는지 따위들.

'사라져!'

더 생각했다간 구토가 나올 것 같았다. 그래서 과거의 기억을 다시 상자 속에 구겨 넣었다.

13. 상처를 주는 이도,
낫게 하는 이도 사람이다

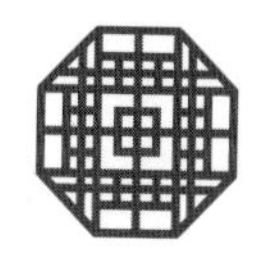

"환자의 죽음 때문에 손을 놓은 건가?"

"…의원이 되기로 마음을 먹었을 때부터 환자의 죽음에 대해선 생각하고 있었습니다."

"그럼… 그때 일어났던 논란 때문인가?"

'논란이라…….'

1년이 넘게 지속되고 5년이 넘게 괴롭히고 있는 기억을 '논란'이라는 한마디 말로 정리할 수 있다니 놀라울 뿐이다.

아니, 어쩌면 민규식의 말이 맞는지도 몰랐다. 기억을 지우고 지우다 보면 남는 단어는 그 한 단어에 불과할지도 몰랐다.

"좀 더 알아보니 왜 논란이 되었는지조차 의문일 정도더군. 의사가 환자를 구하려고 최선을 다했다! 그 이상도 그 이하도 아니었어. 한데 칭찬은 못 해줄망정 논란이 일어나다니!"

아픈 기억을 들추어내는 건 싫었다. 그런데 지금 그가 하는 말은 상처에 반창고를 붙여주는 느낌이다.

"…두눈박이시군요?"

"응?"

"아닙니다. 과거 얘기는 이제 그만하셨으면 좋겠습니다. 아직도 불편합니다."

"그런가? 미안하네. 다만 과거 문제로 자네의 실력을 썩히고 있는 게 안타까워하는 말이네."

"마사지로도 많은 것을 할 수 있습니다."

"그렇겠지. 하지만 한계가 있지 않겠나?"

민규식은 멈출 생각이 없어 보였다.

"…저에게 바라는 게 뭡니까?"

"돌려 말하지 않겠네. 우리 병원으로 오게. 이번에 한방의학과를 신설하려고 하는데 자네가 필요하네. 이효원 씨의 경우처럼 현대 의학으로도 손쓰지 못하는 환자들이 부지기수네. 한방의학과가 모두 고칠 수 있다는 건 아니지만 한축을 담당해 줄 거라고 생각하네."

솔깃하지만 대답하지 못했다. 아직까진 마음이 거부하고 있었다.

"지난 일처럼 어이없는 상황은 절대 없을 거라 보증하네. 내가 방패막이가 되어주지. 또한 한강대에 신설된 한의학과의 교수로 추천해 주겠네."

"도대체 저의 뭘 보고……."

"실력. 더 이상 말이 필요한가? 손을 대는 것만으로 혈을 짚고

피를 멈추게 하는 사람이 전 세계에 몇 명이나 되겠나."

"제 능력은 가르칠 수 있는 게 아닙니다."

"능력을 가르칠 필요 없네. 능력으로 얻는 지식을 가르치라는 걸세."

"…갑작스러운 제안이라 잘 모르겠습니다. 후……."

인상을 찌푸리며 말하다가 돌연 한숨을 뱉었다. 뭔가 심장을 억누르는 느낌이다.

'빌어먹을 과거!'

하얀 의사 가운을 입는 상상을 하는 것만으로 압박이 느껴지는 걸 보면 과거의 기억이 트라우마로 남은 게 분명했다.

"이런, 내가 너무 코너로 몬 모양이군. 당장 결정하지 않아도 되네. 환자를 고치고 싶다는 생각이 들면 그때 내 제안을 가장 먼저 생각해 주게. 그 정도라면 괜찮을 것 같은데, 어떤가?"

민규식이 한발 물러나자 압박이 풀리는 느낌이었다.

"…알겠습니다. 제안은 깊이 생각해 보겠습니다."

"이거 마치 마음의 병이 있는 환자를 괴롭힌 모양새군. 미안하네. 사죄의 의미로 점심을 사고 싶은데."

"죄송합니다. 다음에 하시죠. 지금은 도저히 넘어갈 것 같지 않습니다."

"그러세."

"그럼, 이효원 씨 입원할 때 뵙겠습니다."

인사를 하고 돌아섰다. 40분간의 만남에 불과했는데 하루 종일 마사지를 한 날보다 더 피곤했다.

얼른 나가려 발걸음을 서두르는데 민규식이 말했다.

"참! 가끔 자네의 의견이 필요할 때 전화해도 되겠나? 제안에 대한 결정이야 천천히 해도 되지만 그동안 환자들이 기다려 주는 건 아니잖나. 물론 이번 일처럼 자네가 날 필요로 할 땐 언제든 연락해도 좋네."

"…정말 끈질기시군요?"

"환자를 위해서라면 끈질기다는 말씀은 얼마든지 들을 수 있다네. 허허허!"

"…오전에는 거의 비어 있습니다."

고개를 절레절레 흔들며 말한 후 또 다른 말이 나올까 얼른 나왔다.

"그 친구 그렇다고 도망치듯 갈 것까지야. 허허허!"

두삼이 도망가는(?) 모습을 보고 민규식은 너털웃음을 터뜨렸다.

하지만 그것도 잠시 표정을 굳히며 테이블을 검지로 톡톡 두드렸다.

생각할 때의 버릇이었다. 그러다 벌떡 일어나 인터폰을 눌렀다.

"황 실장, 들어오게."

황 실장은 민규식의 업무 외적인 일을 주로 처리하는 사람이었다.

"부르셨습니까?"

"이번에 알아온 일 있지?"

"방금 전에 나간 한두삼 조사 건 말입니까? 잘못된 부분이라도 있었습니까?"

"아니. 5년 전 그가 공중보건의로 근무하던 섬에서 한 사람이 죽은 적이 있어."

"알고 있습니다."

"그 사건에 대해 철저하게 조사해 봐. 별것 아닌 일인데 너무 커졌어."

"한두삼을 노린 일이라고 생각하십니까?"

"글쎄, 꼭 그런 건 아닌데 이상해. 공부 잘하던 이들만 득실거리는 곳이라 그런지 음흉한 놈들이 꼭 있거든. 알아둬서 나쁠 건 없겠지."

"철저하게 알아보겠습니다."

"수고해 줘. 참! 초대 이사장님은 어디 계신가?"

"시골에서 요양하고 계신다고 들었습니다. 알아봐 드릴까요?"

"그래주게. 당신을 고친 한의사의 후손이 나타난 것 같다는 말은 전해 드려야 하지 않겠나."

"알고 계실 겁니다. 원래 은혜와 원한에 대해서는 확실하신 분 아닙니까."

"음, 그럴 수도 있겠군. 그래도 혹시 모르니 말씀을 드리게."

"그러겠습니다."

황 실장이 나간 후 소파에 앉은 민규식은 다시 검지로 테이블을 톡톡 치며 생각에 빠졌다.

사실 사람들이 그에 대해 잘못 알고 있는 게 있었다.

의술 실력과 환자에 대한 헌신적인 태도로 인해 초대 이사장과 원장에게 눈에 들어 원장이 됐다고 생각하는데 착각이다.

실력과 의사로서의 인품은 기본이고 경영 능력과 돈의 소중함을 잘 알고 있어서 병원장이 된 것이다.

없는 돈을 쪼개서 돕는다는 마인드가 아니라 돈을 왕창 벌어서 돕는다는 마인드랄까.

그가 병원장이 되고 병원의 크기가 두 배 이상 커지고 치료비가 없는 환자를 위한 의료 지원과 사회봉사 활동은 4배 이상 커진 것만 봐도 알 수 있다.

또한 권모술수에도 누구보다 능했고 인맥 관리 역시 꾸준히 하고 있었다.

상위 0.1퍼센트를 위한 의료 서비스와 그들이 언제나 자유롭게 오갈 수 있도록 별도의 입구와 병실을 마련한 것 역시 그의 생각이었다.

그들이 지불하는 돈과 후원금으로 최고의 의료진을 구축해서 다른 환자들에게 혜택으로 돌려주고 있었다.

그렇다고 욕심이 없는 건 아니다. 원하는 것을 위해 돈, 지위, 권력욕 모두 가지고 있었다.

특히 실력 있는 외과 의사에 대한 욕심은 누구보다도 강했는데 일단 찍은 사람은 불법적인 일을 제외하고 무슨 짓을 해서라도 데리고 와야 직성이 풀렸다.

그리고 그렇게 데려온 의사들은 원하는 건 주고 철저하게 이용했다.

괴롭힌다는 얘기가 아니다.

한강대 의대에 교수로 학생들을 가르치게 했고 병원 내 후배들에게도 하나라도 가르치게 만들었다. 한강대학교병원이 우리나라 최고의 외과라는 말이 괜히 나온 게 아니었다.

그런 민규식이 두삼을 찍은 것이다.

두삼을 알뜰하게 이용하려면 일단 그의 컨디션을 최상의 상태로 만들어야 했다. 그래서 그의 일을 알아보라고 한 것이다.

쓸데없는 것에 정신을 쏟을 시간에 환자를 한 명 더 보는 게 이익이었다.

"그나저나 그의 한계가 어디까지일지 궁금하네. 허허허!"

현재 병원에서도 어쩌지 못하고 있는 환자들을 떠올리며 두삼이라면 어떻게 진단하고 치료를 할지 벌써부터 흐뭇해졌다.

똑똑!

노크 소리에 웃음을 지웠다. 문이 열리고 여직원이 들어왔다.

"원장님, 태양한방병원 임 원장님이 지나는 길에 식사나 하자고 오셨습니다."

태양한방병원은 신설하려는 한방의학과를 위해 도움을 받고 있는 이였다.

"그래?"

민규식은 자리에 일어나 밖으로 나갔다.

배영옥은 현재 일주일에 한 번 오전에 가게로 왔다.

마사지로 몸을 가볍게 만든 후 십이경맥의 막힌 부분을 한두 개씩 뚫고 일주일치의 약재를 준다.

"다 됐습니다. 이제 십이경맥은 다 뚫었네요. 다음부터는 독맥, 임맥을 제외한 기경팔맥의 막힌 부분을 뚫겠습니다."

"고생하셨어요, 선생님. 한데 위에서 느껴진다는 건 어떻게 됐어요?"

"이제 저도 집중하지 않으면 느끼기 힘들 정도로 작아졌습니다. 지금 상태라면 2주 정도면 완전히 사라질 것 같아요."

"아! 이제 완치인가요?"

"하하! 병원에서 완치 판정은 이미 받으셨잖아요. 솔직히 현재 여사님 몸 상태는 웬만한 중년 여성들보다 좋으세요. 이제 한 달에 한 번씩만 오셔도 돼요."

독맥, 임맥을 포함 십사경맥이 깨끗이 뚫린 사람이 얼마나 될까. 지금처럼 간단한 운동만 하면 평생 잔병치레 없이 살 수 있을 것이다.

"호호! 그렇게 말해도 계속 올 거예요. 아마 제가 괜찮다고 해도 하란이가 보낼걸요."

"그럼 다음부터 시간 때우려면 얼굴마사지도 해드려야겠네요."

솔직히 건강을 되찾으며 살이 적당히 올라 주름이 줄어든 배영옥은 환갑에 가까운 나이라고 보기 어려울 만큼 젊어 보였다.

딱히 피부 관리가 필요 없을 정도다.

"호호호! 그것도 좋죠."

"씻고 나오세요."

밖으로 나가 일주일치 약재를 준비하고 마실 차를 우렸다.

씻고 나온 배영옥은 찻잔 앞에 앉으며 말했다.

"차가 바뀌었네요?"

"도라지차예요. 제철 음식이 가장 좋은 법이죠. 껍질째 끓여야 효과가 제대로 나와요."

"그래요? 시장에 가서 사다가 끓여봐야겠네요."

"껍질엔 잔류 농약이 많아요. 차도 챙겨놨으니 자주자주 드세요."

눈으로 농약을 볼 능력은 없었다. 다만 담긴 기를 확인할 수 있다 보니 좋은 도라지를 살 수 있었다. 도라지에 담긴 기의 양이 풍성한 건 대부분 무농약으로 키운 도라지였다.

물론 이번 도라지는 산 건 아니다.

악양의 백만수가 면에서 괜찮다는 도라지를 사서 왕창 보내준 것이다.

"항상 신세만 지네요."

"제가 좋아서 하는 일인데요. 그리고 하란 씨가 부담스러울 만큼 지불한답니다. 참! 다음 주엔 하란 씨와 여행 가신다면서요?"

"네. 일이 바쁜 것 같아 괜찮다는데도 굳이 가자고 하네요."

"그동안 못 누린 거 실컷 누리세요."

"고맙고 기특하긴 한데 열심히 일하는 애 방해하는 것 같아서요."

"그런 생각 마세요. 하란 씨가 일보단 어머니가 우선이래요. 정 미안하시면 친구분들이랑 놀러 다니세요. 그럼 조금 안심할 거예요."

"훗! 우리 딸이랑 똑같은 말하네요."

"하하! 그런가요? 그나저나 이 친구, 안마 받다가 잠든 거 아냐?"

나문덕과 정 간호사는 올 때마다 신혜경과 한미령의 마사지 연습 상대가 되어줬다. 처음에는 난색을 표하더니 요즘은 오히려 즐기고 있었다.

일어나려 하자 배영옥이 손을 흔들며 말렸다.

"곧 나오겠죠. 내버려 두고 차나 마셔요."

고용인이 괜찮다는데 뭐라 할 순 없었다.

"한데 한 선생님, 듣자 하니 이효원이라는 아가씨 치료하기로 했다면서요. 마사지 숍과 병행하려면 연애할 시간도 없겠어요?"

"…하하! 연애엔 관심이 없습니다."

"왜요? 과거에 좋지 않은 경험이 있으세요?"

"……."

순간 훅 치고 들어오는 어퍼컷에 말을 하지 못했다.

요즘 왜 이렇게 사람들이 자신의 과거에 관심이 많은 건지.

"아! 그냥 해본 말인데 진짜 그랬나 보네요. 미안해요. 아픈 상처를 건드린 건 아니죠?"

"그, 그럼요. 대학교 때 사귀다 대체 복무로 공중보건의 생활할 때 헤어졌습니다. 떨어져 있으니 시들해졌다고 할까요."

"여자 쪽에서 헤어지자고 한 거죠?"

"비슷합니다. 어떻게 아셨어요?"

"병을 보는 건 선생님이 잘하지만 사람 보는 건 제가 더 잘할 걸요. 선생님은 마음을 주면 쉽게 변하지 않는 스타일이에요."

"…그런가요?"

'나문덕과 정 간호사는 왜 이렇게 안 나오는 거야!'

대답을 하고 있지만 얼른 이 자리를 벗어나고 싶다. 마치 명절에 엄마를 만난 기분이다.

"어떤 스타일의 여자를 좋아해요? 말해봐요. 내가 가진 게 없어 선생님께 좋은 것은 못 해주지만 먹고 살려고 열심히 일하다 보니 참한 아가씨들은 많이 알아요. 소개시켜 줄 수도 있어요."

참한 아가씨라는 말에 왜 솔깃한 건지, 아무래도 연애 세포가 완전히 죽은 건 아닌 모양이다.

"글쎄요. 굳이 말씀드리자면……."

머릿속으로 이상형을 떠올렸다.

'눈썹은 좀 짙었으면 좋겠고, 눈은 크지도 작지도 않고, 코는 살짝 높고 입술은 입꼬리가 살짝 올라간 것이 좋겠지. 몸매는 좀 글래머러스했으면 좋겠어.'

머릿속 연필은 생각대로 이상형을 그려갔다. 그리고 완성이 되었을 때 깜짝 놀랐다.

완성된 여자는 누가 보더라도 우하란이었다.

마치 눈앞의 배영옥이 보고 있는 것 같아 얼른 지우개를 소환해 지웠다.

"하하… 딱히 안 떠오르네요. 아까 말씀드렸듯이 아직 연애하고픈 마음이 없나 봅니다. 아! 나왔네요."

때마침 번들번들 기생오라비 같은 얼굴이 된 나문덕이 나오고 있었다.

"정 간호사는?"

"씻는 데 좀 더 걸리잖아. 근데 여사님이랑 무슨 얘기를 하고 있었기에 얼굴이 빨개졌냐?"

"어? 아! 날씨가 더워서 그래. 네 얼굴은 그게 뭐냐? 모기가 낙상하겠다."

얼른 화제를 돌렸다.

"미령이가 도대체 무슨 짓을 하기에 매주 얼굴마사지를 하는데 피부가 더 나빠지는지 의아해하더라. 그래서 비누로 빡빡 씻는다고 했더니 오늘은 씻지 말고 내일부터는 그냥 물로만 세수하라더라."

"헐! 기껏 묵은 피부 벗겨내고 비싼 화장품으로 영양을 공급해 줬는데 그걸 비누로 씻어냈단 말이야?"

"내가 알았냐. 그리고 난 뽀득뽀득 씻는 게 좋은 줄로만 알았지."

"하긴. 네가 잘 아는 것도 이상하다. 아무튼 이제라도 알았으니 됐다. 아! 정 간호사 나왔다. 얼른 가라 여사님 오래 기다리셨다."

정 간호사가 나오고 세 사람을 내쫓듯이 보내고 나서야 당혹감이 조금 가시는 듯했다.

"여사님도 참, 갑자기 그런 질문을 하실 건 뭐야."

"여사님이 뭐라 하셨는데요?"

"헉! 깜짝이야. 어, 언제 나왔어요?"

뒤에서 들리는 신혜경의 목소리에 깜짝 놀랐다.

"방금 평소와 다를 바 없이 나왔는데 뭘 그리 놀라지? 근데 다들 갔나 봐요?"

신혜경은 대수롭지 않게 물었던 것인지 더 캐묻지 않았다.

"네."

"문덕이 녀석, 점심 산다더니 그새 잊어버렸나 보네. 그런 정신으로 무슨 경호원을 한다고."

"번잡해서 제가 보냈어요. 점심은 제가 살게요. 뭐 드실래요?"

"음… 시원한 물냉면 어때요, 사장님?"

"좋죠. 미령 씨, 점심에 냉면 먹기로 했는데 미령 씬 뭐 먹을래요?"

"전 비빔냉면요."

마사지실에서 나오는 한미령의 의견까지 취합해 주문을 했다. 근처에 위치한 집이라 그런지 10분이 지나지 않아 도착했다.

이젠 식사하는 장소로 변해 버린 발코니가 냉면 빨아들이는 소리로 가득 찼다.

"참! 다음 주에 문덕이랑 정 간호사 오면 두 사람 역할 바꿔서 해요."

"응? 갑자기 왜요?"

"두 사람 나중에 같이 일할 거라면서요? 따로따로 다른 기술을 가지고 있는 것보다 두 가지 다 가지고 있으면 훨씬 편하잖아요."

"…어떻게 알았어요?"

"우연찮게 두 사람이 하는 얘기 들었어요."

"…기분 나쁘진 않고?"

"제대로 월급을 주면서 가르쳤다고 해도 나간다는 사람을 어떻게 잡아요? 하물며 기간을 정하고 싼값에 부리는데 기분 나쁠 이유가 없죠. 아무쪼록 얼른 열심히 배워서 실력을 갖추세요. 그땐 정식으로 월급 줄게요. 그리고 나갈 때 되면 기쁜 마음으로 보내 드릴게요."

두 사람의 인생은 두 사람의 것이다. 그들이 필요하면 그에 맞는 대우를 해줘서 잡아두면 되는 것이다.

"더 미안해지게, 엄청 쿨하네? 근데 만일 우리가 남는다고 하면 어떻게 하려고요?"

"언젠가 말하려 했던 사안인데 지금 해야겠군요. 제가 제시하는 월급이 마음에 들면 남으시면 돼요. 다만 제 개인적인 사정으로 인해 두 사람을 자를 수 있다는 것도 기억해 두세요."

"켁! 콜록콜록!"

자른다는 말에 놀라 매운 냉면이 목에 걸렸는지 한미령이 콜록거렸다.

"일단은 걱정 말고요. 가르친다고 약속한 이상 제가 인정하는 수준이 되기 전까진 그만두게도, 자르지도 않을 거니까요."

두 사람이 함께 일하려 한다는 걸 모른 척할 수도 있었다. 하지만 뒤에서 속닥거려 봐야 서로간의 거리만 생길 뿐이다.

같이 일하는 동안이라도 친하게 지내고 싶은 것이 개인적인 욕심이었다.

두삼이 말한 바를 곰곰이 생각하던 두 사람은 나름 괜찮다 생각했는지 밝은 표정으로 다시 냉면을 먹었다.

"고마워요, 두삼 사장님."

식사 후 차를 마시는데 신혜경이 말했다.

"뭐가요?"

"이것저것 다죠. 얼핏 들으면 서로에게 좋아 보이지만 결국 선택권을 우리에게 준 거잖아요."

"그런가요? 예전에 다른 사람 밑에서 일할 때 내가 가게를 내면 '이렇게 해야지'라고 생각해 본 적이 있어요. 그래서 그렇게 해보는 거예요. 만약 손해를 보면 다음 들어오는 사람부터는 다르게 할 거예요."

"다음 사람을 위해서라도 우리가 손해를 끼치면 안 되겠네. 열심히 할게요."

"하하! 그래요."

조금 전에 한 말은 절반만 진실이었다. 신혜경과 한미령의 인간성이 나빴다면 절대로 지금과 같은 제안을 하지 않았을 것이다.

"전 이제 슬슬 나가봐야겠네요. 오늘은 두 사람이 고생해 주세요."

"아! 오늘이 이효원 입원일인가?"

사흘 전 이효원이 신혜경과 한미령이 있을 때 방문하는 바람에 조용히 수술을 하려던 계획이 틀어졌다. 그래서 재활 훈련을 시작하면 어차피 알게 될 거 간략하게나마 설명을 해줬다.

"네."

"잘해요. 그 선수 우리나라의 보물이잖아? 아! 그러고 보니 사장님이 그런 보물의 재활 훈련을 돕게 되는 거네요. 대단해라."

"…결정된 건 아니라니까요."

"아무튼. 근데 TV에서만 보다가 실제로 보니까 머리가 요만해 가지고 진짜 인형처럼 생겼더라고요. 어떻게 그렇게 마른 몸으로 금메달을 두 개나 딴 건지 신기해요. 특히 다리 길이가 왜 그렇게 긴 건지, 허리도……."

또 시작이다.

언제쯤 신혜경의 수다에 익숙해지려나. 의문이다.

*　　　*　　　*

"어서 오게."

민규식이 알려준 대로 지하 주차장에서 별도의 엘리베이터를 타고 올라가자 그가 기다리고 있었다.

"안녕하세요. 직접 마중을 나와 계셨습니까?"

"그게 무슨 대수라고. 가지, 환자가 기다리고 있으니 만나본 후에 얘기하도록 하지."

그를 뒤따라가며 둘러보니 병원이 아니라 고급 호텔처럼 되어 있었다. 그는 두리번거리는 두삼의 생각을 알기라도 하듯 물었다.

"고급스럽지?"

"예. VVIP 룸입니까?"

"맞네. 비밀리에 병원에 오고자 하는 이들이 있어 만든 곳이야. 하룻밤에 수백에서 수천이 넘지. 아! 이효원 선수에 대한 걱정은 말게. 비밀을 요할 일이 꼭 환자에게만 있는 건 아니지 않는가."

"…왠지 저한테 청구할 것 같네요."

"왜? 청구하면 주려고?"

"……."

"허허허! 표정이 재미있군. 걱정 말게. 내 손님으로 입원시켰으니까. 그리고 수술비의 일부도 줌세."

"그럴 필요까진 없습니다."

"다 먹고살자고 하는 일인데 그래서야 쓰나. 여기네. 들어가지."

노크를 하고 안으로 들어가자 하란과 이효원이 재미있는 얘길 하고 있었는지 웃고 있었다.

민규식 원장은 마음 편안하게 해주는 미소를 지은 채 물었다.

"무슨 재미난 얘기를 하고 있었어요?"

"수술 끝나고 쉬는 동안 그동안 못 먹은 거 실컷 먹자는 얘기 하고 있었어요. 두삼 오빠, 어서 와요."

두삼은 손을 들어 두 사람에게 인사했다.

"먹을 땐 먹어야죠. 내가 근처에 있는 맛집들은 섭렵하고 있으니 전화번호 필요하면 말해요. 대신 사인과 사진은 찍어줘야 해요."

"좋죠. 호호호!"

"근데 옆에 앉은 숙녀분은 낯이 익은 분인데……. 아! 작년에 어머니를 모시고 왔었죠?"

"…네, 기억하시네요. 우하란이에요."

"어머니께서 말기 암이셨죠. 그때 도움이 되지 못했습니다. 죄송합니다."

"아니에요. 여기뿐만 아니라 모든 곳에서 불가능하다고 했었는데요. 그리고 이제 와서 하는 말이지만 여기가 제일 열성적이었어요. 감사하게 생각해요."

당시 입원을 한 후 타병원에서 검사한 자료를 보여주자 모든 교수들이 모여서 수술할 수 있는 방법에 대해 논의하는 모습은 꽤 인상적이었다.

물론 결과는 다른 곳과 마찬가지로 수술 불가였다.

"민간요법을 해보겠다고 떠났는데 어떻게……?"

당연히 죽었을 거라 생각하고 물었다. 그때 길어야 6개월이었다. 한데 전혀 예상치 못한 얘기가 나왔다.

"다 나았어요. 그렇죠, 두삼 씨?"

"……!"

민규식은 얼굴의 주름이 다 펴질 만큼 놀란 표정이 되어 두삼을 바라보았다.

왠지 귀찮아질 것 같은 강력한 예감. 그러나 발뺌하기엔 이미 늦었다.

두삼은 검지로 머리를 긁적거리며 대답했다.

"…아, 네."

* * *

"이게 이효원 환자의 다리 X-RAY와 MRI 사진을 3D화시킨 것일세. 방사능 양 때문에 계속 검사를 하는 건 무리라 다른 병원에서 찍은 것이라 흡족한 수준은 아닐 걸세. 위치를 이 펜으로 찍어보겠나?"

조금 전 병실에서 다시 한번 살펴봤기에 망설임 없이 사진 위에다가 점을 찍었다. 머릿속에서 구체화된 다리를 사진에 겹치기만 하면 되는 것이기에 어려울 것 없었다.

다만 민규식을 위해 설명을 해야 했다.

"이 이물질은 안쪽 복숭아 뼈 중심에서 11시 방향으로 2.1㎝, 깊이는 1.5㎝ 위치에 있습니다."

"음, 그럼 이 이물질은 바깥쪽 복숭아 뼈에서 위로 3㎝, 깊이는 1㎝ 정도겠군. 이건 바닥에서 15㎝ 높이의 아킬레스건 옆쪽일 테고."

"…정확합니다."

민규식에게 굳이 설명할 필요가 없었다. 그는 한정적인 자료들을 보고도 3D화시킨 발을 머릿속에 그렸음이 분명했다.

30년을 넘게 현역으로 수술실에 들어가는 외과 의사의 내공이랄까.

'그나저나 안 물어보니까. 더 답답하군.'

당장 물어볼 거라는 예상과 달리 이효원의 병실을 나온 후 그는 배영옥의 말기 암 치료에 대해 일언반구도 없었다.

남의 상처를 후벼 파면서도 묻기를 멈추지 않았던 그가 조용하니 오히려 이상했다.

"음, 아무래도 그냥 세 곳을 절개해야겠어. 적게 절개하는 것이 회복엔 좋겠지만 무리하다가 근육과 신경을 건드리면 더 곤란하겠다."

"시술에 대해서는 원장님께 맡겼으니 그렇게 하십시오. 그럼 정리가 된 것 같으니……."

"이젠 직접 열어서 확인하는 것밖에 남지 않았으니 이만하고 휴게실에 가서 커피 한 잔씩 하지. 왠지 단 게 당기는군."

이만 가보겠다고 하려는 찰나 붙잡혔다.

시럽을 탄 라떼 하나씩을 들고 마주했다.

"우리 병원 의사들이 모두 고개를 저은 말기 암을 어떻게 고쳤는지 들어볼 수 있겠나?"

"운이 좋았습니다."

"감안하겠네."

"……."

민규식의 이글거리는 눈빛은 어서 말해달라고 말하고 있었다.

'승부욕이 강한 거야? 호기심이 강한 거야? 아님, 둘 다인 건가?'

욕심이 인간을 망치기도 하지만 때론 아니기도 하다. 민규식의 욕심은 후자로 그가 흉부외과 전문의이면서도 신경, 정형, 성형까지 모든 외과 분야와 심지어 다른 분야까지 고루 잘할 수 있는 원동력이 되어주었다.

혹자는 전문 분야만 평생 파도 부족한데 이것저것 다하는 그가 깊이가 없다고 말하기도 했다. 그러나 이미 병원장에 오르고 업적 역시 충분히 쌓은 그가 보기엔 한 분야도 제대로 못 하는 자들의 시기심에 불과했다.

"환자를 처음 봤을 때의 상태는 당장 죽어도 이상할 게 없는 상태였습니다. 어떻게 치료를 해야 할지도 막막한 상태였죠. 그래서 저는 한의학적으로 접근을 했습니다."

"어떻게?"

"거의 모든 맥과 혈이 막혀 있는 상태였습니다. 그래서 뚫어보자고 생각했죠."

막상 입을 열자 당시의 기억들이 어제 일처럼 떠올랐다. 그리고 떠오르는 기억을 차근차근 말해줬다.

"뜸과 기를 이용해 하나하나 뚫어갈수록 미약하지만 조금씩 나아지는 느낌이 있었습니다. 물론 너무 미약해서 그저 하루하루를 연장하는 것에 불과했죠."

"굳어버린 맥과 혈을 그렇게 뚫을 수 있는지 몰랐군. 한데 침을 이용했으면 더 효율적이지 않았을까?"

"저처럼 기를 이용할 수 없다면 침이 훨씬 유리하긴 하죠. 아무튼 부족한 기 때문에 죽을 맛이었습니다. 산에서 캐 온 약초는 다 먹었죠."

"오오! 하긴 기가 무한하진 않을 터이니. 그래서?"

듣는 사람의 반응이 좋으니 하지 않아도 될 얘기까지 하며 임맥과 독맥을 뚫는 얘기까지 했다.

"정말… 두 번 다시 경험하고 싶지 않은 일입니다. 하지만 독맥과 임맥이 연결되자 환자의 몸이 스스로 치유 활동을 시작하더군요. 물론 그동안 먹었던 약들과 치료들이 효과를 봤을 수도 있을 겁니다."

"신기하군."

민규식은 무언갈 생각하는지 골몰한 표정이었다.

"위기를 넘기고 나자 그다음부터는 쉬웠습니다. 꾸준히 맥을 뚫자 암 덩어리들이 서서히 사라지더군요."

"사례가 모인다면 좋은 자료가 되겠군. 이거 한의학을 제대로 공부를 해봐야 하나?"

"점점 극복해 가고 있는 양의학을 두고 한의학을 공부하다니요. 절대 권하지 않습니다. 그저 행운이 몇 번 겹치며 일어난 기적인지도 모릅니다."

"말이 그렇다는 거네. 알아두면 한방의학과 의사들과 협조할 때 좋지 않겠나.

"그렇긴 하죠. 이상입니다."

"아무래도 내가 잘못 생각하고 있었던 것 같아."

또 무슨 말을 하려고 밑밥을 까나 싶다.

"…뭐가 말입니까?"

"자네의 실력 말이야. 난 한의학의 잣대에서 조금 위에 있다고 생각했는데 내 생각보다 훨씬 위에 있었어."

"과찬이십니다. 이효원 씨의 수술만 봐도 한계가 뚜렷하지 않습니까."

"그렇게 말한다면 양의학의 한계도 뚜렷하지. 수십억짜리 기계가 못 찾는 일을 자넨 5분도 되지 않아 찾아내지 않았나."

하여간 말로는 못 당하겠다. 그냥 알아서 판단하라고 두는 게 나겠다.

"커피 잘 마셨습니다."

"왜, 가려고?"

"손님들이 몰려왔을지도 모르는데 가봐야죠."

더 오래 있어봐야 귀찮기만 할 터. 한 단락 끝났을 때 일어나는 게 이로웠다. 가게에 간다는 핑계를 댔으니 그도 잡지 못할 것이다.

한데 과소평가는 두삼이 하고 있었다.

"이효원 환자 수술에 대한 얘기가 길어졌으면 어쩌려고 했나?"

"그야……."

"몇 가지 질문에 더 대답해 주고 가게. 자네에 대해 좀 더 알고 싶군. 같이 일할 사람끼리 서로에 대해 잘 알아야 하지 않겠나."

'나이 든 아저씨가 그런 말해봐야 전혀 반갑지 않습니다만……'

속마음과 달리 차라리 다 말해주고 떠나는 것이 낫겠다 싶었다. 말해주지 않아도 뒷조사로 다 알아낼 가능성이 높았다.

"…마음껏 물으십시오."

"허허! 진즉에 포기하지 그랬나."

"……."

"허허허! 놀리는 재미가 있는 친구군. 아! 미안하네. 그만 놀리고 묻지. 말기 암 환자 말고 고친 병이 또 있나 궁금하군."

"환각지 환자 다섯 명과 CRPS을 치료했습니다."

"맙소사! 환각지는 치료 방법을 알아낸 거군. 어떤 식으로 치료를 한 건가?"

앞서 배영옥의 치료에 대해 얘기할 때 능력에 대해 언급을 충분히 했기에 환각지와 CRPS의 어떻게 접하고 어떻게 치료했는지에 대해선 간략하게 설명했다.

"지금까지의 자네가 치료한 사례로 보면 자네의 능력은 기를 이용해 신체 내부를 보고 맥과 혈을 이용해 치료를 한다는 것이군. 가만… 피를 멈추게도 할 수 있으니 맥과 혈로 한정을 지으면 안 되겠군."

그는 손가락으로 테이블을 톡톡 두드리면서 혼잣말처럼 중얼거렸다. 얘기 도중 언급한 말을 통해 두삼의 능력을 추정하고 있었다.

"음… CRPS 얘기할 때 신경을 봤다고 했으니 신경 역시 조절을 할 수 있다는 얘기겠군."

"맥과 혈을 이용하지 신경계는 웬만해선 손을 대지 않습니다만……."

신경에 대해선 지식이 부족했다. 그래서 혹시나 혈관처럼 눌러놨다가 아예 신경이 죽어버리는 일이 발생할까 걱정해 만지지 않았다.

희진이를 치료할 때 굳이 시간을 들여가며 맥과 혈을 통해 마비를 시킨 것 또한 그 때문이었다.

"안 한 거지 못한 건 아니잖아. 자! 잠깐 자네 솜씨 좀 보여주게."

그는 벌떡 일어나 성큼성큼 걸음을 옮겼다.

"…네?"

"설마 말로만 때울 생각이었나? 실력을 직접 보여줘야 안심하고 수술할 수 있지 않겠나."

"…믿는다면서요?"

"믿네. 다만 백번 듣는 것보다 한 번 보는 게 낫다는 말도 있지 않나?"

말이나 못 하면…….

민규식을 만나 이효원의 일이 손쉽게 풀린 걸 생각하니 거절할 수 없었다.

일어나 그를 뒤따라갔다. 특실 손님을 보나 싶었는데 엘리베이터를 타고 특실에서 벗어나 일반 병실 쪽으로 향했다.

"허허허! 고생들 많네."

지나가는 의사들과 간호사들이 인사를 할 때마다 그는 웃는 얼굴로 손을 흔들며 인사했다. 그러다 보니 어디로 가는지 묻지도 못하고 따라갔다.

"산부인과?"

한참 꼬불꼬불 걷다가 도착한 곳엔 산부인과라는 푯말이 붙어 있었다.

"왜? 산부인과에 안 좋은 기억이라도 있나?"

"아뇨. 뜻밖이라. 환자들이 넘쳐나는 병원에서 여기까지 올 이유가 있었나 싶어서요."

"이왕 자네의 솜씨를 보는 김에 도움이 절실히 사람에게 가는 게 낫지 않겠나."

"그야 그렇죠."

"어째 말투가 조금 이상하군. 내가 환자를 차별하는 것 같나?"

"…저 역시 알게 모르게 차별을 하는데 뭐라고 하겠습니까."

의사도 인간이다.

드라마에서처럼 빈부, 남녀노소에 상관없이 모든 환자를 똑같이 보고 철천지원수가 환자라는 이유로 성심을 다해 치료를 해야 하는 성인이 아니다.

적어도 평범한 인간인 두삼은 그렇게 생각한다.

다만 지난 버스 사고와 뉴스 매체에서 본 민규식의 모습은 달랐다. 성인이라기엔 무리가 있었지만 그를 지향하는 사람이 아닐까 싶을 만큼 훌륭했다.

자신은 하지 못하면서 민규식은 그랬으면 하는 것이 얼마나 어처구니없는 생각인지 두삼도 알고 있다. 하지만 그러면서도 마음 한쪽에선 '그는 그래야 한다'고 바라고 있었는지도 모르겠다.

'그에게서 할아버지의 모습을 찾으려 했던 건가?'

자신의 발목을 잡고 있는 과거에서 벗어나려는 두삼에겐 '세상은 아직 살 만해'라고 말할 만한 예시가 필요했는데 그 예시를 은연중에 민규식으로 잡고 있었던 게 분명했다.

투덜거리면서 자신이 했던 치료와 실력에 대해 말해준 것 역시 이러한 이유에서였다.

눈앞의 민규식도 다르지 않다는 것에 힘이 쭉 빠지는 느낌이다.

하지만 이어지는 민규식의 말에 성급한 판단이었음을 깨달았다.

"팔이 안으로 굽는다는 말이 있듯이 모든 이를 공평하게 보는 건 거의 불가능한 일이지. 하지만 가급적 그렇게 하려고 노력한다네. 하지만 이곳은 차별, 아니, 정확하게 말하면 가중치를 줘야 하는 곳이네. 두 사람이지 않은가."

"…아!"

"계속 그렇게 서 있을 건가? 지금 이 시간에도 환자는 아프다네."

"…예, 예!"

오해한 것이 부끄러워 얼굴이 살짝 붉어졌지만 발걸음은 조금 전보다 훨씬 가벼웠다.

"오영애 환자 차트를 보여주게."

민규식은 산부인과 접수대에 이르자 간호사에게 말했다.

갑작스러운 원장의 출현에 간호사는 놀랄 경황도 없이 오영애 환자의 진료 기록을 띄운 태블릿을 내밀었다.

"여기 있습니다, 원장님."

"고맙네. 보게."

간호사에게 받은 태블릿을 두삼에게 내밀었다.

임산부들은 아이를 가지고 있는 동안 많은 불편함과 위험에 노출된다. 단순한 감기에도 약 대신 수액을 맞아야 하고, 평소라면 별것 아닌 지병에 산모, 아이 둘 다 위험해질 수 있다.

임신중독? 심혈관 질환?

무슨 병일까 생각하며 진료 기록을 확인했다.

예상은 보기 좋게 깨졌다.

"충치? 치과에서 다뤄야 할 문제 같은데요."

"자세히 보게."

얼핏 보면 사랑니가 썩은 것에 불과했다. 그러나 다음 장에 있는 사랑니 사진을 살펴보던 두삼의 미간이 좁혀졌다.

안쪽으로 비스듬히 난 우측 사랑니 밑에 머리로 올라가는 온목동맥이 자리하고 있고 신경까지 요상하게 얽혀 있어 치료를 하다간 최악의 경우 사망에 이를 수 있을 정도로 위험했다.

"사랑니가 무사히 자란 게 신기할 정도네요."

"그렇지. 입 안이 작은 사람들의 경우 종종 옆으로 나는 경우가 있지만 이 정도까진 아니지. 사랑니가 자랄 때 이상이 생겼으면 차라리 쉬웠을 것을. 운이 없는 케이스랄까."

민규식의 안쓰러워하는 말을 들으며 계속 넘겼다. 임산부가 산부인과에 왜 입원해 있는지 알 수 있었다.

썩은 이를 치료하지 못해 치통이 계속되자 안 그래도 민감한 임산부가 제대로 먹지도 자지도 못하니 없던 병도 생길 수밖에 없었다.

"…게다가 쌍둥이네요?"

"그래, 세 사람이지. 치과를 통해 입원한 지 한 달이네. 이대로라면 산모가 허락하지 않겠지만 아이들을 버려야 할 수밖에 없네. 어떻게 방법이 없겠나?"

버린다는 말이 심장을 옥죈다. 방법이 없으면 만들어내야 할 판이다.

"볼 수 있을까요?"

"옷부터 갈아입게."

"…그러죠."

탈의실로 이동해 민규식이 건네는 흰 티와 의사 가운을 입었다.

'오랜만에 입어보네. 평생 다시 입을 일이 없을 거라 생각했는데…….'

거울 속 가운을 입은 자신을 보니 마음이 복잡했다.

"기분이 어떤가?"

"…옷 갈아입는 걸 보는 취미가 있으신 줄 몰랐습니다."

"사내 놈 갈아입는 걸 봐서 뭐 하게. 그나저나 잘 어울리는군. 조금 큰 것 같으니 한 치수 작은 걸로 준비해 둬야겠군."

"…생각해 보겠다고 했지 한다고 한 적 없는데요."

"생각이 정리될 때까지 가끔 와서 도와주게. 가운도 입어보고 얼마나 좋나."

"지긋지긋한 옷이 뭐가 좋다고요. 가시죠. 원장님 말씀처럼 환자가 기다리고 있잖습니까?"

"좋은 마인드군."

탈의실을 나가 병실로 이동했다.

똑똑! 노크를 왜 하는지 모르게 반응이 오는 걸 기다리지 않고 문을 열고 들어갔다.

"……!"

쉬익! 쉬익!

환자는 불룩한 배 때문에 힘겹게 숨을 내뱉으며 자고 있었는데 도저히 임산부라고 생각할 수 없는 몰골을 하고 있었다.

*　　　*　　　*

사랑니가 난 곳에 동맥과 신경이 왜 모여 있는지 주먹만 한 환자의 얼굴 크기를 보자 이해가 됐다. 제대로 먹지를 못해서인지 얼굴이 반쪽이라 더 작아 보였다.

치렁치렁 달린 링거 줄이 환자의 현재 상태를 대변하는 듯하다.

"…원장님, 오셨어요."

환자의 어머니로 보이는 여인이 근심이 가득한 얼굴로 민규식에게 인사했다.

"오영애 씨는 좀 어떻습니까?"

"어젯밤부터 못 자다가 몸을 방금 죽 몇 숟가락 뜨기에 주물러 줬더니 잠들었어요. 한데 중절 수술 때문에 오셨어요? 전 했으면 좋겠는데 그 얘기만 나오면 벌벌 뛰니……."

어머니 속도 말이 아닌지 구구절절 애타는 마음이 묻어 있었다.

"아닙니다. 아주 실력 좋은 의사가 있어서 혹 도움이 될까 데려왔습니다."

"그럼 이분이……? 선생님! 제발 저희 애 좀 부탁드려요."

꽉 잡은 두 손으로 간절함이 전해온다.

"잠, 잠깐 살펴보겠습니다."

"막 잠들어서 좀 더 잔 후에 하는 게……."

"영애 어머님, 걱정 마세요. 이 친구 마사지도 기가 막히게 합니다. 한 선생, 마사지를 하면서 조심스럽게 살펴줄 수 있겠나?"

"네. 그러죠."

가까이 다가가 보니 환자의 상태가 더 나빠 보였다. 조심스레 다리에 손을 올렸다.

근육은 거의 없는 말랑말랑한 살이 만져졌다. 일견 생각보다 마르지 않았다고 할 수는 있지만 임신중독증 초기 증상이었다.

'위험한 상태야.'

두 아이를 임신한 상태에서 영양제로 버티는 건 아무래도 한계가 있었다.

두삼은 하얗게 빛나는 손으로 다리를 주물렀다. 일부는 다리의 곳곳에 스며들었고 나머지 일부는 맥을 통해 빠르게 이쪽으로 올라갔다.

태블릿에서 본 사진과는 비교도 되지 않게 선명하게 사랑니 주변이 그려졌다.

치주골에 사이에 있어야 할 사랑니가 반은 치주골에, 반은 밖으로 나와 혈관과 신경과 얽혀 있었다.

'지독히 아팠을 텐데 견딘 게 용하네.'

치아 내부 치수의 신경과 치아 바로 밑을 지나가는 있는 신경이 벌겋다. 두통도 장난 아니었을 텐데 어떻게 버틴 건지…….

새삼 '어머니'라는 단어가 떠오른다.

'두 조각으로 쪼개면 혈관과 신경을 다치지 않게 하고 뽑을 수도 있을 것 같은데……. 그건 아이들을 낳고 난 후에 생각하면 되겠지. 일단 치수에 있는 신경과 혈관부터 막아야겠어.'

두삼이 조심스레 손을 뻗었다.

치아는 딱딱한 겉과 달리 내부에 치수라고 불리는 신경과 혈관이 풍부한 부드러운 조직이 있다. 이가 아프다는 것은 외부 자극으로부터 치아를 보호하도록 치수의 신경이 반응하는 것이다.

흔히 치과에서 하는 신경 치료는 내부의 연조직인 치수를 제거하고 그 빈 공간에 대체 재료를 넣는 것이다. 즉, 치수의 신경과 혈관을 막는다고 해서 이상이 생길 가능성은 없다는 얘기다.

'일단 치근 부분을 막아버리자.'

조치를 취한다고 말하려고 민규식을 돌아보자 마치 알아서 하라는 듯 고개를 살짝 끄덕였다.

'조심조심.'

의사들이 치수를 제거하지 못한 이유는 치근의 끝부분에 혈관과 신경이 있어 혹 치수를 제거하다가 혈관과 신경이 다칠까 저어해서였다.

하지만 두삼은 둘 사이에 기를 밀어 넣어 살짝 벌린 후 윗부분을 집게처럼 막아버리면 됐다.

"아!"

신경이 눌리면서 순간적으로 아팠는지 가볍게 비명을 질렀지만 그게 끝인지 눈을 뜨진 않았다. 그리고 한결 편안해진 목소리로 잠꼬대처럼 말했다.

"…엄마가 주물러 줘서 그런가? 이의 통증이 사라진 것 같아. …엄마, 미안한데 전체적으로 주물러… 크으응~ 크으응~"

그리곤 다시 잠들었다.

치료가 끝났지만 손을 멈출 수 없었다. 서비스라고 생각하고 허벅지와 팔을 주물러 줬다.

궁금했는지 민규식이 물었다.

"치료가 된 건가?"

"일단 치근 부근을 꽉 조여놨습니다. 상태를 봐야겠지만 지금으론 괜찮을 것 같네요."

"그런가? 역시 자네라면 가능하리라 믿었네!"

"제거를 할 수 있을 것 같은데 그건 아이를 낳은 후에 생각해 보기로 하죠."

"제거까지 가능하면 더할 나위가 없지. 고생했네, 고생했어. 허허허!"

"원장님… 지금 치료가 됐다고 말씀하시는 거예요?"

환자의 어머니가 조심스럽게 물었다.

"완전히 됐다고는 할 수 없지만 치통은 사라질 것 같습니다."

"하지만 어떻게? 그저 마사지만 했을 뿐인데……."

어머니는 도무지 믿기지 않은 모양이다.

하긴 몇 달간 방법이 없어 전전긍긍하던 문제가 젊은 의사가 잠깐 주물렀다고 해결되었으니 믿기는 게 더 이상했다.

"이 친구가 재미난 재주를 가지고 있거든요. 일단 깨어난 후에 천천히 알아보고 말씀을 드리겠습니다."

민규식이 어떻게 변명을 하나 들어봤는데 얼렁뚱땅 넘기는 수준이었다.

피식 웃었지만 자신 역시 설명할 길이 없었기에 마사지에 집중했다.

'오늘은 엄마한테 전화를 드려야겠어.'

마사지를 하면서 느껴지는 쌍둥이, 편안해진 표정으로 자고 있는 쌍둥이 엄마, 그리고 치통이 사라졌다고 해도 여전히 걱정스러운 표정으로 자고 있는 딸을 보고 있는 어머님. 이 네 사람, 삼대를 보고 있자 왠지 어머니가 떠올랐다.

*　　　*　　　*

일요일은 쉬는 날이다.

월요일 혹은 화요일에 쉬는 게 가게를 위해 더 좋지 않느냐는 신혜경의 의견이 있었지만 많은 이들이 쉴 때 같이 쉬는 게 낫다는 생각에 쉬는 날을 일요일로 정했다.

집이 있고 월세 역시 나가지 않으니 마음의 여유가 생겼다고나 할까.

아무튼 일주일에 한 번 찾아오는 휴일인데 마냥 쉴 수는 없었다.

이효원의 수술이 오늘이었다.

"나가려니 비가 오네."

마른장마가 계속되다가 장마가 끝났다고 뉴스에서 떠들고 나니 비가 오는 건 뭔지.

헬멧을 벗고 안전 장비를 벗어 거실 앞에 두고 우산을 찾았다. 우비를 입고 오토바이를 탈 수도 있지만 수술 날 컨디션을 위해 택시를 타기로 했다.

빵!

대문을 열고 나가자 육중한 SUV가 경적을 울렸다. 그리고 차창이 스르륵 내려가며 조각과 같은 얼굴이 나타났다.

"하란 씨 여긴 웬일이에요?"

"작업실 공사 현장 둘러보러 왔어요. 다 둘러보고 병원에 가려는데 비가 와서 두삼 씨랑 같이 가려고 기다리고 있었어요."

하란은 옆집을 슬쩍 보고 말했다.

"에? 공사하는 옆집이 하란 씨 작업실이었어요?"

옆집은 처음 집을 보러 왔을 때부터 지금까지 공사 중이었다. 부지도 제법 돼서 빌라를 짓나 싶었는데 하란의 작업실이었다니.

"네. 투자사 그만두게 되면 저곳에서 연구하려고요."

"네? 투자사를 그만둔다고요?"

만나자마자 여러 번 놀라게 한다.

"대답은 조금 이따 듣고 일단 타세요. 비가 거세지고 있잖아요."

우두둑 쏟아지는 비에 신발이 젖을 것 같아 사양하지 않고 올랐다. 그리곤 어색함을 덜고자 말했다.

"비 온다는 얘기도 없었는데 웬 비가 이렇게 쏟아지는지 모르겠네요."

"태풍이 빠르게 북상 중이래요. 수건 여기 있어요."

"고마워요. 근데 시작한 지도 얼마 되지 않은 투자사를 그만둔다는 건 무슨 얘기예요?"

"제가 없어도 잘 돌아가게 해뒀거든요. 인공지능형 자동 트레이닝 프로그램이라 하루에 한두 번 인터넷으로 접속해 확인만 해도 충분해요."

"하하… 무슨 말인지 잘 모르겠지만 대단하다는 느낌은 드네요."

"호호! 그냥 농땡이 피우기 쉽게 알아서 굴러가게 해둔 거라 생각하면 돼요."

"그렇군요. 그럼 이제부터 뭘 하려고요?"

"엄마랑 쉬엄쉬엄 여행이나 다니면서 취미 활동이나 할까 하고요."

"취미가 뭔데요?"

"이것저것 잡다한 걸 연구하는 거요."

"다른 사람이 그런 말을 하면 '백수구나' 할 텐데 하란 씨가 한다니 어떤 게 나올까 궁금하네요."

"언제든 구경 와요. 두삼 씨라면 환영이에요. 참! 근데 이제 우리 말 편하게 하는 게 어때요? 이웃사촌도 됐잖아요. 저 올해 서른한 살이에요."

"전 서른셋. 사회에서 열 살 터울까진 친구라는데 친구 할까요?"

"그럴 순 없죠. 오빠라고 부를게요."

"…그래요."

"오빠, 말 편하게 해. 나도 편하게 할게."

"으, 응."

참 부러운 성격이다. 당당하고 거침이 없다. 과거엔 자신도 저랬던 것 같은데…….

처음 봤을 때 근심이 있어서 차갑다는 느낌이 강했는데 배영옥이 낫고 근심이 사라져서 그런지 반짝반짝 빛나는 별 같다.

"오빠 취미는 뭐야? 지난번에 카메라 좋은 거 있던데 혹시 사진?"

"아니… 직캠."

"직캠?"

"…왜 있잖아, 아이돌 가수 공연하는 영상 찍는 거 말이야."

떳떳하고 다른 사람의 시선을 신경 쓰지 않는다고 생각했는데 하란에게 말하려니 왠지 부끄럽다.

두삼이라고 사회적 시선을 모르는 건 아니다. 한데 하란은 생각과 다른 반응을 보였다.

"아~ 그거. 오빤 즐겁게 사는구나."

"응? …이상한 건 아니고?"

"이상할 게 뭐 있어? 물론 오빠가 무슨 말을 하려는지 알아. 사람들의 시선을 말하는 거지? 인간이 사회적 동물인 이상 타인의 시선을 무시하면서 살 순 없지. 하지만 그게 정답은 아니잖아. 직캠이 다른 사람에게 피해를 주는 것도 아니고 공유를 통해 오히려 사람들을 즐겁게 하잖아."

"하하… 마치 직캠 카페 카페지기 형처럼 말하네."

"사실 나도 예전에 하고 싶었던 것이 있었는데 일반적인 건 아니었어."

"뭔데?"

"코스프레."

하란이 헐벗은 애니 캐릭터들을 코스프레하는 모습을 상상하니 얼굴이 화끈해진다.

일본의 코스프레와 미국의 코스프레는 조금 다른데 왜 일본 쪽으로 생각되는 건지.

"…방금 이상한 상상했지?"

"아, 아니!"

"표정이 영 이상했는데?"

"착각이야. 근데 말투가 왠지 못 해봤다는 것처럼 들리는데, 아닌가?"

얼른 화제를 돌렸다. 다행히 속아주는 것 같았다.

"맞아. 못 했어. 다른 사람의 시선이 어떨까 싶기도 했고, 한국에서 일하는 엄마 생각에 할 수가 없더라. 그래서 포기했어."

"지금이라도… 하지 그래?"

"내 나이에 하면 욕먹네요. 그리고 이젠 다른 취미에 몰두를 하고 있어서 괜찮아."

하마터면 '누가 욕을 해!' 하고 소리를 칠 뻔했다. 하지만 곧 더 좋은 취미 활동을 하고 있을 수 있기에 물었다.

"요즘 취미는 뭔데?"

"3D프린터로 물건 만드는 거나 드론 만들어 날리기. 한 2년간은 못 했지만 다시 시작하려고."

"……."

"어째 실망한 표정이네?"

"실망은… 재미있겠다 싶어서."

"그럼 다음에 같이할까?"

"그, 그래."

즐겁게 얘기를 하는 동안 병원에 도착했다.

"고마워. 덕분에 편하게 왔어."

"효원이 수술 잘 부탁해, 오빠."

엘리베이터에서 작별 인사를 하고 두삼은 원장실로, 하란은 이효원의 입원실로 갔다.

"안녕하세요, 두삼 씨."

원장실로 들어가자 커피를 마시고 있던 민청하가 손을 들어 반갑게 인사했다.

"보조가 필요해 청하를 불렀네. 아무래도 아는 사람이 적을수록 좋지 않겠나."

"신경 써주셔서 감사합니다. 고마워요, 청하 씨."

"어제 세 생명을 구했다는 얘길 듣고 제가 지원했어요. 직접 보고 싶거든요."

"그저 신경 치료를 한 것뿐입니다."

"겸손하시네요. 앉으세요. 수술 준비 끝마치고 나면 연락이 올 테니 그 전에 커피 한 잔 하세요."

그녀는 일어나 탕비실로 향했다. 그 모습을 민규식은 흐뭇하게 보며 중얼거렸다.

"내 딸이지만 참 잘 자라지 않았나?"

"누굴 보고 배웠겠습니까?"

"입도 실력 못지않군. 허허허!"

"느낀 대로 얘기했을 뿐입니다. 오영애 씨는 어떻게 됐습니까?"

"지금까지 전혀 아프다는 얘기가 없는 걸 보니 잘된 것 같아. 환자가 수술 끝나고 봤으면 하더군. 퇴원하기 전에 감사 인사를 하고 싶은 모양이야."

"정식으로 일하는 것도 아닌데 그럴 필요가……."

내키지 않아 거절하려는데 민청하가 커피를 가져오며 말했다.

"치료비는 못 받아도 감사 인사는 꼭 받으라는 말이 있어요."

"…처음 듣는 소린데요?"

"그렇겠죠. 하지만 우리 병원에선 귀에 딱지가 앉도록 듣는 말이에요. 그렇죠, 원장님?"

"그 말은 내가 했지만 딱지가 앉도록 얘기하진 않은 것 같다만?"

민청하가 한 말은 민규식이 자주 하는 말인가 보다.

민규식을 보자 그는 설명을 덧붙였다.

"병원 종사자들이 고생하는 거에 비하면 많은 돈을 버는 것도 아닌데 자존감이라도 높여야 하지 않겠나."

의사의 평균 월급은 천이삼백 정도, 간호사의 평균 월급은 삼백만 원 정도다. 그래서 많이 번다고 생각하는데 착각이다.

모든 곳이 그렇지만 양극화가 심해져 상위 10퍼센트가 대부분을 번다.

의대 6년 이후, 인턴 레지던트 5년간 병원마다 다르지만 300 전

후다. 심지어 200만 원을 받는 곳도 있다. 살인적인 노동 시간과 비교하면 최저 임금 수준이다.

얼마 전 경기도 한 병원에서 월급 700만 원을 주는 자리가 났는데 경쟁률이 20 대 1이 넘었다.

간호사의 경우는 말이 필요 없다. 일의 강도도 강하고 감정 노동의 강도도 강하다. 이직률만 봐도 얼마나 힘든 직업인지 알 수 있다.

"난 의사와 간호사가 가져야 하는 윤리 의식을 백번 강조하는 것보다 환자가 해주는 한 번의 칭찬이, 진심이 담긴 감사가 그들의 마음을 울릴 거라고 믿는다네. 우리 병원 이직률이 전국 최저인 이유가 이 때문이라면 착각이려나? 물론 그렇다고 월급을 짜게 주는 건 아니네. 허허허!"

'이상을 이루기 위해 현실에 충실한 부류인가?'

이제야 민규식에 대해 조금 알 것 같았다.

물론 그렇다고 그에 대한 호감이 줄어든 건 아니다. 오히려 호감도가 깊어졌다는 것이 맞을 것이다.

할아버지와 많이 닮았다.

똑똑!

노크 소리와 함께 비서가 들어왔다.

"수술 준비 중이니 지금 가시면 될 것 같습니다."

"자, 수다는 이만하고 일어나지."

두삼은 민규식을 따라 수술실로 향했다.

손 소독을 마치고 수술실로 들어가자 간호사가 장갑을 끼워줬다.

"수술에 앞서 모르는 사람들끼리 간단히 인사를 하지. 여긴 오늘 수술을 도울 한두삼 한의사. 저기 매서운 눈빛으로 자네의 일거수일투족을 살필 마취과 이지석 과장."

"원장님도 참, 어떻게 마취시킬지 궁금해서 왔다니까요. 그리고 수술 기록지에 제 이름 올린다면서요. 그러니 당연히 들어와야죠. 이지석입니다. 원래 눈이 이렇게 생겨먹었습니다."

이지석은 날카로운 생김새와 달리 말투는 서글서글했다.

"사람은 좋은데 적당히 거리를 두는 게 좋을 걸세. 여긴 의사면허만 없을 뿐이지 웬만한 의사보다 아는 게 많은 나정연 수간호사."

"반가워요, 한 선생님."

"반갑습니다. 나 수간호사님."

나정연은 40대 초중반의 인상 좋은 옆집 아주머니처럼 보였다.

민규식은 소개를 마치자 이효원을 보며 말했다.

"효원 양, 수술은 한 시간쯤 예상하고 있어요. 수술하는 거에 신경 쓰지 말고 가급적 잠을 자거나 음악을 듣는 것이 좋을 것 같아요."

"음악을 듣고 있을게요. 잘 부탁드려요."

"최선을 다하죠. 한 선생, 시작하지."

"예."

두삼은 이효원의 오른쪽으로 갔다. 그리곤 지금까지완 달리 허벅지와 무릎 쪽의 혈을 빛나는 검지로 꾹꾹 눌렀다.

사실 어느 부위든 잡고 내부로 기를 보내면 됐지만 그러한 행동이 다른 사람들에게 얼마나 황당하고 많은 의문을 줄지 알기에 방법을 바꾼 것이다.

설명하기도 쉽고 나중에 다른 이들에게 가르칠 때도 이편이 나았다.

"됐습니다. 간단한 테스트를 해볼게요."

"다 됐다고요? 테스트는 내가 해봐도 될까요?"

손가락으로 몇 번 찌르는 것으로 끝났다니 이지석은 믿기지 않는 듯 나섰다.

뒤로 물러나자 그는 뾰족한 것으로 이효원의 발바닥을 꾹 찌르며 물었다.

"효원 씨, 느낌이 있어요?"

"없어요."

"지금 제가 뭘 하고 있죠?"

"글쎄요?"

몇 가지 더 테스트 하던 이지석은 여전히 믿기지 않는다는 표정을 지은 채 물러났다.

민규식은 그의 마음을 이해한다는 듯 빙긋이 웃곤 두삼을 보며 물었다.

"시작해도 되겠나?"

두삼은 이효원의 손을 잡은 후 잠시 후 고개를 끄덕였다.

손을 잡은 건 내부의 혈관을 막기 위함이었다. 수술하는 와중에 혈관을 막기 위해 여기저기 찌르는 건 괜스레 번잡했다.

잡은 손으로 뻗어간 기운은 이효원의 다리로 가는 혈관들을 일단 느슨하게 막았다.

스읍!

수술용 칼이 이효원의 발의 피부를 절개했다.

'기가 막히게 자르네.'

근육에 손상이 가지 않게 근막까지만 정확하게 자랐다. 살짝 피가 방울져 나왔지만 그게 끝이다.

"살짝만 벌리고 있어. 내시경."

내시경이 절개된 곳으로 들어가 첫 번째 이물질이 박혀 있는 곳으로 갔다.

"이 정도로 작으니 내시경으로 보지 않은 이상 찾을 수가 없지. 석션."

내시경이 보여주는 화면엔 작은 뼛조각이 근육과 근육 사이에 박혀 있었다. 석션이 내시경을 따라 들어갔고 곧 뼈 앞에 이르렀다.

석션이 작동을 했고 뼛조각은 잠시 반항하듯이 꿈틀대다가 석션의 구멍으로 사라졌다.

"여기서 하나 더 제거하지."

다시 내시경을 조작한 민규식은 금세 다른 하나를 찾았고 제거했다.

옆에서 보면 아주 쉽게 하는 것 같다. 그러나 기운을 통해 발을 살피고 있는 두삼에겐 민규식의 뛰어난 실력이 그렇게 보이게 한다는 걸 알 수 있었다.

"봉합하고 바로 다음 절개로 들어가지."

나 간호사가 바늘과 실을 건넸고 1.5㎝ 크기의 상처는 순식간에 봉합됐다.

'대단해!'

수십 년간 일류 외과의로 살아온 민규식의 손은 소름이 돋을 만큼 깔끔했다.

대체적으로 나이가 들면 손이 무뎌지고 느려진다. 민규식 역시 나이를 속이진 못하는지 손이 빠르진 않았다. 한데 그럼에도 불구하고 빨랐다.

필요 없는 동작이 일체 없다고 할까.

세 번째, 네 번째 이물질이 차례차례 제거됐다.

1시간 정도 예상했는데 네 개의 이물질을 제거하기까지 30분도 걸리지 않았다. 만일 마지막 이물질이 근육 깊숙한 곳에 박혀 있지 않았다면 20분도 걸리지 않았을 것이다.

"네 개가 끝인가?"

수술을 끝내기 전 다른 이물질이 있는지 물었다.

"네, 없습니다."

"찾아낸 사람이 없다고 하니 맞겠지. 마지막 봉합은 민 선생이 해. 수고들 했어. 난 원장실에 가 있을 테니 마무리 짓고 오게."

민규식이 나가고 2분도 되지 않아 민청하가 봉합을 끝냈고 나 간호사는 세 곳의 수술 부위에 소독을 하고 약을 발랐다.

그동안 오른발 전체 마취를 풀고 종아리 아래의 통증만 없앴다. 그리곤 나 간호사에게 말해줬다.

"하루 동안은 종아리 아래로 통증이 없을 겁니다. 그 이후엔 서서히 아플 테니 병원에서 하시던 대로 하시면 됩니다."

"네. 담당 간호사에게 그리 전할게요. 수고하셨어요."

"수고하셨어요. 이 선생님, 청하 씨 수고하셨습니다."

"신기한 경험이었어요. 다음에 할 때도 불러주세요."

"전문의 시험 얼마 남지 않았잖아요."

"아! 이번 달부턴 동기들끼리 단체로 모여 공부하기로 했지. 끝나고 봐야겠네요."

"스트레스받으면 우리 가게로 놀러 와요. 서비스로 두피마사지부터 발마사지까지 해줄게요."

"약속하는 거예요! 꼭 갈 거니까 각오해요."

전문의 시험은 높은 합격률로 인해 당연히 붙는다고 생각한다. 그러기에 오히려 스트레스를 더 받는 시험이기도 했다.

끝으로 이효원에게 갔다. 어수선함에 수술이 끝난 걸 알았는지 이어폰을 빼고 있었다.

"고마워요, 오빠."

"이상 증상이 안 생기면 그때 고마워해도 돼."

"분명 없어졌을 거예요. 느낌이 그래요."

"나도 그렇게 믿고 싶다. 병원에 있다가 재활 훈련 시작하면 연락해."

"그럴게요. 그리고… 손잡아줘서 고마워요. 덕분에 편안하게 음악에 집중할 수 있었어요."

"응. 이제 병실 가나 보다. 다음에 봐."

손을 흔드는 사이 침상은 수술실을 빠져나갔다. 일단락 지었다고 안도의 한숨을 내쉬는데 갑자기 뒤에서 소리가 들렸다.

"이효원과 친한가 봐요, 한 선생?"

"헉! 이, 이 선생님! 아직 안 가셨어요?"

"뭔가 허전하고 허무해서 쉽게 발을 뗄 수가 없어서 말이죠."

"아, 네. 효원이랑은 이번 일로 알게 됐어요. 혹시나 이상하게 생각하지 않았으면 합니다."

"이상하게 안 봐요. 그냥 친해 보여서 물은 겁니다."

왠지 기분이 살짝 나쁘다.

"그럼 전 이만. 원장님이랑 갈 곳이 있어서."

"원장실로 가는 겁니까? 그럼 같이 갑시다. 나도 마침 그쪽으로 가는 길이라."

아무래도 뭔가 물어볼 것이 있는 모양이다. 아니나 다를까 엘리베이터에 오르자 물었다.

"한 선생, 한 가지 물어봅시다. 아까 오른쪽 다리를 마비시키기 위해 눌렀던 곳을 나 같은 사람이 눌러도 똑같은 효과를 볼 수 있습니까?"

"아뇨. 대충 누르는 것처럼 보여도 누르는 곳마다 누르는 정도가 다릅니다. 그리고 손가락에 집중할 수 있어야 합니다."

기를 이용해야 한다는 걸 집중해야 한다는 말로 바꿔서 했다.

틀린 말은 아니다.

침술을 이용해 혈을 찌르는 한의사들 중 일부는 집중을 통해 침에 기를 실어서 찌르는 것이다.

처음 침술을 배울 때 눈썰미와 손끝의 감각이 좋아 교수님이 하는 대로 똑같은 깊이로 똑같이 시술을 했는데도 결과가 다르게 나타난 것 역시 이러한 이유였을 것이다.

마사지를 할 때도 마찬가지다.

남자 마사지사가 여자를, 여자 마사지사가 남자를 마사지하는 것이 좋다는 것이나, 마사지사가 집중해서 마사지를 하고 나면 몸에 기운이 빠지는 느낌이 드는 것 또한 비슷한 이유다.

과학적으로 정확하게 증명할 수 없을 뿐이지 기는 분명 존재하고 무의식중에 사용하고 있었다.

"…역시 그런가요?"

"침을 이용하면 좀 더 편하게 할 수 있는데 그 역시도 대충 찌른다고 되는 것이 아닙니다. 그리고 말씀 편하게 하세요."

"그럴까? 그럼 편하게 할게. 근데 침술을 제대로 배우려면 몇 년은 걸리겠지?"

"네. 한데 굳이 배울 필요가 있을까요? 선생님의 분야인 마취통증의학만 해도 보통 발달된 것이 아니잖습니까. 사실 오늘 제가 한 일은 국소마취제의 역할밖에 되지 않았습니다."

외과의 발전은 마취 의학의 발전에 의한 것이라 할 만큼 마취통증의학은 중요하다.

독일의 유명 성형외과의 인 디펜바흐는 에테르의 마취 효과를 처음 경험한 후.

'환자의 통증을 없애려는 놀라운 꿈이 드디어 실현되었다. 통증은 우리 인간의 가장 큰 관심사이며 불완전한 육신의 가장 분명한 감각이었으나, 이제는 그것이 인간 정신의 힘과 에테르 증기의 힘 앞에 머리를 숙이게 되었다'고 감격했다 한다.

사실 최신 마취 기계와 약물이 있는 대학병원에서 굳이 침으로 마취할 이유가 있나 싶었다.

"한 해 마취를 잘못해서, 마취의 부작용으로, 마취를 유지할 수 없어서 사망하는 환자들이 얼마나 될 것 같아? 정확한 통계는 없지만 아마 상당할 거야. 테이블 데스(수술대 위에서 환자가 사망하는 것)의 경우 온전히 수술 담당의의 잘못이라고 할 수 없는 경우도 꽤 있고."

"…모든 걸 제어할 수 있다면 의사가 아니라 신이지 않겠습니까?"

"그야 잘 알아. 하지만 안전한 마취법이 있다면 환자를 위해 그 방법을 사용하는 게 옳지 않겠어?"

끼리끼리 논다고 어째 이지석 역시 민규식과 비슷한 부류 같다.

'아니, 이런 사람이니까 민규식이 중히 쓰고 있는 건지도 모르지.'

이지석의 마음을 이해하지 못하는 바는 아니다. 자신 역시 조금이라도 더 나은 진료와 치료를 위해 양의학을 공부하지 않았던가.

그러나 한 사람이 모든 걸 할 순 없다.

"굳이 선생님이 공부하는 것보다 한방의학과가 생기면 한의사들과 협업할 수도 있지 않습니까?"

"음, 그런 방법이 있었네. 한데 한의사들 중 자네처럼 할 수 있는 사람이 얼마나 되지?"

"…글쎄요?"

대학교 때 방학마다 중국에 가서 배웠는데 그때 우리나라 학생들은 몇 명되지 않았다. 그리고 그 몇 명 중 끝까지 함께 들은 이는 아무도 없었다.

물론 자신이 다녔던 전후로 들은 사람들이 많았을 수도 있고 할아버지처럼 숨은 실력자가 있을 수도 있다. 그러나 가능성은 희박했다.

한의사 중 수술실에 한 번이라도 들어가 본 이들이 몇 명이나 될까. 평생 한 번도 없을 일에 시간을 낭비할 사람은 드물 것이다.

"…중국만큼 많진 않지만 찾아보면 있을 겁니다."

"그렇겠지. 한데 드물 거야. 그러지 않다면 양의학의 영역을 넘보는 한의학계에서 내버려 뒀을 리가 없지. 분명 기사화해서 자신들의 입지를 넓히려고 했을 거야."

맞는 말이라 대답을 할 수가 없었다.

"한방의학과가 생길 때까지 기다렸다가 협업을 할 수 있다면 기다릴 수 있어. 하지만 그런 사람을 찾지 못하면 협업은 할 수 없다는 말 아니겠어? 게다가 당장 내일 그런 실력자가 필요할 수도 있고……."

"정 급할 땐 저한테 연락……."

애쓰는 것이 안쓰러워 위로의 말을 건네다가 왠지 모르게 싸한 기분이 들어 말을 멈췄다. 그러나 이미 낚시 바늘을 문 물고기 꼴이었다.

"그렇지! 그 방법이 있지! 한 선생이 그렇게 해준다면 내가 굳이 배워야 할 필욘 없지. 필요할 때 연락할 테니 꼭 도와줘."

"……."

"이런, 내 정신 좀 봐. 다음 수술이 있는데 이러고 있었네. 전화번호는 원장님께 물어볼게. 8585가 내 전화번호 뒷자리니 꼭 받아. 담에 보자고."

엘리베이터 문이 열리자 도망가듯이 사라지는 이지석. 8585가

파닥파닥처럼 들렸다.

터덜터덜 원장실로 향했다. 그리고 들어가자마자 소리쳤다.

"원장님이 시킨 일입니까?"

"응? 들어오자마자 뜬금없이 무슨 소린가?"

"…아닙니다."

심증은 있지만 물증이 없었다.

"원, 싱겁긴. 오영애 환자 지금 병실에서 기다리고 있으니 지금 가세."

넓은 병원을 가로질러 오영애 환자의 병실로 갔다.

오영애는 침대에 앉아 죽을 먹고 있었는데 고작 하루밖에 되지 않았음에도 얼굴이 제법 좋아졌다.

"한 선생님?"

"네. 이는 안 아프세요?"

"전혀요! 어제까진 죽을 것 같았는데, 신기해요."

"몸은 어떠세요?"

오영애는 숟가락을 놓더니 두삼의 손을 덥석 잡았다.

"담당 선생님이 좋은 상태가 아니라고 했는데 컨디션은 좋아요. 어제 마사지도 선생님이 해주신 거라면서요? 여기저기 쑤시던 것도 말끔해졌어요."

마사지를 할 때 몸 상태가 너무 엉망이라 기를 잔뜩 넣어줬는데 효과가 있었던 모양이다.

"다행이에요."

"네. 다행이에요. 선생님 같은 분을 만나게 되다니……. 제가 선생님께 얼마나 감사하는지 모를 거예요. 우리 아이들… 햇님이와 달님이… 살려주셔서 감사합니다. 두 아이를 잃었다면 저도 살지 못했을 거예요. …정말 감사드려요, 선생님. 감사해요."

밝은 모습으로 말하던 그녀는 쌍둥이 얘기를 하면서부터 눈물을 흘렸다. 그리고 곧 두삼의 손에 이마를 대곤 감사하다는 말을 반복했다.

기쁨의 눈물이 따듯하게 손을 적신다. 그리고 그 따듯함이 잊고자 노력해도 지워지지 않던 과거의 일부를 사르르 녹였다.

사람에게 받는 상처를 사람에게 치료를 받다니 아이러니했지만 기분이 나쁘지 않았다.

14. 바쁘다, 바빠

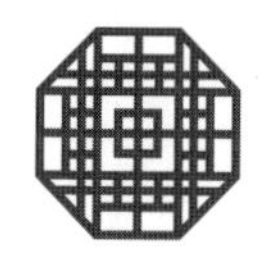

한강대학병원 근처에 위치한 일식집.

오전 수술을 마친 민규식은 차에서 내리자마자 서둘러 일식집 안으로 들어갔다. 단골이라 종업원은 인사와 동시에 예약된 방으로 안내했다.

“미안합니다, 임 원장님. 수술이 늦게 끝나 조금 늦었습니다.”

문을 열고 들어가자마자 반백의 장년인, 태양한방병원의 원장인 임철호에게 사과했다.

임철호와 옆에 앉아 있던 30대 중반의 사내는 얼른 일어나 민규식을 맞이했다.

“5분 늦었는데요. 그리고 저희도 방금 왔습니다.”

“5분이라도 늦은 건 늦은 거죠. 늦은 벌로 오늘은 제가 쏠 테니 드시고 싶은 거 마음껏 드세요.”

"허허허! 그래야 편하시다면 그렇게 하십시오. 참! 이쪽은 지난번에 말씀드렸던 제 아들 녀석입니다."

"만날 때마다 자랑을 하던 그 아드님이군요. 반가워요. 민규식이라고 해요."

"임동환입니다. 말씀 편하게 하십시오."

"허허! 임 원장님과 모르는 사이도 아니니 그렇게 하지. 그나저나 정말 훤칠하게 잘생겼군."

빈말이 아니라 임동환은 연예인이라고 해도 믿을 만큼 잘생기고 남자다움이 물씬 풍겼다.

"과찬이십니다."

덕담이 오가는 인사를 끝낸 후 자리에 앉자 예약해 둔 민어탕과 찜이 나왔다.

식사를 하며 임철호가 물었다.

"준비는 잘되어가십니까?"

한방의학과 신설이 잘되어가느냐는 물음이었다.

"몸이 세 개쯤 되었으면 좋겠습니다. 내년 초까지 인선을 마무리해야 3월에 시작할 수 있을 텐데 지지부진합니다. 게다가 그 후년엔 한의과대학까지, 생각만 해도 두통이 생깁니다. 임 원장님께서 많이 도와주셨으면 합니다."

"물론입니다. 저희 병원으로서도 한강대학병원과 협업할 수 있는 기회인데 놓칠 수 없죠. 이건 지난번에 부탁한 한의사 명단입니다."

"빨리 준비하셨군요. 잠시 확인해도 되겠습니까?"

민규식은 한방의학과를 빠르고 확실하게 만들기 위해 명망 있는 한방병원과 전략적인 제휴를 원했다. 그에 선택한 곳이 수원에 위치한 태양한방병원이었다.

"확인해 보십시오."

태양한방병원은 노하우와 실력 좋은 한의사를 수소문해 주기로 했고 한강대학병원은 태양한방병원에서 진행 중인 신약 개발을 돕기로 했다.

임철호가 준비해 준 한의사들의 이력서는 상당한 두께였다.

60대부터 30대 초반까지 다양한 인물들이 있었는데 5, 60대의 경우는 열 명에 불과했고 나머지는 대부분 30, 40대였다.

"자리를 옮기지 않을 것 같은 사람은 뺐습니다. 그리고 가급적 젊은 사람들로 뽑아봤습니다. 결국 일을 할 사람들은 그들이니까요."

"옳은 말씀입니다. 응? 근데 재미있는 이력서가 여기 있군요."

다름 아닌 임동환의 이력서였다.

"부족하지만 한강대학병원에서 많은 것을 배우라는 심정으로 넣어봤습니다."

"부족하기는요. 누구보다도 이력이 화려한데요."

경해대한의학과 6년, 전문의 과정 4년을 지냈고 중국에 2년 유학을 다녀왔다. 그리고 2년을 경해대한방병원에서 전문의로 2년간 근무했다.

게다가 방송 출연까지 해서 인지도도 상당했다.

"임동환 선생의 전문 분야가 침구로군."

"그렇습니다. 하지만 다른 분야에 대한 공부 역시 꾸준히 해오고 있습니다."

"좋은 마인드군. 중국에 다녀왔는데 그곳에서는 뭘 배운 건가?"

"중국의 중의학, 동양의학은 서양의학과 결합되어 우리나라보다 광범위하게 쓰이고 있더군요. 물론 아직까지는 마취를 시킨다든지, 피의 흐름을 느리게 해서 출혈을 늦춘다든지 보조 역할을 하는 것이 전부이지만 치매의 진행을 늦춘다거나 예방하는 독자적인 분야도 점차적으로 발전하고 있었습니다."

"오! 침으로 마취를 할 수 있는 건가?"

민규식은 짐짓 아무것도 모른 척 물었다.

"배운 기간이 짧아 완벽하진 않습니다. 기회가 된다면 완성하고픈 기술이긴 합니다."

"그런가? 꼭 완성하길 바라겠네."

"기회를 주신다는 말로 들어도 되겠습니까?"

"허어~ 이 녀석이! 죄송합니다. 민 원장님, 아들놈이 배움에 대한 욕심이 강하다 보니 실수를 했습니다."

임동환의 말이 다소 건방지게 보일 수도 있다 생각했는지 임철호는 얼른 나섰다. 그러나 민규식은 배우려고 하는 임동환의 모습이 마음에 들었다.

"허허허! 아닙니다. 오히려 보기가 좋습니다. 일단 서류를 검토하고 다른 교수들과 의논을 해야겠지만 열심히 배우겠다는 자네의 마음은 염두에 두겠네."

"이해해 주셔서 감사합니다."

"이해하고말고. 설령 안 된다고 해도 절대 포기해선 안 되네. 이런! 맛있게 식사하는데 일 얘기라니… 자자! 식기 전에 보신부터 하세나."

세 사람은 화기애애한 분위기에서 식사를 마쳤다.

"오후 진료가 있어서 오늘은 여기까지 해야겠군요."

"민 원장님은 항상 바쁘시군요?"

"평일에는 항상 이렇습니다. 허허허!"

"그럼 좀 시원해지면 골프 어떻습니까? 오늘 식사를 사셨으니 제가 모시겠습니다."

"좋은 생각입니다. 임동환 선생, 다음에 보세나."

"맛있게 먹었습니다. 들어가십시오."

두 부자는 민규식의 차가 시야에서 사라질 때까지 배웅을 했다. 그리고 완전히 사라지자 임동환은 살짝 인상을 찌푸리며 말했다.

"끝까지 특채하겠다는 말을 하지 않는군요?"

"쉽게 될 줄 알았느냐?"

"아버지 말씀대로 열혈 의사처럼 행동해서 긍정적인 반응도 이끌어내지 않았습니까. 그리고 비슷한 또래 중에 저만한 스펙을 가진 이가 몇 명이나 됩니까."

"쯧! 한강대학병원의 전문의 중 너보다 스펙이 떨어지는 이들이 몇 명이나 될까? 그 양반이 원장직을 그냥 물려받았다고 생각하느냐? 오늘 널 마음에 들어 했지만 내일 네가 하는 양이 마음에 들지 않으면 불호령을 내릴 사람이다."

"…경해대병원에서도 잘하고 있는데 꼭 한강대병원으로 옮겨야 하는 겁니까?"

두 팔 벌려 환영받을 거라곤 생각하진 않았다. 하지만 그렇다고 다른 사람들과 같은 취급을 받을 줄은 상상도 못 했다.

자존심에 상처가 생기자 굳이 한강대로 옮길 필요가 있나 싶었다.

"휴우~ 내가 그깟 시답잖은 제휴 때문에 그를 돕고 비위를 맞추는 줄 아느냐?"

"제휴 때문이 아닙니까?"

"이제 너도 병원 사정을 알 때도 됐지. 여기선 얘기하기 뭐하니 차에 가서 얘기하자."

차를 탄 임철호는 담배를 빼어 물었다. 그리고 열린 차창으로 길게 내뿜으며 입을 열었다.

"병원 사정이 좋지 않다."

"예? 그게 무슨… 언제부터요?"

임동환은 화들짝 놀라며 물었다.

수원뿐만 아니라 전국적으로 이름이 알려진 태양한방병원이었다. 그래서 항상 손님들로 북적였다.

지금까지는 그렇게 알고 있었다.

"10년쯤 됐다. 주변에 하나둘씩 정형외과들이 생겨날 때만 해도 무시했는데 어느새 그들이 우리 병원을 집어삼킬 정도로 커졌다."

"……."

"믿기지 않은 모양이구나. 하지만 한의학의 한계를 조금만 생각해 봐도 이유를 알 수 있을 게다."

한의학의 한계를 말할 때 가장 많이 언급되는 것은 치료 효과의 신속성이다.

가령 오십견이 걸려 팔을 움직이기 힘든 환자가 있다고 하자.

한의원에 가게 되면 삼, 사 일은 치료를 받아야 한다. 그나마도 실력이 좋은 한의사를 만났을 경우다. 하지만 정형외과에 가면 근육을 풀어주는 주사를 맞으면 약간 멍해지긴 하지만 어깨가 멀쩡해진다.

물론 근본적인 치료가 되느냐는 별개의 문제다.

치료비 역시 지불하기 부담될 정도만 아니라면 당장 일을 해야 하고 멀쩡해지길 바라는 이들은 정형외과를 선호하게 된다.

한방병원의 진료 과목을 주의해서 보면 그 한계는 더욱 뚜렷하게 나타난다. 대부분이 어떠한 질병을 예방하자는 차원이지 치료는 드물다.

"게다가 주요 고객인 나이 든 노인들도 한방병원보단 물리치료 시설이 구비된 정형외과를 선호한단다."

"하지만! …명성을 무시할 수는 없잖습니까?"

반발심에 말을 꺼냈지만 아버지가 어떤 말을 할지 짐작이 됐기에 힘이 없었다.

"그야 그렇지. 그러나 요즘처럼 SNS가 발달된 세상에 명성을 잃는 것도 금방이더구나. 옛 명성만으론 이미 거대해진 병원을 유지하긴 힘들었다. 그래서 다른 방법을 찾은 것이 자연 재료로 만든 의약품이었는데 그것 역시 일반 의약품과 다르지 않고 한의학의 범위를 벗어난다고 해서 반려됐다."

"……."

"당장 문을 닫을 정도는 아니지만 네가 물려받을 때가 되면 힘들게다. 네가 작은 한의원으로 만족한다면 상관없다. 아무리

어렵다고 해도 그 정도는 가능하니까. 하지만 아니라면 아직 힘이 남아 있을 때 방법을 찾아야 한다."

임철호의 얘기를 들을수록 임동환의 표정은 굳어졌다. 당연히 자기가 물려받을 거라고 생각했던 부와 명예가, 자신을 당당하게 만들어주던 배경이 사라진다고 생각하니 화가 났다.

그러나 화를 표출하기보단 자신의 것을 지켜야 한다는 생각에 오히려 냉철해졌다.

"…방송 출연을 성사시키고 경해대 교수들과 관계를 돈독히 하셨던 것도 그 때문이셨습니까?"

"그래. 네가 경해대 교수가 되어 다시 우리 병원을 일으켜 주길 바랐다. 그래서 너의 상대가 될 것 같은 녀석이 있으면 떨어뜨리고, 이사진과 친하게 지냈다."

"그렇게 심혈을 기울였는데 왜 갑자기 한강대학병원으로 바꾸라는 겁니까?"

"경해대는 층층시하다. 실력 좋은 놈들, 배경 좋은 놈들이 넌 단위로 있다. 교수 자리가 하나만 나도 벌 떼처럼 달려들겠지. 네가 생각하기에 네가 교수가 될 가능성은 얼마나 있을 것 같으냐?"

"…한강대학병원이라고 다릅니까?"

"다르지. 배경 있는 놈들도 거의 없고, 교수 자리는 모두 공석이다. 일단 병원에만 들어가서 조금만 두각을 나타내도 교수 자리를 얻을 수 있을 게다."

"교수직을 얻는다고 우리 병원이 살아날 수 있는 건 아니지 않습니까."

"당연하지. 교수가 된 후가 더 중요하다. 우리 병원에서 밀어주는 연구 자료로 신약 개발 같은 성과를 내야겠지. 독자적으로는 실패했지만 한강대병원의 힘이라면 충분히 해. 아마 몇 가지만 해도 우리 병원은 살아날 거다. 그리고 최종 목표는……."

"최종 목표도 있습니까?"

임철호는 임동환에게 들릴 정도로 낮은 목소리로 속삭였고 그 말을 듣는 임동환의 표정은 점점 원래의 자신만만한 표정으로 바뀌었다.

*　　　*　　　*

"수고하셨어요. 몸이 무겁다가도 여기만 오면 싹 풀려요."

한 달 만에 네 번째 방문한 손님이 엄지를 척 올리며 말했다.

"편해지셨다니 다행이네요. 이건 건강에 좋은 약재를 우린 건데 드세요."

"스킨케어도 서비스로 받았는데, 이러다 남는 것도 없겠어요."

"시골에서 보내주는 사람이 있어서 괜찮아요."

"잘 마실게요."

손님을 보내고 컴퓨터로 은행 업무를 보고 있는데 한미령이 다가왔다.

"사장님, 힘들게 말리고 달여서 그렇게 퍼 주지 말고 파는 거 어때요? 요즘에 몸에 맞는다고 팔지 않겠느냐고 물어오는 손님도 계시던데."

"평범한 제철 약초로 달인 건데 팔긴요. 혜경 씨는 뭐 해요?"

"청소하고 계세요. 금방 끝날 거예요."
"그럼 끝나고 발코니로 같이 올라올래요? 어차피 손님도 없는데 일찍 저녁 먹죠."
"알았어요."
먼저 위층으로 올라간 두삼은 조금 전에 올려둔 압력 밥솥의 불을 껐다. 여름 내 고생한 두 사람을 위해 삼계탕을 끓인 것이다.
발코니에 저녁 준비를 거의 마쳤을 때 두 사람이 올라왔다.
"어머! 이게 뭐야? 웬 삼계탕?"
"한 달 동안 고생했잖아요. 앉으세요."
"아! 벌써 한 달이 됐어요? 배우느라 정신이 없어서 그런지 날짜 가는 줄도 몰랐네."
"말 나온 김에 줄게요. 이건 혜경 씨 거."
"이건 뭐예요?"
프린터로 뽑은 월급 명세서였다.
"100만 원에 카드 수수료, 세금 일부 제외하고 혜경 씨가 담당한 손님의 이익 50%예요. 아! 국민연금, 건강보험, 고용보험료는 뺐어요."
"…4 대 보험도 가입했어요?"
"나중에 가게 그만두고 혜경 씨 가게 열 때 실업 급여 타면서 천천히 준비하라고요. 싫어도 좀 참으세요. 이미 가입해서 취소도 불가능하거든요."
"싫긴요… 고마워서 그러죠."
"그럼, 됐어요. 자! 이건 미령 씨 거."

"제 것도 있어요? 전 연습생인데……."

"언제까지 연습생일 건 아니잖아요. 미리 해뒀어요. 그리고 많이는 못 주고 차비랑 식비 정도는 통장으로 넣어뒀으니 쓰고요."

"…사장님."

"그런 표정으로 부르지 마요. 가게 사정이 안 좋았으면 안 줬을 거예요. 자! 명세서는 나중에 확인하고 일단 식기 전에 먹읍시다."

한 달간 많이 벌진 못했다.

각종 공과금과 세금, 두 사람의 월급을 빼고 나면 남는 것 10만원도 되지 않았다.

하지만 이효원이 수술비 명목으로 얼마를 주었고, 쌍둥이 엄마 치료비도 민규식으로부터 받았기 때문에 다음 달까지 버티는 건 문제없었다.

"근데 삼계탕 먹으니까 소주 생각난다."

땀을 흘리면서 삼계탕을 먹던 신혜경이 손을 꺾으며 말했다.

"한잔할까요?"

"아뇨! 저녁에 예약 손님 있잖아요."

"딱 한 잔인데요, 뭘. 가만, 근데 소주가 있나?"

일 끝나고 가끔 마시는 맥주는 있는데 소주는 사놓은 기억이 없다. 아니나 다를까 없었다.

"…없네요."

"그럼 괜찮아요. 다음에 마시면 되죠."

소주 마시는 건 포기하고 자리에 앉으려는데 한미령이 벌떡 일어났다.

"요 앞에 슈퍼에 가서 제가 사올게요."

"귀찮게 뭘 그래요."

"아니에요. 저도 오늘은 한 잔 마시고 싶네요."

말렸지만 그녀는 벌써 아래층으로 내려가 버렸다. 그리고 대문을 나서는 그녀의 뒷모습을 보며 중얼거렸다.

"시간 날 때 술이나 좀 담가놔야겠네요."

"이왕이면 맛있는 걸로 해줘요."

"혜경 씨가 다 마시려고요?"

"헤헤! 들켰다."

소주가 오길 기다렸지만 오늘은 술을 먹을 날이 아니었나 보다.

나갔던 한미령이 다급하게 들어오며 외쳤다.

"사장님! 밖에 웬 남자가 쓰러져 있어요!"

얼른 밖으로 뛰어 나갔다.

한미령이 말한 이는 정확하게는 쓰러져 있는 것이 아니라 양 팔과 양 무릎으로 엎드린 채 꿈쩍도 못하고 있었다.

"괜찮으세요?"

"마, 만지지… 윽! …마세요. 119 좀 불러주세요"

"그러죠."

스마트폰을 꺼내는데 한미령이 남자에게 외쳤다.

"우리 사장님 마사지 숍을 하고 있지만 한의사예요!"

"……."

"……."

두삼도, 남자도 순간적으로 '그래서 뭘 어쩌라고'라는 표정을 지었다.

물론 한미령이 무엇을 기대하고 한 말인지 알고 있다. 그러나 딱 봐도 위급한 상황은 아니었다. 이럴 때 나서봐야 오지랖 넓은 사람 취급밖에 받지 못한다.

"하하… 우리 직원 말은 신경 쓰지 마세요. 짐작건대 의자에 오래 앉아 있는 직업이시죠?"

"…그렇습니다만."

"허리 척추가 일자가 되어서 그런 겁니다. 컴퓨터를 오랫동안 하는 사람들이 주로 걸리죠. 이런 경우 가벼운 재채기에도 근육이 긴장되어 허리에 힘이 들어가지 않게 됩니다."

"마, 맞습니다. 방금 재채기를 하다가… 어떻게 해야 합니까."

"병원에 가서 X-RAY 찍고 주사 맞으면 한결 좋아질 겁니다."

"얼마나 걸릴까요?"

"지금은 응급실로 가셔야 할 테니 이리저리 하다 보면 서너 시간은 걸리지 않을까요?"

다시 119를 누르려는데 이번엔 남자가 말을 걸었다.

"혹시 선생님도 하실 수… 크으~ 있으십니까?"

"글쎄요. 제 예상이 맞다면 가능하지만 아직 살펴보지 않아서 잘 모르겠습니다."

"제가 정말 급한… 일이 있어서요. 예능 작가인데 오늘 원고를 안 보내면 큰일 납니다. 가능하다면 저 좀 치료해 주세요. 치료비는 당연히 지불하겠습니다."

"으음… 그럼 한번 살펴봐도 될까요?"

"사, 살살 부탁드립니다."

"그냥 허리에 손만 올리면 됩니다."

손을 올려서 살펴봤다. 역시 척추가 일자로 서면서 척추기립근이 잔뜩 긴장해서 발생한 문제였다.

"가능하겠네요. 마사지가 끝나도 약간의 통증은 남을 수 있습니다."

화장실에 들어갈 때와 나올 때가 다른 사람들이 많다. 그래서 미리 가이드라인을 만들어둬야 했다.

"…움직일 수만 있게 해주세요."

"그럼 일단 안으로 옮길게요. 긴장 푸시고 저한테 몸을 기대세요."

"…해볼게요. 근데 혼자 하시려고요?"

"그편이 편합니다."

장갑 때문인지, 임독양맥이 타동이 되어서인지 모르지만 힘이 부쩍 세졌다.

냉장고도 요령 없이 혼자들 수 있을 정도인데 7, 80킬로 되는 사람쯤은 훨씬 쉬웠다.

"아! 아악!"

비명을 두 번 정도 지를 때쯤 남자를 안고 대문으로 들어갔다. 그리고 곧장 마사지실로 향했다.

사실 마취를 시킨 다음에 안을 수도 있었다. 그러나 지금 남자가 겪고 있는 증상은 눈물 찔끔 나게 제대로 아프고 나서야 고칠 수 있는 병이다.

왜 굳이 고통을 겪어야 하냐고?

스스로 자세를 바로 하고 조심하지 않으면 영원히 안 낫기 때문이다.

지금은 척추기립근이 긴장을 한 것뿐이지만 일자 척추가 되면 척추의 힘이 30퍼센트 이상 줄어들면서 척추에 문제가 일어날 가능성도 높았다.

"이런 경우 현추, 명문, 지실, 신유, 요안혈을 자극해서 긴장된 근육을 풀어주는 게 중요합니다. 현추와 명문혈은 손가락 3분의 1마디가 들어갈 정도로만 눌러주시고 나머지는……."

"크윽!"

"이렇게 신음이 날 정도로 강하게 자극해 줍니다. 그리고 목부터 허리까지의 근육들 역시 평소처럼 풀어주면 긴장이 풀리며 허리 통증이 줄어듭니다."

좋은 교육 실험체(?)가 생겼는데 그냥 넘어갈 수 없어 두 사람을 들어오게 해 교육 마사지를 했다.

"물론 단번에 풀릴 거라 생각하지 마세요. 단번에 풀 수 있는 마사지사는 많지 않습니다. 그땐 다시 방금 언급한 혈들을 자극하세요."

기를 이용하면 10분 정도면 가능했지만 가급적 적은 기로 아프게 30분쯤 마사지를 했다.

혈을 눌러도 신음 소리가 나지 않고 오히려 시원하다는 비음이 났다.

"이제 한번 움직여 보시겠어요?"

예능 작가라는 남자는 조심스레 몸을 일으키다가 아프지 않자 큰 소리로 말했다.

"…이제 안 아픕니다!"

"다행입니다. 하지만 일자가 된 척추는 그대로입니다. 한 가지 자세를 가르쳐 드릴 테니 틈틈이 하세요."

"네!"

"엎드린 상태에서 양팔을 가슴 쪽에 둡니다. 그리고 천천히 밀어주세요. 요가의 뱀 자세라고 하는데 거기에서 입이 천장을 보도록 꺾어주세요."

"이렇게요?"

"네. 처음엔 너무 무리하지 말고 할 수 있을 만큼만 하세요. 열을 센 후 원상태로. 이걸 다섯 번 반복하세요. 그럼 오늘과 같은 일은 없을 겁니다."

"감사합니다, 선생님. 머리 식히러 나왔다가 대체 이게 무슨 일인지……."

남자는 두어 번 따라 하더니 자리에서 일어났다. 그리고 옷매무새도 제대로 하지 않고 카드부터 꺼냈다.

몸은 여기 있지만 마음은 이미 컴퓨터 앞이었다.

"잘 치료하고 왜 못마땅한 얼굴을 하고 있어요?"

계산을 마치고 부리나케 나가는 남자를 보고 있는데 신혜경이 묻는다.

"저 사람 다시 볼 것 같아서요."

"왜, 다 낫지 않았어요?"

"원인은 일자 척추예요. 한데 경직된 근육만 풀어줬으니 다시 같은 증상이 생기겠죠."

"가르쳐 준 요가 자세를 하면 일자 척추가 괜찮아지지 않나?"

"그야 그렇죠. 근데 안 하면 무슨 소용이겠어요."

두삼의 예상이 맞았다.

그는 정확히 일주일 뒤 다시 가게를 찾아왔다.

*　　　*　　　*

오픈발이라고 생각할 수 있지만 가게는 생각보다 잘됐다. 하루 종일 쉴 틈 없이 손님이 밀려드는 건 아니지만 일당 벌이는 된달까.

특히 한번 온 손님이 지인들을 데리고 다시 방문하는 경우가 많았는데 전망이 밝은 징조였다.

가게가 자리를 잡아감에 따라 하루 일과도 점점 규칙적으로 변해갔다.

기운을 몇 바퀴 돌리고 일어나 해가 좋으면 옥상에 약초를 말려놓고 동네에 있는 공원으로 가 가볍게 운동을 했다.

그리고 식사 후엔 할아버지가 남긴 의료 기록이나 의학 서적을 읽었다.

개중엔 대학교 때 본 서적도 있었는데 아는 만큼 보인다고 당시엔 그저 외우고 지나갔던 것들이 이젠 이해가 됐다.

쳇바퀴 같은 삶이라고 하겠지만 누군들 그렇게 살지 않을까. 남들이 부러워하는 여행이 직업인 이들도 살펴보면 똑같은 쳇바퀴다.

다만 자신이 주도해서 도는 건지, 타인에 의해 도는 건지의 차이일 뿐.

오늘은 쳇바퀴에서 잠시 내릴 날인가 보다. 커피를 타서 책을 펴려는데 민규식에게 전화가 왔다.

"네, 원장님."

—자네 도움이 필요하네.

"언제 가면 될까요?"

아직 병원 일을 할지 말지는 고민하고 있었다. 그러나 의학적으로 누군갈 돕는 것은 마다하고 싶지 않았다.

—당장 와주면 고맙겠네.

알겠노라 대답하고 곧장 오토바이를 타고 한강대학병원으로 달렸다.

"허~ 빨리도 왔군."

"오토바이를 타면 금방입니다. 효원인 잘 있죠?"

"곧 퇴원할 거야. 근데 수술할 때 마취와 출혈 말고 다른 뭔가를 했나?"

"아뇨. 없습니다. 근데 왜요?"

수술 완료 후 발에 기운을 왕창 불어넣어 주긴 했다.

"아니. 수술 부위의 아무는 속도가 남달라서 말이야. 기를 이용한 수술이라서 그런 건가?"

"혈기 왕성한 나이잖습니까."

"꼭 늙은이처럼 말하는군. 자네도 아직 어리거든. 얼굴은 20대 같은데 생각하는 건, 영~"

"잔소리하려고 부른 건 아니실 테고 무슨 일입니까."

"이거 보게. 어제 들어온 환자야."

민규식이 내미는 차트를 받아 읽었다.

"이름 나연섭. 올해 나이 열일곱. 입원 이유가… 자살 미수네요?"

"응. 가수 지망생인데 회사에서 성형수술을 권해서 했다가 부작용이 일어났어. 휴우~ 그 때문에 벌써 세 번째 자살 미수야."

민규식은 자신의 아들이라도 되는 듯 안타까워했다.

"여기에 있는 사진은 성형수술 전 사진인가? 잘생겼는데 왜 고쳤죠?"

"부작용이 얼굴에 나타난 게 아니야."

"에? 그래요?"

얼른 차트를 넘겼다. 그러자 병명이 보였다.

"Urethral Sphincter, anus Sphincter Incompetence?"

요도조임근(괄약근)과 항문조임근의 무능으로 해석이 가능한데 처음 들어보는 병명이다.

요실금은 Urinary incontinence.

변실금은 Fecal incontinence.

단어 뜻으로만 생각해 본다면 괄약근의 기능이 저하되어 요실금, 변실금과 비슷한 증상이 일어난다는 얘기인 것 같은데 정확하게는 모르겠다.

"병명은 신경 쓰지 말게. 마땅한 병명이 없어서 전에 입원한 병원에서 적어둔 거니까. 증상을 말하자면 조임근이 기능을 하지 못하고 있어."

역시 한글이 좋다. 바로 이해가 됐다.

"조임근 기능이 전혀요?"

"응, 전혀."

마음이 이해가 됐다.

물만 먹어도 줄줄 새는데 음식을 먹으면 어떻게 되겠는가. 이건 기저귀를 차고 다닌다고 해결될 수준이 아니었다.

"원인은요?"

"양악 수술을 한 후부터 증상이 일어난 걸 보면 수술 부작용은 확실한데 뭘 건드린 건지는 아무도 모른다네. 그래서 자네를 불렀어."

"봐야 알겠지만 오영애 씨 때처럼 금방 고친다는 보장은 없습니다. 아예 못 고칠 수도 있고요."

"물론이네. 평생 배변 주머니를 차든지, 아님 극단적인……. 아무튼 그 어린아이에게 한 번의 기회를 더 주고 싶을 뿐이네."

"알겠습니다. 일단 보죠."

"신경이 많이 곤두서 있으니 유의하게."

"자살 시도를 했는데 괜찮은 겁니까?"

"손목을 그었는데 도우미가 빨리 발견한 모양이야. 원래 가던 병원이 있었는데 안 되겠다 싶었던지 그 부모가 우리 병원으로 데리고 왔어."

"그 전에는 어디에 있었는데요?"

"현성병원."

대기업이 만든 병원으로 한강대학병원과 마찬가지로 다섯 손가락 안에 드는 곳이었다.

이런저런 얘기를 하며 엘리베이터에 오르자 민규식은 위층 버튼을 눌렀다.

"잘사는 집 자제인가 보군요?"

원장실 위층은 VVIP 병동이었다.

그저 밍숭맹숭 있기 뭐해 한 질문인데 민규식은 다르게 판단한 모양이다.

"지난번 치료비가 좀 적었지?"

"네? 아닙니다. 고작 그거 하고 떼돈 벌 생각 없습니다."

"아니긴. 이해하게. 평범한 사람이 무슨 돈이 많겠나. 이번엔 조금 다를 걸세. 환자 아버지가 현성건설 사장이니 치료비 걱정은 말게. 듬뿍 챙겨줄 거니까."

"아… 네, 알아서 주십시오."

아니라고 해봐야 믿을 것 같지 않았기에 그냥 수긍했다.

나연섭 환자의 병실로 가기 위해선 VVIP 병동의 구석에 위치한 문을 한 번 더 통과해야 했다.

"여긴 더 조용하네요?"

"자해를 할 수 있는 환자의 입원실이지."

"아! 이제 보니 창문도 없군요."

병실이라기보단 고급 감금 시설인 모양이다.

복도를 걷다 우측으로 꺾자 문이 나타났다. 문 앞 의자에 양복 차림의 중년인이 앉아 병실 내부를 비추고 있는 모니터를 안타깝게 보고 있었다.

"나 사장님 오셨군요?"

"…아! 민 원장님. 이 친구가 어제 말했던 한의사인가 보군요?"

"한두삼 선생입니다. 인사하게. 나연섭 군 아버질세."

"처음 뵙겠습니다. 한두삼입니다."

"나연섭 애비 되는 사람이오. 뛰어난 실력의 한의사라고 들었소만."

"원장님이 좋게 봐주신 겁니다."

"민 원장님이 그렇게 봤다면 맞겠죠. 병명에 대해서는 들었소?"

"네."

"지금 연섭이의 정신 상태가 좋은 편은 아니오. …자살에 실패해서 더욱 그렇소. 심하게 욕을 할지도 모르고 폭력을 휘두를지도 모르오."

병실 내부를 비추는 모니터를 봤다.

푹신한 벽에 머리를 박고 바닥에 누워 미친 듯이 발버둥 치는 모습이 보였다. 한데 혼자가 아니었다.

구석에 조용히 앉아 있는 아주머니가 보였다.

"저 여성분은 누굽니까?"

"갓난아이 때부터 돌보던 유모입니다. 이상이 생긴 후로 다른 사람에겐 모질게 굴어도 유모에겐 아무 말도 않고 얌전히 굴어서 부탁했소."

"알겠습니다. 감안하죠. 그럼 들어가서 연섭 군의 상태를 볼까요?"

"부디… 잘 부탁드립니다!"

나연섭의 아버지는 고개를 숙이며 부탁했다.

"이러지 마십시오. 최선을 다하겠지만 어떻게 될지는 모르지 않습니까. 원장님, 문 좀 열어주세요."

"과격하게 말은 해도 천성이 착한 애더군. 그러니 너무 긴장하지 않아도 되네."

민규식은 툭툭 어깨를 토닥인 후 문을 열었다.

화면상으로 삐쩍 말라 보이지만 17살이면 항상 혈기 왕성할 때였다. 거기에 정신 상태까지 온전치 않으니 혹시 모른 상황을 대비해야 했다.

'치료가 아니라 마치 싸우러 가는 기분이네.'

심장이 살짝 빨라지긴 했지만 긴장하지 않았다.

한의사이니 말랑말랑하게 살아왔을 거라 생각하겠지만 중학교 때까지만 하더라도 두삼 또한 사고뭉치였다.

문을 열고 안으로 들어갔다.

"야이! 씨발! 나가!"

휘익!

뭔가가 빠르게 얼굴 쪽으로 날아왔다. 연예인 지망생이 아니라 프로야구 지망생인가 싶을 만큼 빠르고 정확한 투구, 투컵(投Cup)이었다.

컵이 날아오는 게 빤히 보이는데 맞는 것도 우스웠다. 손을 뻗어 턱! 하고 잡았다.

"…이 씨발……! 꺼지라고!"

잠시 당황한 표정을 짓던 나연섭은 상처 입은 고양이가 지레 겁을 먹고 달려들 듯이 뛰어왔다.

손을 치켜들었던 그는 막상 때리려니 망설여지는지 머뭇거리다 멱살을 잡았다.

"치료하지도 못하면서 또 이것저것 검사하러 왔어? 싫어! 이젠 싫다고! 싫다는데 왜 자꾸 들어오고 지랄이냐고! 그냥 날 좀 내버려 둬! 죽든 말든 내버려 두란 말이야! 이 새끼야!"

누구한테 하는 말일까.

실수를 한 의사? 치료를 하다가 실패한 의사? 그것도 아니면 이 세상?

손을 들어 붕대가 감긴 그의 팔을 잡았다.

'손목을 그은 모양이군.'

안쓰러웠지만 일단은 무력화시켜야 했다. 손이 은은하게 빛나며 두삼의 기가 나연섭의 팔로 스며들었다. 그리고 곧장 온몸을 마비시킬 수 있는 혈로 향했다.

"…어? 이게 무슨…."

스르르 무너지는 그를 잡아 푹신한 바닥에 눕혔다.

"너… 무, 무슨 짓을 한 거야? 내, 내 몸 왜 이래?"

"검사를 하기 위해 잠깐 마비시킨 거야. 그러니 호들갑 떨지 않아도 돼."

"누가 호들갑을 떨었다고……! 가만, 검사? 무슨 검사? 검사받기 싫다고 했잖아! 당장 풀어. 당장 풀라고, 이 개새끼야!"

"거참, 시끄럽네. 입도 못 움직이게 해줄까?"

"이, 이… 씨바……!"

성대까지 마비시켰다. 그러자 입만 벙긋거릴 뿐이다.

"이제야 좀 조용하네. 바닥이 푹신하다곤 하지만 침대로 가서 검사하는 게 낫겠지?"

"……!"

겁먹은 눈빛으로 아무리 인상을 써봐라, 누가 무서워할 줄 알고.

'가볍긴 왜 이렇게 가벼운 거야.'

짐작은 했지만 해도 너무했다. 쌀 한 포대 무게는 될까 모르겠다.

"어떻게 한 거죠?"

침대에 눕히고 있는데 뒤에서 소리가 들렸다. 돌아보니 잔뜩 걱정하는 표정의 유모가 서 있었다.

"잠시 몸을 마비시켰습니다. 진맥을 해보고 원래대로 돌려놓을 거니 너무 걱정 마세요."

"…한의사신가요?"

"네. 원장님께서 부탁해서 왔습니다."

범상치 않다고 생각했을까 그녀는 간절함이 가득한 얼굴이 되어 말했다.

"원래는 세상 누구보다도 착한 애랍니다. 부디… 이 아이가 다시 웃을 수 있게 해주세요, 선생님."

아버지도, 유모도 왜 이렇게 부담을 주는지 모르겠다. 무심한 척했지만 심장에 커다란 돌덩이 두 개가 자리한 것 같다.

마음만으론 꼭 치료해 주겠노라고 하고 싶다. 하지만 의사로서 가장 해서는 안 될 일이 바로 희망 고문이다.

100퍼센트 고칠 자신이 있지 않는 이상 최악의 상황을 염두에 두어야 했다.

"…최선을 다하겠습니다."

"그래주세요. 그리고 방해가 안 된다면 연섭이 머리를 만져줘도 될까요? 조금이나마 진정이 될 거예요."

"제가 부탁드리고 싶은 말씀이네요. 진맥을 할 때 안정이 중요하거든요."

기운이 날뛰면 밀어 넣는 자신의 기운 역시 날뛰는 기운에 휩쓸려 제대로 살펴보기 어려웠다.

유모는 나연섭 쪽으로 가서 그의 머리를 천천히 쓸며 중얼거렸다.

"진정하렴. 어제 원장님도 좋은 분이셨잖아. 한 번 더 믿어보자. 네가 슬퍼하면 나도 슬프단다."

쓰다듬는 손길 때문인지, 당장에라도 울 것 같은 눈빛과 목소리 때문인지 모르지만 흥분해 있던 나연섭의 기운은 서서히 가라앉기 시작했다.

'갓난아이 때부터 돌보았다더니 엄마와 아들 같네.'

잠깐 엉뚱한 생각을 하던 두삼은 시선을 돌려 나연섭의 손목 맥에 손을 올렸다.

팔을 시작으로 서서히 퍼져 나간 기운은 나연섭의 몸 내부 지도를 만들어 나갔다.

'으음… 성형수술을 이런 식으로 보니 정말 할 게 못되는구나.'

마사지를 하면서 성형을 한 사람들을 제법 봤지만 딱히 나쁘다고 생각하지 않았다.

몸에 이물질을 넣거나 칼을 댐으로써 당연하게도 성형 부위에 있는 맥이 끊기거나 막히고 모세혈관이 망가지지만 일부에 불과했고, 수술 없이 살아가도 차츰 막히는 걸 감안하면 큰 문제는 아니었다.

성형수술을 하는 이유가 미용을 위해서든, 자신감을 갖기 위해서든 중독 수준으로만 가지 않으면 된다는 생각이었다.

한데 나연섭의 수술 부위를 보자 생각이 바뀌었다.

대부분의 맥과 모세혈관들이 망가져 있었다.

젊으니 살다 보면 모세혈관이야 새롭게 만들어질 수도 있을 것이다. 그런데 맥의 경우 얼굴에 위치한 십이경맥의 맥과 혈이 모두 망가져서 차츰 주변의 혈까지 막히게 만들 가능성이 높았다.

'맥에 신경 쓸 시간이 아니지.'

맥이 망가진 것이 안타깝긴 했지만 맥이 망가졌다고 조임근에 이상이 생겼을 가능성은 낮았다.

속항문조임근은 불수의근(의지와 관계없이 자율적으로 움직이는 근육)이고 외항문조임근은 수의근(의지에 따라 움직일 수 있는 근육)으로 불수의근은 호르몬에 의해, 수의근은 중추신경의 영향을 받는다.

즉, 나연섭의 증상은 중추신경에 이상이 생겼을 가능성이 가장 높았다.

하지만 이 또한 일반론에 입각한 추측에 불과했다.

수술 중 안면신경을 건드려 뇌신경을 자극했고, 하필이면 그 뇌신경이 조임근에 문제를 일으켰다?

지나친 상상력이다.

차라리 미각을 상실하거나, 감각 기능에 이상이 생기거나, 그것도 아니면 안면 마비가 왔다면 그러려니 했을 것이다.

'모르겠다.'

검사만으로 이상을 찾아내기엔 시간도, 실력도 부족했다. 아무래도 배영옥이나 백희진을 고칠 때처럼 긴 시간을 지켜봐야 할 것 같았다.

'문제는 환자의 의지인데…….'

세 번의 자살을 시도했는데 네 번째 시도가 없을까.

일단 살 의지를 만들어줘야 했다.

요도조임근 부근과 항문조임근 부근에 기운을 놔두고 나머지 기운은 회수했다. 그리고 두 곳을 중점적으로 살폈다.

'기운으로 조임근을 눌러야 하나.'

중추신경의 기능이 작동을 하지 않으니 방법은 그냥 틀어막는 수밖에 없었다.

두 개의 기운을 만들어 양쪽에서 누르는 식으로 요도, 항문조임근을 붙였다. 혈관이나 맥과 달리 제법 많은 기운이 소모됐다.

'이걸로 될까?'

테스트를 해봐야 했다.

유모 덕분에 얌전해진 나연섭을 보며 말했다.

"흥분하지 말고 들어. 이제 몸의 마비를 풀 거야. 현재 네 요도와 항문을 막아둔 상태야."

"……!"

"제대로 막혔는지 확인해야 해. 완벽해야 어느 정도 일상적인 생활을 할 수 있지 않겠어? 흥분을 해도 좋아 그 역시 테스트의 일종이니까. 푼다."

마비시켰던 몸을 풀었다.

흥분이 가셨는지 그는 자신의 몸 상태를 천천히 살폈다. 그리고 잠시 후에 입을 열었다.

"…어떻게 한 거예요?"

"설명하긴 뭐하고 일시적으로 막아둔 거라 생각하면 될 거다. 여기 샤워실 있지?"

끄덕끄덕.

"씻고 나와. 그리고 음식을 먹고 상황을 보자."

스스로도 막힌 것을 느끼는지 고분고분 말을 따랐다.

그가 샤워실에 들어간 후 CCTV를 향해 먹을 것을 가져오라는 제스처를 취했다.

물론 못 알아들었지만 말이다.

문이 열리며 원장과 나연섭의 아버지가 들어왔다.

"뭐라고 한 건가?"

"…음식을 들여보내 달라고요."

"음, 그게 그런 뜻이었나?"

"……."

"앞으론 저기 있는 벨을 누르고 말하면 된다네. 음식은 바로 준비시키지. 한데 혹시… 치료는 된 건가?"

"임시방편입니다."

"아! …그런가?"

아쉬워하는 듯한 말투였지만 모른 척했다. 기대하는 것이 잘못은 아니다.

나연섭이 샤워실에서 나오고 얼마 되지 않아 음식이 도착했다. 평소 보던 병원식이 아닌 한정식 수준이었다.

한데 나연섭은 뭉툭한 포크와 숟가락을 든 채 머뭇거렸다.

"많이 먹어. 정확히 알아야 조치를 취할 거 아냐."

"…어떤 조치를 취할 건데요?"

"글쎄다. 일단 막은 다음에 하루에 한 번씩 풀어줄 생각이다."

"큰 거야 그렇게 한다 해도… 소변은 어쩌려고요?"

"나도 개인적으로 하는 일이 있어 24시간 붙어 있을 수가 없단다. 불편하고 자존심이 상하겠지만 기저귀를 차야 할 거다."

"…평생 그렇게 살고 싶지 않아요."

희망은 금물이지만 치료 기간 중에 자살하는 건 바라지 않았다.

"나도 평생 너랑 만날 생각 없다. 하니 일정 기간 동안이라도 치료할 시간을 줬으면 해."

"…얼마나요?"

"올해 열일곱이지? 스무 살 때까지만 노력해 보자. 그때도 안 된다면……."

뒷말을 삼켰지만 무슨 말인지는 나연섭도 두삼도 알고 있었다.

"너무 긴 것 같은데……."

"그 소리는 내가 할 소리거든. 그동안 애인이랑 해외여행을 가고 싶어도 갈 수가 없잖아."

나연섭은 스스로 생각해도 두삼이 무척 귀찮은 제안을 하고 있음을 알았다.

등장부터 심상치 않더니 사내가 보인 굉장한 능력과 대변이라도 가릴 수 있게 되면 사는 게 조금 덜 쪽팔릴 것 같다는 생각이 절벽 끝에 있던 그를 한 걸음 물러나게 만들었다.

앞에 앉아 있는 두삼을 놓쳐서는 안 된다는 생각이 들어 자신도 모르게 개인적인 질문을 했다.

"…애인은 예뻐요?"

"아직 없다."

"없으면서 무슨 여행을……."

"너 스무 살 때까지 계속 솔로로 있으라고? 차라리 악담을 퍼부어라."

"그럴 것 같은데……."

"뭐!"

"아, 아니에요. 근데 아저씨 이름이 뭐예요?"

"한두삼. 아저씨라 부르지 말고 형이라고 불러라. 나이 차이야 제법 나지만 특별히 호형을 허락할게."

"허락 안 해도 되는데… 이름이 참 특이하네요? 누가 지은 거예요?"

"우리 할아버지께서. 산에서 산삼을 두 개 캔 날, 내가 태어났거든."

"대박~ 세 개 캤으면 세삼이었겠네요?"

"…석삼이었겠지."

식사를 하는 동안 시답잖은 얘기가 오고갔다.

딱히 할 일도 없었거니와 앞으로 자주 볼 사인데 친해졌으면 하는 바람이었다.

1시간쯤 지났을까 얘기를 하던 나연섭의 미간이 좁혀졌다.

아무래도 조금 샌 모양이다.

"테스트 중이라고 말했잖아. 그러니 지레짐작으로 판단하지 말자. 침대에 누워봐."

얘기를 나눈 것이 도움이 되었는지 나연섭은 별다른 말없이 침대에 누웠다.

진맥을 하는 척하면서 기운을 보내 두 곳을 살폈다.

요도관은 별다른 문제가 없었다. 다만 워낙 복잡한 항문 부근엔 막아둔 곳으로 조금씩 샜다.

'혈관이 막힐 것 같아 조금 느슨하게 막은 게 문제였어. 좀 더 강하게 막아야 하나…….'

기운을 더욱 많이 보내 직장 입구까지 쥐어짜듯이 막았다. 이러다 오히려 항문이 망가지는 건 아닌지 걱정됐다.

그때 나연섭이 외쳤다.

"조여지는 느낌이 들어요!"

"너무 꽉 조이는 것 같진 않고?"

"글쎄요. 뭔가 조금 불편한 것 같기도 해요."

혈관이 다 막혔으니 불편할 수밖에. 이대로 뒀다간 항문 근육을 아예 쓸 수 없게 될 것 같았기에 다시 느슨하게 풀어야 했다.

'어떻게 막는다?'

고민을 하다가 일어났다.

"…가려고요?"

"항문 관련 책 좀 보고 올게. 전문 분야가 아니라서 지식이 부족한 거 같다. 가더라도 멀리 안 갈 테니 걱정마 라."

머리를 슥 한번 헝클어뜨려 준 후 벨을 눌러 밖으로 나왔다. 밖엔 남자 간호사가 기다리고 있었다.

"보호자는 회사에 갔고 원장님은 수술 들어가셨습니다. 필요한 거 있음 저한테 말하시면 돼요."

"수고하시네요. 항문 관련 책 좀 봤으면 하는데요."
"잠시 기다리시면 갖다드리겠습니다."
"부탁드리겠습니다."
의자에 앉아 신혜경에게 연락해 늦을지도 모르겠다고 연락했다.
—예약 손님은 어쩌려고요?
"세 시니까 그 전까진 갈 거예요. 문만 열어주세요."
—그야 어려울 것 없죠. 그럼 나중에 봐요, 사장님.
신혜경, 한미령 두 사람 다 대문 열쇠가 있었다.
전화를 끊고 얼마 되지 않아 간호사가 책을 잔뜩 가지고 왔다.
"더 있는데 더 가져올까요?"
"아뇨. 찾는 게 없으면 그때 다시 부탁드릴게요."
책을 뒤적였다. 금방 찾았다. 항문 주변의 조임근들의 작용. 확인하고 나니 이해가 됐다.
항문 입구의 피하외괄약근, 직장과 항문관 밑에 있는 치골직장근과 심부외괄약근, 그리고 그 둘을 중간에서 덮고 있는 표재성외괄약근이 당겨지며 입구를 조이는 구조였다.
'당겨서 조인다. 가능할까?'
지금까지 기를 이용해 맥과 혈관을 막거나 누르기만 했었다.
'해보면 알겠지.'
안으로 들어갔다.
"금방 왔네요?"
"기다리는 사람이 있는데 서둘러야지."

"……."

"감격하진 말고."

"누가 감격했다고……!"

어려서 그런지 얼굴에 속마음이 다 보였다. 알아서 침대에 누운 그의 아랫배에 손을 댔다. 처음 해보는 일이니 가까이에서 해야 나을 것 같았다.

세 개의 기를 만들어 세 개의 조임근을 쭉 잡아당겼다. 그리고 고정되길 바랐다.

의지대로 움직이는 거니 가능할 거라 생각했다. 하지만 의지로만 안 되는 것이 있듯이 원래대로 돌아가려는 조임근의 힘을 이길 수가 없었다.

몇 번 더 테스트를 해봤지만 마찬가지. 벽에 못을 박고 걸어둘 수 있는 것이 아니니 계속 실패했다.

수확은 기의 한계를 알게 된 정도였다.

'쉽지 않네. 실망시키긴 싫은데…….'

완벽하게 막지 못하면 큰 의미가 없었다. 냄새 때문에 스스로를 가두고 결국엔 극단적인 선택을 했을 가능성이 높았다.

그가 허튼 생각을 하지 않게 하려면 대변은 완벽하게 막을 수 있어야 했다.

다른 방법을 떠올려 보지만 막막할 뿐이다.

답답함과 생각을 하느라 뜨거워진 머리를 식힐 겸 방을 둘러봤다. 하지만 천장에 달린 환기 시설을 제외하곤 꽉 막힌 곳을 둘러본다고 무슨 위안이 될까 싶었다.

"선생님, 시원한 물 좀 드세요."

답답해하고 있음을 눈치챘는지 유모가 종이컵에 시원한 물을 따라줬다.

"…감사합니다."

"너무 조급하게 생각하지 않으셔도 돼요. 오늘 보여주신 것만으로도 충분해요. 그저 지치지만 않으셨으면 좋겠어요."

편안하게 웃어 보이며 돌아서는 그녀.

그녀의 뒷모습을 보던 두삼의 눈이 점점 커졌다.

'그래, 저 방법이라면!'

새로운 방법을 찾은 두삼은 얼른 물을 마신 후 나연섭의 몸에 손을 댔다.

*　　　*　　　*

책은 손님이 없을 때 보기로 하고 아침을 먹고 바로 한강대학병원으로 갔다.

"좋은 아침입니다. 연섭인 아침 잘 먹었고?"

유모에게 인사를 하고 나연섭을 보며 물었다.

"네, …형."

"불편한 곳은?"

"없어요."

사흘째부터 나연섭은 두삼을 형이라고 불렀다. 그리고 고쳐보겠다는 마음을 먹었는지 병실도 옮겼다.

"화장실 가자."

같이 화장실로 들어가서 그가 좌변기에 앉으면 조임근을 풀어줬다.

첫날 항문을 완벽하게 닫는 방법은 알아낸 건 유모의 질끈 묶은 포니테일 머리를 보고서였다.

항문조임근을 직접적으로 누르지 않고 피하외괄약근, 치골직장근과 심부외괄약근, 표재성외괄약근을 이용해 간접적으로 묶어서 해결했다.

똑똑!

화장실 안에서 들리는 노크 소리에 상념에서 깨어나 안으로 들어갔다.

진한 방향제 냄새가 반긴다. 냄새 때문에 나연섭이 뿌린 것이다.

"적당히 뿌려라. 코가 남아나질 않겠다."

"다른 냄새보다 낫잖아요."

"조금만 뿌려도 되거든. 그러다 그게 오히려 병된다. 손 줘. 두 곳 다 막게."

떠날 땐 항문만 막고, 치료를 할 땐 둘 다 막았다. 물론 아직까진 치료라기보단 검색에 불과했지만.

한 시간쯤 살펴보다가 손을 뗐다.

"오늘은 여기까지 하자."

"…오늘은 빨리 가네요?"

"원장님이 봐달라는 환자가 있어서 가봐야 해."

"…무슨 환잔데요?"

"환각지라고 신체의 일부가 없음에도 그곳이 간지럽거나 아픈 병이란다."

"……"

나연섭의 표정이 시무룩해졌다.

아직 어려서인지 아님, 견디기 어려운 일을 겪어서 아이 같아진 건지 좋고 나쁨이 금세 드러났다.

"연섭아, 형도 가급적 너한테 많은 시간을 투자하고 싶어. 근데 가게도 있고 다른 할 일도 있어서 그럴 수가 없다. 네 옆에 있지 않다고 해도 틈틈이 책도 보고 고민하고 있으니 서운해하지 마라. 대신 현재 맡은 사람을 빼고 급한 일이 아니면 더 맡지 않을게."

"…몇 명인데요?"

"너 포함해서 둘."

"그 사람도 병원에 있어요?"

"아니. 어제 퇴원해서 특별한 일 없으면 가게로 오게 될 거야."

"마사지 가게에서 치료를 해요?"

개인적인 얘기도 가끔 오갔기에 마사지 가게를 하고 있음을 나연섭도 알고 있었다.

"개인적으로 아는 사람만. 치료는 가급적 병원에서 하기로 했거든. 내일 보자."

시무룩하던 표정이 좀 풀린 것 같아 머리를 가볍게 헝클어뜨리며 돌아섰다.

한데 막 나가려는데 나연섭이 불렀다.

"형, 형이랑 저랑은 어떤 관계예요?"

"하하! 왜? 다른 환자랑 더 친한 것 같아 샘나? 당연히 형이랑 아우 관계지."

어린애는 어린애라고 생각하고 병실을 나와 원장실로 갔다. 최근 자주 드나들어서인지 비서실 사람들도 반갑게 맞이해 주었다.

"연섭이 만나고 온 건가?"

"네. 일찍 간다니까 서운한 모양이더라고요."

"음! 그 아이에게 미안하군. 자네가 병원으로 들어오면 지금과 같은 고민이 없을 텐데 말이야."

"제 가게에도 달린 사람들이 있어서요."

"이해하네. 그래 치료는 잘되어가고 있나?"

민규식은 틈틈이 병원으로 들어오라는 얘기를 했지만 길게 말하진 않았다. 언젠가 미끼를 물 거라고 생각하는 낚시꾼 같달까.

부담스럽게 하지 않았기에 그냥 웃고 넘겼다.

"아직 내부를 파악하기에도 벅찹니다."

"내가 우물 앞에서 숭늉을 찾았군. 아무쪼록 최선을 다해주게. 끝내고 가게에 가야 할 테니 얼른 환자에게 가세나."

민규식은 엘리베이터에 오르자 태블릿을 건네며 간단히 설명했다.

"2년 전쯤에 병원에 온 환자인데 가벼운 상처를 방치해 썩어가는 바람에 왼발 절단 수술을 할 수밖에 없었네. 한데 수술 후에도 수술 전과 같은 고통이 느껴진다고 호소하더군. 하지만 어쩔 도리가 없어서 결국 퇴원을 했었지. 자네가 환각지를 고쳤다는 말에 가장 먼저 떠올라 다시 병원으로 모셨네."

"수많은 환자를 보셨을 텐데 용케 기억을 하고 계셨네요?"

"글쎄, 다른 사람들은 어떨지 모르지만 난 다 나아 퇴원한 환자에 대한 기억은 별로 없다네. 제대로 치료하지 못했던 이들만 기억 속에 남더군."

평소 웃는 상이던 민규식의 표정이 깊어졌다.

자신은 한 번 겪은 죽음도 버거운데 실패한 사례만 기억하고 있다니 존경심마저 생겼다.

물론 따라 하고픈 생각은 없었다.

"…힘들게 사시네요."

"팔잔 걸 어떻게 하겠나."

"근데 환자 이름 옆에 있는 이 작은 점은 뭡니까?"

과거를 떠오르게 하는 무거운 얘긴 싫었다. 그래서 화제를 바꿨다.

"눈이 꽤 날카롭군."

"할아버지의 환자 차트에 이런 표식이 많거든요."

"할아버님께서 의사셨나?"

"시골에서 의원을 하셨습니다."

"그런가? 성함이 어떻게 되시나?"

"한에 언 자, 수 자 쓰셨습니다. 원장님은 모르실 겁니다. 면허증도 없으셨는데요."

"그런가……? 아무튼 그 붉은 점은 병원에서 치료비를 제공하는 이들일세."

"무료 의료 지원을 한다는 말이군요?"

"비슷하지. 자네 진료비도 병원에서 지급할 걸세. 전에 천만 원을 받았다고 했지?"

공짜 진료를 받으려던 이 때문에 그다음 환각지 환자에겐 천만 원을 받았을 때쯤 치료를 완료했었다.

"아닙니다. 자원봉사를 한다고 생각하겠습니다."

"흣! 자네가 우리 병원을 위해 자원봉사를 한다고? 현재 우리 병원의 작년 매출이 얼만지 아는가? 부담 없이 받게. 정 돕고 싶으면 자네가 돕고 싶은 사람을 돕도록 해."

꼭 주겠다는데 마다할 이유는 없었다.

평범한 사람은 아니라는 생각을 하는데 병실 앞에 이르렀다. 민규식은 문을 열려다 말고 말했다.

"참! 그리고 바로 고칠 수 있다 해도 최소한 열흘쯤 걸리게 해주게."

"그건 왜요?"

"진맥을 해보면 알겠지만 쉴 틈 없이 일하는 양반이라 고치는 즉시 다시 일을 할 걸세. 병원에 있는 동안만이라도 쉬게 해야 다른 병이 안 날 걸세."

두삼은 고개를 절레절레 젓곤 병실로 들어갔다.

혹시 기존과 다른 새로운 타입의 환각지일까 걱정했는데 다행히 밖으로 빠져나가는 기운을 막고, 몇 곳의 막힌 세맥을 뚫어 기가 몸 내부에서 순환하도록 하는 것만으로 치료가 가능했다.

물론 첫날은 3분의 1쯤 막는 것으로 끝냈다. 나머지는 9일 동안 천천히 막으면 됐다.

"점심 같이하고 가게."

가게로 가려는데 민규식이 말했다.

"아닙니다. 예약 손님 마사지할 시간이 다가와서 지금 가봐야

합니다. 그다음엔 효원이 훈련하는 곳에도 가봐야 하고요."

"굶고 하려고?"

"빨리 도착하면 대충 비벼 먹으려고요."

"바쁘게 사는 거 좋지. 근데 다른 사람의 건강을 위하는 것도 좋지만 스스로의 건강을 해치는 일은 없도록 하게."

옳은 말이다.

하지만 아무리 두삼 스스로가 선택했어도 일이 갑자기 늘어난 데엔 민규식도 어느 정도 영향을 주지 않았는가?

그 점을 말해주려다 그럴 시간에 빨리 집에 가기로 했다.

"왔어요?"

"어서 와요, 사장님."

신혜경과 한미령은 와 있었다.

"식사는요?"

"요 앞에서 순대국 먹고 왔죠. 사장님은요?"

"전 아직요. 2층 비밀번호 가르쳐 드릴 테니까 혹시 제가 없으면 차려 드세요. 전 얼른 식사 좀 하고 내려올게요."

후다닥 2층으로 올라가 간단히 식사했다. 그리고 샤워를 한 후 내려오자 예약 손님이 딱 도착했다.

"총각, 나 왔어! 친구도 데려왔는데 얼굴마사지는 서비스로 해줄 거지?"

"하하! 물론이죠. 들어가세요."

올해 마흔아홉 살인 그녀는 갱년기 우울증으로 고생하다가 마사지를 한 번 받고 난 후부터 단골이 됐다. 올 때마다 혼자 오는 법이 없었는데 가게 입장에선 최우수 고객이었다.

발마사지를 마치고 마사지실로 들어갈 때 단골 아주머니는 낮은 목소리로 말했다.

“삼 주 동안 콩이랑, 양배추, 석류 많이 먹었어. 그러니 처음처럼 해줄 거지?”

“상태 봐서 해드릴게요.”

처음 왔을 때 우울증이 심해서 음의 기운을 격발시켜 줬었다. 그때의 기분을 다시 느끼고 싶은지 올 때마다 해달라고 했지만 없는 기운을 북돋아 줄 방법은 두삼에게도 없었다.

그에 여성호르몬에 좋은 음식들을 권했는데 말대로 잘 따른 모양이다.

“가급적이면 해줘. 마치 아가씨 때처럼 활력이 넘치는 기분 다시 느끼고 싶어. 호르몬 주사를 맞는 것과는 비교도 되지 않아. 알았지?”

갱년기엔 여성호르몬 주사를 맞거나 약을 복용하는 이들도 제법 많다. 인위적이긴 하지만 갱년기를 무사히 넘기기 위한 좋은 방편이었다.

그러나 억지로 호르몬을 자극하는 일이라 자궁과 유방에 암을 유발할 수 있었다.

“자연스러운 게 좋은 거예요. 음의 기운이 많으면 하지 말라고 해도 해드릴게요.”

말은 그렇게 했지만 워낙 간곡히 부탁하니 자신의 기를 소모해서라도 해줘야 하나 싶었다.

‘단골이니 서비스 차원에서 해줄까. 근데 문제가 되진 않겠지?’

양의 기운과 음의 기운이 만나면 어떤 효과가 나는지 악양에서 겪었기에 잘 참아주길 바랐다.

하지만 워낙 털털하고 솔직한 분답게 자신의 기분을 감추지 않았다.

마사지를 시작한 지 10분이 되지 않아 마사지실인지 영화 촬영장인지 헷갈리는 분위기가 됐다.

"저… 마사지는 뭐예요?"

"…그러게요. 저도 한번 받아보고 싶네요."

옆에서 같이 마사지를 받던 단골 아주머니 친구와 신혜경의 대화가 심장을 쿡 찔렀다.

마사지가 끝나고 다행이라고 해야 할지 불행이라고 해야 할지 두 분은 다음 주 예약을 하고 떠났다.

그리고 다음 예약 손님을 기다리는 동안 신혜경이 살짝 얼굴을 붉히며 물었다.

"좀 전에 한 마사지는 언제 가르쳐 줄 거예요?"

"…혜경 씨는 할 수 없는 마사지예요."

"왜! 왜 안 되는데요?"

"…화를 낼 일은 아닌 것 같은데요? 아무튼 웬만한 사람은 불가능한 거예요."

불가능하다는 말에 나라 잃은 사람처럼 실망하며 중얼거렸다.

"…예약이라도 해야 하나?"

"…네?"

"아, 아무것도 아네요. 손님 오시네요. 준비합시다!"

후다닥 현관으로 가는 신혜경을 보다가 두삼도 일어났다. 아직 예약 손님 두 명이 더 남아 있었다.

*　　　　*　　　　*

세 번째 예약 손님을 끝내자마자 옷을 갈아입고 가게를 나섰다.

오늘부터 재활 훈련에 들어간 이효원을 만나기 위해 오토바이를 타고 향한 곳은 고구려대학 아이스링크.

도착하고 나니 해가 지고 있었다.

적당한 곳에 오토바이를 세우고 들어가려 하자 경비원이 막았다.

"현재 선수들이 훈련 중이라 일반인은 들어갈 수가 없습니다."

"효원이 재활 훈련을 보러 왔습니다. 의사입니다."

"혹시 한두삼 선생님?"

"네."

"오시면 들여보내라는 얘기 들었습니다. 신분증 확인 좀 하겠습니다."

주민등록증을 보여준 후 통과했다.

이효원은 아이스링크 한쪽에서 스트레칭과 가볍게 뛰며 몸을 풀고 있었다. 가까이 다가가자 알아채곤 반갑게 맞이해 준다.

"오빠! 어서 와요."

"너무 빨리 훈련하는 거 아냐?"

"다 나았는데요. 러닝 훈련 결과가 어떻게 됐는지 궁금하지 않아요?"

밝은 표정과 말투를 보아하니 오후에 있었던 러닝 훈련의 결과가 괜찮았나 보다.

"어땠는데?"

"하루밖에 하지 않아 확실하다고 할 수 없지만 보통 한두 번은 힘이 안 들어갔는데 이번엔 그런 일이 전혀 없었어요."

"다행이네."

"이제 오빠 왔으니 스케이트 타보려고요."

"어련히 알아서 하겠지만 무리하진 마."

"당연하죠. 오랫동안 타지 못해서 오늘은 가볍게 몸만 풀 생각이에요"

"오케이. 손 좀 줘봐 어떤지 보게."

킥! 웃으며 손등이 위로 가게 손을 내민다. 장난이라도 치고 싶은 모양이다.

"뵙게 돼서 영광입니다, 국민 요정님."

장난을 받아주며 기를 다리 쪽으로 보냈다.

수술할 때 워낙 솜씨 좋게 절개를 하고 봉합을 해서인지 완벽하게 아물었다. 다만 발 내부는 전과 별다를 게 없었다.

"다 아물었네. 시작해도 되겠다."

오늘 방문한 이유는 스케이트를 타기 전과 후를 비교하기 위해 온 것이다. 그리고 한동안 비교해 본 후 치료를 할지 말지 결정할 생각이다.

사고 이후 오랜만에 링크에 오르는 이효원의 얼굴은 꽤 상기되어 있었다. 장난감을 기다리는 꼬마의 표정과 비슷했다.

'발목이 부러질 때가 생각나 트라우마가 생길 법도 한데 빙판 위가 그리 좋은가.'

빙판 위에 올라 잠깐 서 있던 그녀는 천천히 스케이트를 탔다. 그리고 시간이 지남에 따라 점점 빨라졌다.

깨끗하던 빙판 위에 어지러운 그림이 그려졌을 때 몸이 풀렸다고 생각했는지 이효원은 올림픽에서 금메달을 딴 연기를 시작했다.

15. 뜻밖의 부고

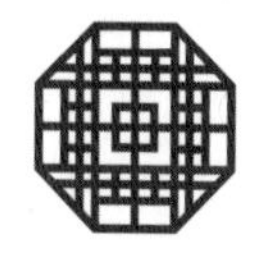

'…좋지 않아.'

심사 위원도 아니고 피겨스케이팅을 찾아서 볼 정도로 열성적이지 않지만 이효원의 안무가 이상하다는 건 알 수 있었다.

안무를 펼치는 이효원 자신도 그게 느껴지는지 표정이 점점 굳어졌다.

그리고 트리플 러츠를 시도하려는 순간이었다.

왼발로 뒤로 타다가 오른발 끝으로 얼음을 찍고 반동을 얻어 점프, 3회전 후 오른발로 착지하는 기술.

한데 오른발로 찍고 공중에 오른 그녀는 돌지 않고 그대로 착지했다. 그리고 잠시 멍하니 서 있다가 허리를 숙였다.

코치가 달려 나가 뭔가를 묻는 것 같은데 대답을 하는 표정이 당장에라도 울 것 같았다.

두삼은 차분히 기다렸다.

잠시 후 이효원은 링크에서 나와 다가왔다.

"…예전과 느낌이 완전히 달라요. 점프 높이도 확연히 차이가 나고요."

"오랜만에 해서 그런 걸 수도 있을 거야. 너무 실망하지 말고 손 좀 줘볼래?"

괜스레 동조를 했다간 울 것 같았기에 최대한 담담하게 말했다. 이번엔 악수하듯 손을 뻗었다.

손을 잡고 다리를 살폈다. 아까와 달리 발에 기가 몰려 있었다. 한데 왼발처럼 순환이 안 되니 머물다가 스미듯이 사라질 뿐이다.

물론 아직까진 이렇다 저렇다 말할 수가 없었다. 망가졌던 맥이 다시 살아날 수도 있으니 말이다.

"…어때요?"

"아직 뭐라 말할 수가 없네. 실망은 이르니까 계속 훈련을 해. 몰랐던 것도 아니잖아? 사흘 후에 어떤 변화가 있는지 보자."

"…네."

실망하는 모습이 걱정되진 않았다. 평창에서 봤던 모습대로라면 곧 이겨내려 할 것이 분명했기 때문이다.

*　　　*　　　*

딩동!

아침을 먹고 병원에 가려는데 초인종 소리가 들렸다.

"누구세요?"

—형, 저예요!

뜻밖에도 나연섭이다.

"…니가 여긴 웬일이냐?"

—형이 왔다 갔다 하는 게 귀찮을 것 같아서 제가 왔어요. 문 안 열어주실 거예요?

"아! 미안……."

대문을 열어주고 아래로 내려가자 유모와 함께 현관에서 기다리고 있었다.

"여기가 형이 말하던 가게군요. 꼭 카페 같은데요?"

"그래, 고맙다."

"2층이 형이 지내는 곳이에요? 구경해도 돼요?"

"물론이지. 밥은 먹었냐?"

"병원에서 나올 때 먹었어요. 와! 좋네요. 여기 형 집이라고 했죠? 뭔가 클래식하면서… 나무 냄새가 나는 게 별장 같기도 하고요."

과장된 행동과 말투, 어설픈 칭찬, 연신 자신의 눈치를 보는 듯한 태도, 싸한 느낌이 들었다.

유모를 흘낏 보니 어색하게 웃는다. 그 모습에 왜 찾아왔는지 짐작이 갔다.

'후… 혼자 조용히 살 팔자는 아닌가 보네.'

안 된다고 말하고 싶었으나 아직 어린 나연섭이 자신에게 점수를 따려고 애쓰는 모습을 보니 차마 그럴 수가 없었다.

"와아~ 발코니도 있네요. 삼겹살 구워 먹으면 딱 좋겠어요."

"왜? 형네 집에서 지내고 싶냐?"

갑작스러운 질문이라 생각했을까 움찔하곤 잠시 말을 잇지 못한다. 그러다 휙 돌아서며 물었다.

"…그래도 돼요?"

"형 여자 친구 생길 때까지다."

"당연하죠! 그럼 앞으론 소변도 조절 가능하겠네요?"

"그래. 해줄 순 있는데 너무 참진 마라. 그러다 방광이랑 신장 둘 다 나빠질 수 있어."

개개인의 생활 패턴에 따라 다르지만 소변은 하루 10회 이하가 정상이다. 만약 그 이상이라면 문제가 있는 것이니 병원을 찾는 게 좋았다.

평균적으로 본다면 5, 6회. 귀찮긴 해도 못 할 정도는 아니었다.

"일단 오늘 할 일부터 하자. 화장실은 여기다. 난 내 방 화장실 쓸 테니 여긴 네가 써. 근데 기본적인 물품은 있어?"

"가져왔어요."

이제야 등에 메고 있는 가방이 보인다.

변기에 앉은 나연섭의 조임근을 풀어준 후 밖으로 나왔다. 유모가 기다렸다는 듯 다가와 고개를 숙였다.

"불편하게 해서 죄송해요."

"익숙한 일이니 미안해하지 않으셔도 됩니다."

"아니에요. 숙식과 치료비는 지불할게요. 이건 한 달 비용입니다."

그녀는 작은 쇼핑백을 주려 했다.

"아, 아닙니다! 원장님께 드리면 알아서 주실 겁니다."

"전화해 보시면 알겠지만 원장님께선 퇴원으로 처리했으니 더 이상 자신이 관여할 바가 아니라고 했어요."

"하아, 그러면 곤란한데… 아무튼 원장님과 얘기를 한 후에 말씀드릴게요."

"이럴 줄 아셨는지 안 받으려고 하면 이 말도 전하라고 하더군요. 두삼 씨의 실력은 결코 싼 게 아니니 쓸데없는 생각 말고 받으라고요. 얼른 받으세요."

"……."

조금 이따가 병원에 가서 얘기해 보기로 하고 어쩔 수 없이 받았다. 한데 쇼핑백 속 금액을 보고 놀랐다. 오만 원 지폐로 가득했다.

"…너무 많습니다."

"두삼 씨에겐 많을지 모르지만 사장님께선 연섭이를 위해 얼마든지 지불할 수 있는 돈이에요. 그리고 완치만 시켜주신다면 포상금도 생각하고 계세요."

돈 욕심이 없는 건 아니다. 한데 고작 치료비로 목돈이 들어오니 솔직히 부담스러웠다.

'준다는데 받자. 대신 못 고칠 때를 대비해서 쓰진 말자.'

완치를 시킨다면 그땐 부담 없이 받을 수 있을 것 같았다.

"일단 받아두겠습니다."

"고마워요. 그리고 저도 같이 머물고 싶은데 괜찮을까요? 식사 준비와 청소는 제가 할게요."

"…정말 연섭이를 아끼시는군요?"

"연섭인 어떻게 생각하는지 모르지만 제 아이라고 생각하고 있어요."

그럴 것 같았다.

"머무셔도 좋습니다. 다만 식사는 제가 못 할 경우만 부탁드립니다. 청소는 시간 나는 사람이 하는 걸로 하고요. 방은 세 개 중에 아무거나 사용하시면 됩니다."

이왕 함께 살게 되었으니 먹는 것으로도 치료를 해볼 생각이다.

요도와 항문을 막아주고 두삼은 병원으로, 나연섭은 오랜만에 외출을 한다고 집을 나섰다.

* * *

병원에 도착하니 민규식은 수술 중이었다. 그래서 먼저 환각지 환자를 치료한 후에 만날 수 있었다.

그는 두삼이 뭐 때문에 왔는지 알겠다는 듯 먼저 말을 했다.

"얼마나 주던가?"

"한 달 비용이라고 5,000만 원을 주던데요."

"나쁘지 않게 줬군. 왜, 적나?"

"…아뇨. 원장님이 전하라는 말을 들었지만 솔직히 부담스럽습니다. 병원 손님을 제가 뺏은 것 같기도 하고요."

"병원 걱정은 말라고 했을 텐데, 그 친구도 참 어지간하군. 훗! 내 밑천을 보여줘야 미안해하지 않을 텐가?"

그는 피식 웃으며 말을 이었다.

"나연섭 군의 아버지, 나경록 사장은 우리나라에서 0.1퍼센트 안에 들어가는 부자네. 자네에게 준 치료비는 그가 하룻밤에 쓰는 술값에 불과하고. 그래서 부담가지지 말라고 한 거네. 그리고 우리 병원은 그에게 후원금을 받기로 했어. 자네를 소개시켜 준 것에 불과한데도 자네보다 수십 배, 장기적으론 수백 배 많은 돈을 후원받을 걸세."

"아!"

"이왕 속마음을 꺼냈으니 좀 더 말해주지. 내가 자네에게만 VVIP 환자, 혹은 돈이 되는 환자를 소개시켜 주는 건 아니네. 병원에서 붙잡아 두고 싶은 사람에겐 반드시 하는 일이네."

"왜 굳이 그렇게… 혹시 다른 직원들과의 차별성 때문에 그런 겁니까?"

실력 있는 이에게 그에 걸맞은 대우를 해주는 건 당연한 일이다. 그러나 실제로는 그렇게 되지 않는 경우가 많다.

누가 연봉을 얼마나 받는지 비밀로 해도 금세 알려지고 결국 다른 구성원의 불만이 커진다.

"맞네. 자네가 병원에서 일하게 되면 아마 연봉 7천에서 1억 정도, 많으면 1억 5천쯤 받게 될 걸세. 자네 나이와 직위엔 그 정도가 적당하다고 생각하니까. 더 받게 된다면 자네를 시기하는 이들이 생기겠지. 그래서 이런 방식으로 따로 챙겨주고 있네."

"…대단하시네요."

까도, 까도 끝이 보이지 않는 양파 같은 사람이다.

"근데 제가 병원에 얽매이기 싫다고 하면 어찌 되는 겁니까?"

"솔직히 자네를 대체할 사람을 찾을 때까진 지금처럼 맡길 수밖에 없지. 그런데 그런 사람이 있을까 싶네. 자네가 현재는 갑(甲)이네. 허허허."

그는 대수롭지 않다는 듯 웃으며 말을 이었다.

"병원장에 앉게 되니 꼼수만 늘더군. 아무튼 자네는 실력으로 버는 돈이니 부담 가질 필요 없네. 그리고 병원에 들어오면 알겠지만 그렇게 챙겨주는 대신에 돈이 안 되는 일도 시킨다는 것도 알아두게."

"돈이 안 되는 일이요?"

"부자보다 가난한 사람들이 더 많지 않은가. 병원에서 지원할 환자는 넘쳐나는데 그 혜택은 소수만 누릴 수 있다네. 그래서 가끔 개인적으로 돕는 환자가 있는데 그땐 공짜로 부려먹을 수밖에 없지. 물론 강제네."

마지막 말에서 민규식이 어떤 식으로 병원을 운영하는지 알 것 같았다.

어쩌면 생각보다 훨씬 대단한 사람인지도 모르겠다.

"참! 지금 시간 있나?"

"1시간 30분쯤은 남습니다."

"잘됐군. 그럼 좀 도와줄 수 있나?"

"네, 괜찮습니다."

민규식이 일어났기에 같이 일어났다. 그가 안내한 곳은 소아병동이었다.

복도를 걷는데 여기저기서 아이들의 울음소리가 들렸다. 왠지 모르게 울음소리가 들릴 때마다 가슴이 찌릿찌릿하다.

"안쓰러운가 보군?"

"편치는 않네요. 이곳에 일하는 의사와 간호사분들이 대단하다는 생각이 듭니다."

솔직히 의사가 된다고 해도 소아과는 선택하지 못했을 것 같다.

그때 뒤에서 약간은 날이 선 목소리가 들렸다.

"대단하다고 생각하면 소아과로 오는 게 어때요?"

돌아보니 160㎝ 되는 키에 안경을 끼고 있는 여의사가 서 있었다. 일견 어려 보였지만 자세히 보니 40대 초반쯤 되어 보였다.

"오! 김진선 선생. 가던 참인데 여기 있었군."

"잠깐 학교에 다녀오는 길이에요, 원장님."

"허허! 항상 바쁘군."

"충원을 안 해주시니 바쁠 수밖에요."

"의사가 없는데 내가 어쩔 도리가 있나. 자네가 알고 있는 의사가 있으면 데리고 와도 좋네. 그리고 여긴……."

"알고 있어요. 마취과 이 선생에게 들었어요. 한의사라면서요?"

그녀가 시선을 돌려 두삼을 보며 물었다. 민규식이 귓속말로 마취과 이진석과 부부라고 말해줬다.

"처음 뵙겠습니다. 한두삼입니다."

"김진선이에요. 근데 아까 한 질문에 대한 대답은 아직 못 들었네요."

까칠하기도 하셔라.

"제가 한의사라……."

"한의사도 의사예요. 키 크는 약 팔 때만 아이를 상대하나요?"

"워워~ 이 선생 왜 이러나. 한 선생이 무슨 잘못이 있다고? 내가 다른 병원에서 스카우트라도 해서 데리고 올 테니까 그만하게나."

"…잠을 못 자서 신경이 날카로워졌나 봐요. …미안해요, 한 선생님."

민규식이 말리고서야 쏘아보던 눈빛을 거뒀다.

“아닙니다. 직접 할 자신도 없으면서 말로만 대단하다고 떠벌렸네요.”

“알면 됐어요. 다음부턴 연민보다 움직이는 사람이 되길 바랄게요.”

교수 같은데 수업 듣는 학생들이 꽤나 괴롭겠다 싶다.

“한데 무슨 일이세요, 원장님?”

“자네 말처럼 움직이는 사람이 되기 위해 왔지. 어제 회의에서 나왔던 환자 상태는 어떤가?”

“여전해요. 항생제를 변경해서 투여해도 잠깐 좋아졌다가 다시 열이 나요. 검사를 하고 있긴 한데 제대로 파악하기엔 아기가 너무 작아요.”

“들었지? 태어난 지 6개월도 되지 않는 아기인데 열이 심해. 일단은 소변 시료를 통해 세균 감염이 되었음을 확인했네. 신장 초음파 결과 신우신염으로 판단하고 있는데 정확한 건 아니네. 그래서 핵의학 검사를 시도했는데 마취를 시킬 수 있는 상태가 아니라 불가능했거든. 현재는 항생제가 듣질 않아서 열이 떨어지기만 기다리고 있다네.”

“아이의 상태를 봐달라는 겁니까?”

“그랬으면 하네. 혹시나 신장에 이상이 생길까 걱정스럽군.”

“아기는 처음이라 잘된다고 장담할 순 없지만 일단 움직여야죠. 김 선생님 말씀처럼.”

처음이란 말에 인상을 찌푸리던 김진선은 뒷말에 표정을 풀고 병실로 안내했다.

“으앵~ 으앵~”

"울지 마렴, 해인아. 울면 더 아프단다. 착하지, 우리 딸. 엄말 위해서라도 울지 마렴."

방으로 들어가자 엄마가 우는 아기를 안고 달래고 있었다.

가운을 입고 있었기에 얼른 나서며 말했다.

"어머니, 아기 상태를 보러 왔습니다."

"아기가 울고 있어서……."

아기 엄마도 울고 있었다.

"괜찮습니다. 제가 안을게요."

엄마는 조심스럽게 아길 건넸고 두삼은 링거 선이 걸리지 않게 조심스레 안았다.

열을 내리기 위해서인지 옷을 걸치지 않은 아기는 수액을 맞고 있는데도 뜨겁다는 느낌이 들 정도로 체온이 높았다.

엄마의 품이 아니라는 걸 알았을까 아기의 울음이 더욱 커졌다.

"으애앵~ 으애앵~"

"괜찮아. 삼촌이 잘 봐줄게."

살펴보기도 전에 아기가 기절할 것 같아서 일단 기운을 차갑게 만들어 아이의 몸속에 넣었다.

오른손으로 나간 차가운 기운은 아이의 몸을 한 바퀴 돌고 약간 따뜻해져 왼손으로 들어왔다.

1분 정도 지속하자 자지러지게 울던 아기는 점점 조용해졌다. 그리고 몸이 조금 편안해졌는지 어깨에 고개를 대고 잠이 들었다.

그 상태로 10분 정도 더 돌리자 거친 아기의 숨소리 역시 점점 낮아졌다.

뭔가 이상하다고 생각했을까. 김진선은 아기의 이마에 손가락을 갖다 댄 후 물었다.

"열이 떨어졌네요. 어떻게 한 거예요?"

"…제 몸이 좀 차갑거든요. 잠깐 살펴볼게요."

"……."

무슨 대답을 기대한 건지.

김진선이 물러나고 아이의 몸에 집중했다. 팔뚝만 한 아이지만 있을 건 다 있었다.

단점은 너무 오밀조밀해 어른들을 탐색하는 것보다 힘들다는 것이고, 장점은 맥이 막힌 곳이 거의 없어 세맥까지 상세히 살필 수 있다는 것이다.

소변에서 세균 감염이 발견되면 요도염, 방광염에 국한되는 경우가 많은데 경우에 따라 신장까지 세균 감염이 일어날 수 있었다.

흔한 경우가 소변 역류로 인한 감염이라 신장부터 요도관까지를 중점적으로 살폈다.

'연섭이 때문에 공부한 것이 도움이 되네.'

아는 만큼 보인다고 요도와 항문에 대해 외우다시피 공부를 했더니 아기의 신장, 방광, 요도를 보는 데 도움이 됐다.

'신장이 붉어. 염증이 생겼어. 요관, 방광도 마찬가지고. 심하지 않은 게 불행 중 다행이군.'

염증은 붉게 보였다. 심하면 검붉게도 보였는데 그럴 경우는 상태가 아주 심하다는 뜻이었다.

'원인은 역시 소변 역류 때문인가?'

한참 보고 있는데 신장에서 처리한 노폐물(소변)이 방광 쪽으로 내려가는 것이 보였다. 그리고 내려간 소변이 판막을 지나 방광으로 들어갈 때였다.

이미 방광에 있던 소변과 만나 일정량이 되자 방광에 순간적으로 압력이 높아졌고 그 순간 소변이 판막을 거슬러 역류했다.

'아! 판막!'

판막을 자세히 보기 바라자 마치 현미경의 배율을 높이듯이 쭉 당겨지며 판막이 커졌다.

*　　　*　　　*

말기 암이었던 배영옥, CRPS였던 백희진을 치료하면서 1년을 넘게 인체를 살펴봤지만 아직 자세히 안다고 할 수 없다.

그 이유는 집중을 하면 할수록 더 세밀하게 볼 수 있었기 때문이다.

가령 지금 보는 판막도 마찬가지다. 판막이 크게 확대되자 판막에 흐르는 미세 혈관과 세맥, 신경 따위가 마치 대동맥이나 독맥, 임맥처럼 보였다.

이러니 어떻게 자세히 안다고 할 수 있을까.

"어때요?"

집중을 한 지 시간이 꽤 지났을까, 김진선이 초조한 얼굴로 물었고 현실로 돌아왔다.

"방광 요관 역류입니다. 둘 사이에 있는 판막이 제 기능을 못하고 있습니다."

아기 엄마가 듣지 못하게 낮은 목소리로 말했다.

담당의가 김진선인 이상 그녀가 부모에게 정확하게 말하는 게 좋았다.

"아기 등을 토닥이고 있었을 뿐이지 않아요……?"

"네, 진맥을 한 겁니다."

"그래요? 진맥으로 혹시 판막의 상태가 어느 정도인지도 파악했나요?"

"글쎄요."

방금 전에 본 판막의 모습을 떠올렸다.

판막으로 내려오는 혈관에 비해 판막 안으로 들어가는 혈관이 조금 좁았던 것 같다.

"피가 제대로 전달되지 않아 약간 헐거운 느낌이랄까요? 묻는 이유를 알면 더 정확하게 말씀드릴 수 있을 것 같은데요."

"아이들의 경우 커가면서 자연스럽게 회복되는 경우가 있어요. 만약 그렇지 못할 경우 역류를 막기 위해 판막을 튼튼하게 만드는 수술을 해야 해요."

"그렇다면 해야 할 것 같은데요."

쉽게 나을 것 같지 않다는 생각에 말했다.

"흠… 그래요?"

김진선이 고개를 끄덕일 때 조용히 듣고 있던 민규식이 나섰다. 그는 어깨를 잡아끌며 병실 구석으로 두삼을 데리고 갔다.

"김진선 선생이라면 최신 장비를 통해 50분 정도면 작은 절개로 수술을 쉽게 할 수 있네. 하지만 수술을 하기까지 아기가 무척 힘들 거야. 일단 열을 내려야 하고 역류 검사도 제대로 하게 되겠지. 기간도 한 달 족히 걸릴 테고."

"저한테 방법이 없냐고 물으시는 겁니까?"

"…있나?"

"수술 방법을 듣고 나니 몇 가지 시도해 볼 만한 방법은 떠올랐습니다. 물론 확인하기 위해 며칠 방문해야 하고요. 그래도 되죠?"

민규식이 해달라고 부탁하기 전에 먼저 입을 열었다. 한의사라고 편견을 가진 듯한 김진선 선생에게 실력을 보여주고 싶었다.

"김 선생에겐 내가 알아서 설명하지."

"감사합니다."

방법은 두 가지다.

하나는 피가 잘 통하도록 혈관을 넓히는 거고, 다른 하나는 기를 이용해 판막을 팽팽하게 만드는 거다.

'둘 다 병행해야지.'

안고 있는 아이의 등을 쓸데없이 꾹꾹 누르며 뭔가를 하는 척하며 치료했다. 다시 집중하는 게 어렵지 기를 이용하는 건 어렵지 않았다.

치료를 마치자 연신 힘없이 펄럭이던 판막은 방광이 만들어내는 압력을 훌륭하게 버티며 더 이상 역류되지 않았다.

그리고 아기의 요도조임근이 풀렸다. 그 순간 축축이 젖어오는 가슴팍.

"아! 서, 선생님. 오줌이……."

아기 엄마의 외침이 끝나기도 전에 아기의 소변은 팬티를 지나 신발까지 젖게 만들었다.

* * *

일요일 아침, 간만에 스케줄이 없어 늦게까지 잘 계획이었는데 저절로 눈이 떠졌다.

"이래서 습관이 무섭다, 무서워."

어젠 정말 힘들었다. 아침을 먹자마자 일을 시작해 밤 12시에 가게를 정리했다.

기운을 평소보다 2배 이상 돌린 다음 침대에서 일어났다.

"어머! 일요일인데 더 자지 않고?"

"향희 누님은 왜 일찍 일어나셨어요?"

오향희. 유모의 이름이다.

한집에 사는데 부르는 호칭도 없이 어색하게 지내는 게 싫어 말을 편하게 하기로 했다.

마침 신혜경과 동갑이라 서로 말을 편하게 하기로 했고, 그 기회에 두삼 또한 모두와 호칭을 재정리했다. 북적북적, 가족 같은 느낌에 기분이 좋아졌다.

"늦잠 잘 것 같아서 간만에 아침을 준비하려고 했지."

"점심, 저녁은 누님이 준비하잖아요. 연섭이나 깨워주세요. 제가 마저 준비할게요."

아침 식사는 두삼이 정해놓은 식단으로 차렸고, 점심, 저녁은 오향희가 맡았다.

1주일치 재료가 날짜별로 정리가 되어 있었고, 대부분 간단히 삶고, 찌고, 오븐에서 굽는 음식들이라 오랜 시간이 필요치 않았다.

아침을 차렸을 때쯤에 나연섭이 부스스한 머리로 방에서 나왔다.

"…형, 일요일을 만든 건 쉬라고 만든 거예요."

"매일이 휴일인 네가 할 소리는 아닌 것 같다만. …일단 화장실부터 갈래?"

"팩폭이 지나치시네요. 먹고 갈게요. 근데 오늘도 운동 갈 건 아니죠?"

"왜 아니겠냐."

"미세먼지 많을 땐 외부 활동을 자제하라던데요."

"오늘 없단다."

"…하늘도 안 도와주네요."

모두 자리에 앉아 식사를 시작했다. 한데 식사를 시작한지 얼마 되지 않아 나연섭이 다시 입을 놀렸다.

"참 희한해요."

"뭐가?"

"형이 해준 음식은 딱히 맛있거나 하지 않거든요. 진심 예전이었다면 젓가락질도 안 했을 거예요. 요 나물은 심심하고, 요 나물은 밍밍하고, 요 버섯은 어정쩡해요. 근데 신기하게도 계속 먹게 돼요. 가을이라 그런가?"

"네 몸이 원해서 그래."

"제 몸이 원한다고요?"

"사람마다 과하거나 부족한 게 있거든. 너 같은 경우엔 양기가 강하고 음기가 부족해. 그러니 자꾸 음기가 있는 음식에 손이 가는 거야."

"누가 한의사 아니랄까 봐. …어? 그러고 보니 엄마가 먹는 건 다른 것들이네?"

나연섭은 오향희를 엄마라 불렀다.

나연섭의 아버지 나경록이 가게에 왔을 때 우연찮게 오향희와 얘기하는 모습을 봤는데 두 사람 사이에 뭔가 오묘한 것이 있었다.

실제 엄마가 될지도.

아무튼 저들의 가정사는 저들에게 맡겨두고 식사를 마저 했다. 차를 마신 후 나연섭이 화장실에 가 있는 동안 설거지를 마쳤다.

"가자."

"네네. 어? 옆집 철벽이 사라졌네요?"

"어제 낮에 제거됐어."

하란의 집 안전 펜스가 사라지고 푸릇푸릇한 나무들이 그 자리를 대신하고 있었다.

"누가 올지 모르겠지만 이왕이면 미인이면 좋겠죠?"

"미인이 와서 내가 사귀기라도 하면 어쩌려고? 그럼 넌 쫓겨나는 거야."

"풉! 형, 거울 좀 보세요. 미인이라면 저 정도는 돼야 유혹할 수 있지 않겠어요?"

솔직히 어디 가서 빠지는 얼굴이 아니라고 생각했는데 나연섭에 비하면 조금… 아니, 많이 부족하다. 원래도 잘난 얼굴이었는데 끔찍한 부작용을 남긴 수술을 한 후 더 잘나졌다.

인정하면서도 분함에 한마디 했다.

"미성년자 주제에……."

"어린 것도 무기죠. 헤헤."

얄밉게 구니 왠지 약올려 주고 싶어진다.

"좋아! 옆집 미인이 먼저 말을 건네는 사람이 이기는 걸로 내기하자."

"미인이 아니면요?"

"취소지."

"좋아요! 혼자 있을 때는 인정 안 해요. 둘이 같이 있을 때 먼저 인사 받는 쪽이 이기는 걸로 해요."

"미리 작업하는 건?"

"인정해야죠. 내기인데 노력을 해야 하는 거예요."

"오케이. 내기는 무엇으로 할래?"

"돈내기는 조금 그러니까… 일요일 날 늦잠 인정, 운동 제외 어때요."

"대신 내가 이기면 운동 두 배다."

"하하하! 좋아요."

지금은 웃지만 나중엔 무효라고 징징댈 것이다.

운동은 스트레칭 후 달리기 30분, 팔굽혀펴기, 윗몸일으키기처럼 간단한 것들이다.

그다음에 하는 일은.

"배를 좀 더 내밀고 더 푹 꺼지게."

벤치에 누워 복식호흡처럼 배를 내밀고 홀쭉하게 만들기 반복한다. 위장의 운동을 극대화하여 튼튼하게 하는 것으로 조임근 운동과 연관이 있을 것 같아 시키는 중이다.

"으~ 배가 당겨요. 배도 살살 아픈 것 같고요. 참! 요즘 배변 냄새가 장난 아니게 심해요."

"네 장 속에 그런 찌꺼기들이 머물러 있다는 거야. 조금만 더 하면 변이 황금색으로 나올걸."

"…황금색이든 똥색이든 제 의지대로 나왔으면 좋겠네요."

"자식이 또 우울한 소리 하네. 배는 멈추고 정신을 네 항문과 요도에 집중해. 위치를 집어줘야 아는 건 아니지?"

"제발, 사람들 많은 데서 그러지 마세요, 형!"

처음 할 때 어디냐고 묻기에 콕콕 집어줬다.

"좋아. 그럼 집중하고 쪼여! 옳지… 풀고, …쪼여!"

"…형 목소리라도 좀 작게……."

딱! 딱밤을 때렸다.

"집중해! 연예인 한다는 녀석이 사람들 시선만 신경 쓰면 어떻게 하냐."

"그래도 이건 좀……."

"아무것도 느껴지지 않는다는 거 알아. 하지만 집중하면 네 몸의 다른 부분은 확실하게 움직여. 난 그걸 캐치해서 조임근에 전달될 방법을 찾는 거고. 치료한다고 생각해."

"…네네."

수의근이란 말 그대로 의지에 따라 움직이는 근육. 그렇다면 훈련을 통해서도 가능하지 않을까 해서 하고 있는 중이다.

다른 부분이 확실하게 움직인다는 건 아직까진 거짓말이다. 그저 몸에 힘이 들어가는 걸 감지할 뿐이다.

노력을 하고는 있었지만 순식간에 벌어지는 신호를 감지할 능력은 없는 듯 집중을 해도 잡아낼 수가 없었다.

"됐다. 여기까지 하자."

15분 정도 하다가 끝을 냈다.

"에휴~ 이거 달리는 거보다 힘들어요."

"엄살은……."

"엄살이 아니라 진짜라니까요! 온몸이 긴장돼서 한동안 목이 뻑뻑하다고요!"

집에 온 후 마사지 몇 번 받더니 엄살이 늘었다.

"음, 오늘은 한가하니까 해줄게."

"진짜요? 헤헤. 형이 해줘야 해요. 혜경 아줌마가 해주는 것도 좋은데 솔직히 형이 해주는 것과는 조금 다른 것 같아요."

"행여나 혜경이 누나 앞에선 그런 소리 마라."

"제가 어린앤가요. 헤헤."

"어른은 확실히 아닌 것 같은데?"

공원에서 천천히 걸어내려 오는데 하란의 SUV가 옆집에 서는 것이 보였다.

"어? 옆집 사람인가 봐요. …가만, 그림자가 여잔 거 같은데요. 오! 내린다!"

주차장으로 들어가려던 차가 멈췄다. 그리고 하란이 차에서 내렸다. 아무래도 자신을 본 모양이다.

"우와! 대박! 진심 장난 아니신데요? 게다가 얼굴은… 세상에… 소속사 누나들이 저분 옆에 있으면 오징어가 되겠어요. 어어? 이쪽으로 온다! 형, 아까 내기 기억하세요!"

성큼성큼 다가오는 하란을 보며 열심히 머리와 옷매무새를 만지는 나연섭을 보니 피식 웃음이 나왔다.

"온다! 저한테 손을……."

"두삼 오빠, 운동 다녀오는 길?"

“……!”

황당한 표정이 되어 빤히 보는 나연섭을 무시하고 하란에게 인사했다.

“응. 여행은 잘 다녀왔어?”

“오늘 새벽에 도착했어.”

“피곤하겠네.”

“비행기에서 내내 잤는데? …누구?”

“우리 집에 머물고 있는 연예인 지망생 동생.”

“귀엽게 생겼네요. 반가워요.”

“…아, 네, 네! 나연섭입니다.”

“하란이에요.”

“마, 말씀 편하게 하세요.”

“그럴게. 참! 여행가서 선물 샀는데 차에 있어. 줄게.”

“나까지 생각해 주고 고맙네. 근데 공사 다 끝났나 봐?”

“응. 가구 몇 가지만 들어오면 끝이야. 이사는 회사 일을 마무리하고 며칠 뒤에나 할 것 같아.”

“시간될 때 가게로 와. 조금 피곤해 보인다.”

“그럴게. 여기. 마음에 들지 모르겠다. 뭘 살까 하다가 지갑 하나 샀어.”

“마음만으로도 고마운데… 음, 혹시 필요한 거 없어? 이사 선물로 해줄게.”

“그래? …갑자기 생각하려니 떠오르질 않네. 나중에 생각해 보고 말할게.”

“그래. 들어가.”

"네~ 오빠도."

차에 오르는 하란을 본 후 대문 앞으로 갔다. 열쇠로 문을 열려는데 나연섭이 호들갑이다.

"저 누나랑 아는 사이에요? 어떻게 알게 됐어요? 나이는 몇 살이래요? 남친은 있대요?"

"…그보다 다음 주 일요일 날 두 배로 운동할 걸 걱정해야 하지 않겠냐?"

"아……! 무효에요! 알고 있는 사이라는 걸 말했어야죠. 이사 올 사람이 빤히 아는 사이면서도 그런 내기를 걸다니, 형 완전 사기에요."

"내기는 노력을 해야 한다면서?"

"내기를 하기 전에 한 노력이잖아요. 아무튼 인정할 수 없어요."

"차라리 미인이 아니라고 하지?"

"그건… 흠흠, 제 양심이 거부하네요."

내기에 대해 한참을 티격태격한 끝에 지금처럼 운동을 하는 선에서 합의를 봤다.

샤워를 마치고 방으로 돌아와 컴퓨터 앞에 앉아 전원을 켜고 오랜만에 메일을 정리했다. 수백 개가 넘어 정리하는 데만 한참 걸렸다.

띠룽!

모두 지우고 닫으려는데 메일이 왔다는 알람이 들렸다. 정크 메일이라 생각하고 체크를 하는데 메일의 제목이 눈에 박히듯 들어왔다.

"교수님……."

[(부고) 경해대학교 한의과대학 김일교 교수님.]

두삼은 가늘게 떨리는 손으로 메일을 클릭했다.

*　　　*　　　*

주위의 대부분이 등을 돌렸을 때 유일하게 손을 내밀어줬던 이의 죽음에 한참을 멍하니 앉아 있었다.

믿어지지가 않았다.

"아직 연세도 그리 많지 않으신 분이 갑자기 왜……?"

중얼거리다 생각해 보니 갑자기는 아니었다.

과거 사건이 마무리되었을 때 본 것이 마지막이었으니 벌써 5년이 지났다.

모든 것을 잊고자 경해대 근처도 가지 않았다지만 은사이자 은인인 김일교 교수까지 멀리했어야 했느냐는 후회가 밀려온다.

컴퓨터를 끄고 일어났다. 그리고 옷장을 열어 오래된 검은색 양복을 꺼냈다.

"…이 양복을 다시 입게 될 줄이야."

대학교 2학년, 할아버지가 돌아가셨을 때 입은 양복이었다.

버리지 못하는 이유는 할아버지가 당신의 죽음을 예상이라도 한 듯 맞춰주고 간 양복이기 때문이었다.

부고를 듣고 고향 집에 도착했더니 할아버지의 관 앞에 놓여 있었다. 할아버지의 마지막 선물이랄까.

작지 않을까 생각하며 입었는데 몸에 맞춘 듯이 딱 맞았다. 게다가 철 지난 양복처럼 느껴지지 않았다.

"선견지명이 있으셨나?"

가끔 보고픈 마음에 눈물샘이 자극되곤 하지만 슬픔보다 그리움만 남았기에 싱거운 농담을 할 수 있었다.

오향희가 준 쇼핑백에서 두 뭉치의 돈다발을 꺼내 품에 넣고 밖으로 나왔다.

"…누가 돌아가셨나 보네?"

점심을 준비 중이던 오향희가 복장으로 짐작했는지 말했다.

"은사님께서 돌아가셨답니다."

"마지막 인사 잘 드리고 와. …참! 연섭이 불러올 테니 요도는 풀어주고 가."

깜박 잊고 있었다. 하마터면 나연섭의 방광을 터뜨릴 뻔했다. 요도조임근을 푼 후 밖으로 나와 택시를 잡았다.

"…경해대병원이요."

경해대병원 옆에 장례식장이 있었다. 택시기사의 운전 솜씨 덕분인지 20분 만에 경해대 입구에 도착했다.

"여기서 세워주세요."

"병원으로 안 들어가고요?"

"괜찮습니다."

택시비를 지불하고 차에서 내렸다.

정면으로 경해대 정문이 보였다. 정문 좌측이 병원이었고 주차장을 지나 조금 더 가면 장례식장이었다.

"5년 사이에 많이 변했네. 심시티라도 하는 건가?"

6년간 드나들었던 정문 옆에 못 보던 건물들이 많이 생겼고, 병원도 과거와 달리 건물이 복잡해졌다. 그것으로도 부족한지 지금도 여기저기 공사 중이었다.

문득 학창시절 캠퍼스와 병원에서 공부하던 때가 생각났다. 좋았던 기억, 아름다웠던 추억들이 아련히 떠오른다. 하지만 곧 머리를 절레절레 흔들며 털어냈다. 좋았고 아름다웠던 기억들 중 은사님의 기억을 제외하곤 모두 배드 엔딩이었다.

"후……."

한숨을 내뱉고 장례식장 쪽으로 발걸음을 옮겼다. 사실 병원에서 내리지 않고 학교 입구에서 내린 건 장례식장에 들어가서 아는 사람을 만나지 않을까 하는 두려움 때문이었다. 그러나 생각해 보면 참 무의미한 두려움이다. 고작 자신을 알아본 이들이 소곤거리는 게 듣기 싫다고 은사님의 마지막까지 안 볼 순 없지 않은가. 게다가 적어도 50퍼센트는 아는 얼굴일 게 분명했다.

느릿하던 두삼의 걸음이 빨라졌다.

『주무르면 다 고침!』 3권에 계속…